suhrkamp taschenbuch 4437

1 B

Berlin 2005. Im Schöneberger Café Fler, einem Asyl der Übriggebliebenen aus dem alten Westberlin, sitzt ein Mann von sechzig Jahren. Kein Eigenheim, keine Familie, keine Rentenansprüche. Vor Jahren hatte er zweimal im Blitzlicht der Geschichte gestanden: das erste Mal um 1968, als Miterfinder des Disco-Stroboskops und Hippie-Businessman; das zweite Mal Ende der Siebziger, als Irrwisch in der jungen Mauerstadt-Bohème mit ihren künftigen Weltstars, Opfern und Verrätern. Davor, dazwischen und dahinter liegen Schattenzeiten, wo sich die verborgenen, aber nicht weniger spektakulären Dramen dieses Lebens abspielten.

Bernd Cailloux, geboren 1945 in Erfurt, aufgewachsen in Niedersachsen, lebt seit 1976 in Berlin.

Zuletzt sind von ihm im Suhrkamp Verlag erschienen: *Der gelernte Berliner. Sieben neue Lektionen* (es 2563), *german writing. Erzhählungen* (es 2481) und *Das Geschäftsjahr 1968/69. Roman* (es 2408).

Bernd Cailloux
Gutgeschriebene Verluste

Roman mémoire

Suhrkamp

Umschlagillustration: Claudia Katz-Palme, Winterfeldtplatz

Der Autor dankt dem Deutschen Literaturfonds
und dem Land Berlin.

Erste Auflage 2013
suhrkamp taschenbuch 4437

Druck: Druckhaus Nomos, Sinzheim
Umschlag: Göllner, Michels, Zegarzewski
Printed in Germany
ISBN 978-3-518-46437-3

Wir verstehen einen anderen niemals vollkommen,
und wir werden von einem anderen niemals vollkommen
verstanden.
Diderot

Gestern liebt ich
Heute leid ich
Morgen sterb ich:
Dennoch denk ich
heut und morgen
gern an Gestern.
G. E. Lessing

Es war nur dieser eine Satz, eine das Lokal unserer Verabredung abwertende Bemerkung, so schwerwiegend wie beiläufig von ihm als Feststellung seiner Freundin lediglich weitergegeben – sie wußte aus Erzählungen, wo wir uns seit Jahren mit gewisser Regelmäßigkeit trafen: »Dieses Café ist das Café der Übriggebliebenen.« Bei einem kürzlichen Zufallsbesuch hätte sie das zweifelsfrei erkannt – und bei der Gelegenheit die identifikatorische Fangfrage ›Wo gehst du noch hin, wenn du ausgehst?‹ für meinen Fall gleich mit beantwortet: Ja, deinen alten Freund, den sieht man dort öfter, der verkehrt in diesem Café der Übriggebliebenen. Eine doch etwas peinliche Einschätzung, die ich erst mal schweigend durchbuchstabieren mußte. Ein Übriggebliebener – aber wonach, wovon, wobei? Beim Kehraus einer großen Party? Nach einer Damenwahl oder dem Mauerfall? Nach einer kleinen Revolution? Der Verteilung der besseren Tribünenplätze? Oder hatte sie einen schwer vermittelbaren Rest Menschen gesehen, unbrauchbar, untätig, übrig eben und wieder zu haben? Wenn Thomas Leisers Lebensgefährtin mit ihrer Feststellung richtig läge, säße mit mir nahezu täglich ein Übriggebliebener in diesem Café – kein schönes Gefühl, aber, aufs Ganze gesehen, auch kein völlig unbekanntes. Durchaus denkbar, daß die von ihr gefundene, halbwegs originelle Formulierung ihn vor allem im beziehungssymmetrischen Sinn befriedigte: Also bitte, was die Fähigkeit angeht, sich zutreffend und scharf auszudrücken, kann meine Freundin ohne weiteres mithalten. Genau dies hatte ich bei früherer Gelegenheit mit der einen oder anderen Anspie-

lung angezweifelt, so daß er vermuten konnte, ich würde seine Freundin intellektuell nur bedingt für die passende Partnerin halten.
Im Grunde hätte ich diesen provozierenden Caféhaussatz sofort als abwegig zurückweisen müssen – aber meine Schlagfertigkeit ließ in solchen Gesprächen neuerdings öfter auf sich warten. Außerdem kannten wir beide uns so gut, daß ich genau wußte, wie Leiser die offenbar von ihm geteilte Einschätzung verstanden haben wollte. Vorwurfsvoll natürlich, als ein ansonsten schweigend übergangenes Thema, auch wegen seines Unverständnisses dafür, daß ich noch immer die – vornehm ausgedrückt – gastronomische Option nutzte, noch immer die nomadenhafte Häuslichkeit dem geordneten Leben in den heimischen vier Wänden vorzog. Fand er nicht gut, fand er gar nicht gut. Er hielt die notorische Kneipengängerei für eine überkommene Gewohnheit, sinnlos, ja gar ausreichend für den Anfangsverdacht von moralischer Verwahrlosung – selbst wenn die Besuche einem trockenen Zeitungscafé galten.

Das Café Fler als Ort der Übriggebliebenen – eine Fehleinschätzung, im Trüben gefischt, hatte ich nur kurz widersprochen, »mit schönem Gruß« an seine Freundin zu Haus.

Dieses Café lag in einem einst bewegten, heute gastronomisch verkümmernden Viertel, ein unverändert belassenes Szenecafé im nüchtern hellen New-Wave-Stil der frühen achtziger Jahre, von japanischen Reiseführern als besuchenswertes Weltkulturerbe empfohlen. Seit einer Weile schon litt es unter neuen konkurrierenden Formen – wie der Doppelstrategie kleiner, sich vermehrender Geschäfte in der Nachbarschaft, die neben feinen Schokoladen, griechischer Feinkost oder tausend Teesorten auch ein Sitz-Eckchen mit zwei, drei Tischen und entsprechendem Caféhaus-Service anboten. Selbst am Spätnachmittag herrschte wenig Betrieb, so daß jeder der nach und nach eintretenden Stammgäste seinen kleinen, auch von uns beachteten Auftritt hatte. Drei, bald vier Männer in den Vierzigern oder bereits Fünfzigern nahmen jeweils allein an einem Einzeltisch Platz und begannen ihr rituelles Abend-Solo, unbemuttert und ohne den letzten Schliff im Auftreten – die Art ihres Alleinseins wirkte auf ebenfalls anwesende Melancholiegefährdete höchstwahrscheinlich melancholisierend. Gemeinsam mit den Späterkommenden würden sie in diesem Raum über Stunden nebeneinanderher lesend sitzenbleiben und sich mit Zeitungen, Zeitschriften oder Büchern auf einen nur durch geistige Getränke erleichterten Lektüremarathon begeben. Männer mit Drang in die Einsamkeit, die sich für ganze Abende sonstigen sozialen Zusammenhängen entzogen, die sich möglicherweise hier aufhielten, um Schlimmerem anderswo zu entkommen. Unter ihnen zu sein, schloß eine gewisse Ansteckungsgefahr ein und warf Fragen nach dem Motiv jedes einzelnen, den Gründen seines Verhaltens auf, die unbeantwortet blieben. Ich hatte nichts gegen diese Männer, ich kannte sie kaum – wir teilten einen Raum, oberflächlich betrachtet, mehr nicht. Keiner von ihnen konnte mich nur annähernd so beeindrucken wie Leiser. Sein erstes Buch hatte er mir vor zwanzig Jahren vor die Füße geworfen: So mein Freund, sagte er keß – jetzt hab ich eine Rippe mehr.

Mein Leben sollte damals wie auch in der Folgezeit ohne eine anatomisch vergleichbare Stärkung verlaufen. Ebensowenig war es mir seither gelungen, einen häuslichen oder familiären Lebensstil hinzubekommen. Leiser wußte das alles, kannte meine über Jahrzehnte ambulante Form der Existenz. Wenn also jemand die auch andernorts mögliche Assoziation von einem Café der Übriggebliebenen hervorgerufen haben mochte, dann konnte es eigentlich bloß ich gewesen sein – schließlich kannten er und seine Freundin von den hier Anwesenden nur mich. Und ich war veranlagungsgemäß jederzeit bereit, dunklere Charakterisierungen zuzulassen: nirgendwo hingelangt, nirgendwo dabei, ein Niemandsmann, eingedreht in eine eschersche Selbstbezichtigungsspirale ohne Anfang oder Ende, festgesessen in immergleichen Cafés, die immergleichen alten Stories mit den immergleichen rebellischen Zuspitzungen auf der Zunge, mehr oder weniger erledigt, übriggeblieben eben, tja, ein Mangel an Ernsthaftigkeit, an Dynamik, an Veränderungsbereitschaft, tja, an Ideen letztendlich, versteht sich.

Der Wirt hier gibt mir Rabatt, hatte ich gesagt, ich zahl nur die Hälfte.
Du könntest jeden Morgen eine Stunde früher aufstehen, sagte Leiser.
Verzichten aufs lächerliche Feierabendbierchen, klar. Aber das Bier, sagte einer, der's wissen mußte, unser Bier, das sind die Mütter – wir kehren immer zu ihnen zurück.
Eine merkwürdige Analogie, sagte er.
Hab ich irgendwo gelesen, ein Zitat aus deinen lyrischen Gefilden … Gottfried Benn … saß nur zwei Straßen weiter jeden Abend beim »Würzburger Pils«.
Trotzdem Blödsinn.
Schuldgefühle hab ich auch so schon mehr als genug.

Was sagten wir in früheren Jahren so schön defätistisch über unseren allabendlichen Kneipengang? Einsamkeit als Gruppenerlebnis. Und das zu Zeiten, als wir in großer Zahl beieinander waren, als das Gefühl des Zusammenhangs noch existierte. Einsamkeit als Gruppenerlebnis? Ein Spruch, der heute, ein Vierteljahrhundert später, viel eher zutraf, angesichts eines werweißwie zusammengewürfelten, kontaktscheu-coolen Publikums, allesamt Virtuosen der Distanz. Eine einstmals vitale Tätigkeit war Ritual geworden und ich – ich gab den Tresenleser, den scheinbar Unterforderten, den unbekannten Märtyrer des Müßiggangs. Einer, der sich in unveränderter Manier ins Caféhaus setzte, sich voll bewußt der schläfrigen Ekstase überlassen konnte, die erstbesten Eindrücke aufnahm und wiedergab, ohne Berechnung oder Träumerei, einer, der sich wie ein Dressman in Wechseljahren ins Lokal stellte und das bißchen Adrenalin abbaute, das ihm seine anscheinend gleichförmig verlaufenden Tage bescherten. Ein alt gewordenes, vielleicht schicksalhaftes Hobby, das nur mit Verachtung überwunden werden konnte, einer Verachtung, die in meinem fast in den Falten verschwundenden Gesicht jederzeit erkennbar war.

Aber demnächst kommt hier ein Defibrillator rein, ganz dezent gehängt, gleich hinterm Zigarettenautomaten, hatte ich gesagt – das wär dann das erste Lokal mit so 'nem Ding, hallo Leute, kommt ins Café Herzanfall, wir sind auf alles vorbereitet, und bei uns seid ihr sicherer als zu Haus.

Häuften sich solche schnoddrigen Äußerungen meinerseits, verlor unser Gespräch an Fahrt und Charme. Leiser konnte sich aufs unangenehmste abwenden, indem er mit starrem Gesicht überlang schwieg und aus dem Fenster schaute – ein Moment, den ich fürchtete, denn schon im nächsten Augenblick würde er mit ersten raffenden Griffen nach dem auf der Sitzbank liegenden Mantel das Ende des Treffens anstreben, sein Mißfallen unwiderruflich, die Freundschaft für unbestimmte Zeit annulliert sein. Seine Aufmerksamkeit, vermutlich auch seine Sympathie blieben zumindest in unserer Konstellation nur erhalten, wenn klare Erlebnisse durch ebenso klare Schilderungen wiedergegeben wurden, möglichst lebhaft, mit möglichst überraschendem Perspektivwechsel, samt wirklichkeitsgetreu nachgesprochenen, durch Betonung charakterisierenden Zitaten beteiligter Personen. Das heißt, Leiser wollte jemanden voller Freude mit Empathie, Detail und Farbe lebensecht und glaubhaft erzählen hören, oder gar nichts hören. Im Grunde wollte er druckreife Literatur hören, um seine Sphäre nicht verlassen zu müssen.

In dem Sinne hatte ich noch einmal versucht, ihm einige der hier dauerhaft Übriggebliebenen zu beschreiben; darunter vier – naturgemäß schwer zu beschreibende – Philosophen, drei davon mit BAT Soundso nicht schlecht bezahlt. Sie gehörten verschiedenen Schulen an, wobei mir derjenige, der die analytische Philosophie vertrat, ganz liebgeworden war – leider verkehrte nur ein einziger, obendrein unregelmäßig erscheinender Mediziner hier, was die Chancen auf beratende Gespräche über die körperlichen und die geistigen Probleme ungleich verteilte. Dazu ein Hörfunkautor, erklärte ich – also zwei in diesem Haus, ergänzte Leiser, zwei, klar. Wir führen hier viele Professionen doppelt: zwei Fotografen, einer davon Israeli, immer interessant, zwei in Drehbücher hineinmalende Filmfrauen, zwei IT-Männer, nur einmal vorhanden dagegen eine Friseuse, ausgebildet im Salon des berühmten Haartheoretikers Vidal Sassoon, heute freischneidende, ambulante Frisurenkünstlerin, die unseren Tresenköpfen zweimonatlich den allerfeinsten Bauhaus-Haarschnitt verpaßt … eine schlanke Mittzwanzigerin, empfindungsreich und wißbegierig, nicht so proper wie ihre Kolleginnen in den zahllosen Läden der nur einen Block entfernten »Straße der Friseure«, doch mit allem Nötigen ausgerüstet, Männerkämmen, Frauenkämmen und der aktuellen Sechshundert-Euro-Schere von Matsusaki.

Zumeist gegen Ende unseres Gesprächs tauchten weitere Stammgäste auf. Manche wechselten wie in einem englischen Herrenclub stehend ein paar Worte zur Begrüßung, um dann – eine Lücke von vorzugsweise einem bis zwei freien Tischen zwischen sich lassend – mit all ihrer Intelligenz niederzusinken auf ihren Platz. In eine Abgeschlossenheit also, von der kein anderer abschätzen konnte, wieweit sie erwünscht, als Disposition gegeben oder sonstwie unabänderlich sein mochte.

Die zwei schmächtigen Männer in ihren Vierzigern, die fast gleichzeitig gegen neunzehn Uhr kamen, kannte auch nach jahrelanger Anhänglichkeit hier kaum jemand mit Namen. Den drahtigeren der beiden hatte ich den Samurai getauft, weil er nicht nur voluminöse, in den dreißiger Jahren ins Deutsche übersetzte Bücher über japanische Kriegsstrategien im frühen Mittelalter las, sondern einmal auch eine anscheinend aktuelle Monatszeitschrift eben dieses Titels mit dem dazugehörigen Schwertkämpfer auf dem Cover – in schwungvoller Aktion festgehalten, versteht sich. Wobei ich später gar nicht mehr sicher war, ob es die Zeitschrift »Der Samurai« wirklich gab, oder ob ich einen zwar ähnlich lautenden, doch nicht zweifelsfrei lesbaren Titel eines Magazins in seiner Hand willkürlich ergänzt hatte. Mit durchweg unbewegter, trister Miene schaute er ins meist mäßig besetzte Lokal, wie auf der Suche nach der richtigen Frau zum Doppel-Harakiri. Im smalltalk zwischen den Kellnerinnen und mir blieb ihm der kriegerische Name ohne sein Wissen erhalten, anscheinend ein passender nom de guerre.

Der Mann besitzt einen gutlaufenden Laden für Kinderspielzeug, hatte ich erklärt, der muß jeden Tag seinen ganzen Charme aufbieten, um junge Ehefrauen und alleinerziehen-

de Mütter zum Kauf von irgendwelchem Zeug zu bewegen, pädagogisch natürlich auf dem neuesten Stand, alle Produkte ökologisch astrein undsoweiter …
Da muß er sich aber wirklich anstrengen, sagte Leiser, nachdem der Samurai an uns vorbei zur Toilette gegangen war – mit sowohl für Spielzeugläden als auch Cafés zu festem Schritt und geradezu totenmaskenhaftem Gesichtsausdruck.

Und der da, hatte ich geflüstert, der dort am Ecktisch vorm Fenster – was würdest du diesem Übbriggebliebenen zutrauen?
Diesen Menschen wollte ich ihm unbedingt näherbringen – er saß allabendlich über Zeitungen gebeugt, vor sich aufgereiht zwei, bald drei oder vier halbvolle Gläser, weil er seinen Weißwein stets nur zur Hälfte austrank, um ziemlich flott den nächsten zu bestellen, so daß die Reihe nicht gänzlich geleerter und deswegen auch nicht abgeräumter Gläser anwuchs. Ein in schlichte Wolljacken oder Pullover gekleideter, präsenzarmer Mann, der versuchte, mit dieser verschwenderischen, doch beruhigenden Trinksitte seinen Alkoholismus vor sich selbst und anderen zu kaschieren. Womöglich hatte irgend jemand ihm gesagt, Mensch Junge, trink die Hälfte und alles wird gut. Na ja, Marotten, Zierleisten der Persönlichkeit … und seine Schrulle ließ beim interessierten Beobachter zig Deutungen zu. Sie ginge auch als Zerstreutheit durch, als Hang zum Leben aus dem Vollen, aus dem wunderbarerweise immer wieder Vollen – sie könnte der Verhaltensrest eines einstigen Sturztrinkers sein, der heute nur noch schnell bestellt, aber nicht mehr ganz so schnell trinkt. Ebenso könnte sie eine gewisse Großzügigkeit offenbaren, oder auch das Gegenteil, die Existenzängste eines gequälten Meisters der Selbstisolation, der hier blicklos, wortlos und reaktionslos gegenüber der Umgebung seine Stunden ver-

brachte, die Prime Time, wie sich in seinem Fall sagen ließe. Er arbeitete für einen der großen privaten Fernsehkonzerne – in wichtiger Funktion, als Formatentwickler nämlich, wie ihm einmal mein Lieblingstresennachbar und Allesrauskrieger Paul entlockt hatte. Aber welche Formate der Entwickler auch immer entwickelt haben mochte – ertragen konnte er sie offenbar nicht. Sein Aufenthalt hier während der besten Sendezeit bewahrte ihn davor, die von ihm verantworteten Fernsehprogramme im feierabendlichen Heim mitansehen zu müssen.

Na ja, unsere Zerstreuungsindustrie, Fernsehkucken ... das wär ja nix anderes als dauernd Tränen in Herzform in die Augen zu kriegen ... so hatte Leiser diese Fler-Personalie sinngemäß kommentiert, da wär's für einen Fernsehmacher das Beste, sich ohne ein Wort über seinen Job in einem halbleeren Café vollaufen zu lassen, um so über seine ständige, sich jeden Tag erneuernde Schmach hinwegzukommen. Fernsehen wäre ja nach Kant auch nur eine Form der ungeselligen Geselligkeit, sagte ich.

Im nachhinein fiel mir auf, daß meine hochgestochene Bemerkung von Leiser als Verschleierung einer verschämten Neigung zu diesem Medium gedeutet werden konnte. Er interessierte sich nicht dafür, kein Thema, in keiner Hinsicht. Anders bei mir, dem fast zehn unwirkliche Jahre Älteren. Für mich gehörte das Fernsehen zu den Wundern der Kindheit, die vor den eigenen Augen aus dem Nichts aufgestiegen waren und daher niemals ganz verblaßten. Und auch wenn der Mann mit den halbvollen Gläsern diesen Kinderglauben nicht stärkte, sondern eher den unglücklichen Zustand seiner Arbeitswelt offenbarte, durfte er meiner Aufmerksamkeit sicher sein.

Leiser wollte über einen hier real vorhandenen, ansonsten jedoch im internationalen virtuellen Scheiß herumstochernden Formatfinder nichts wissen. Auch nicht über weitere, noch nicht anwesende Stammgäste wie die zwei Psychotherapeuten und den Finanzchef der Stiftung einer unserer staatstragenden Parteien, einen sehr angenehmen, offenbar naturberuhigten Spätleser, der gelegentlich seine buchhalterischen Bilanzausdrucke mitbrachte und sie meterlang über dem Tisch ausfaltete. Leiser schien mittlerweile klar, daß ich nur einmal mehr meine Caféhaushockerei rechtfertigte, dabei mit allerlei interessantgeredeten Beobachtungen aufwartete, um zu sagen: Also bitte, in diesem Lokal verkehren Gäste, die man auf den ersten Blick verkennt und die doch zu den, wie es so schön heißt, gesellschaftlich relevanten Gruppen und Berufszweigen gehören …

Und andere Einschätzungen, mein lieber Thomas, würden einfach nicht zutreffen … tatsächlich leben diese Leute in der notorisch penetrant und paranormal hochgelobten Mitte der Gesellschaft, wahrscheinlich mittiger als du und ich, und die Abweichungen vom ortsüblichen Feierabendverhalten stellen keine grundsätzliche Gefahr für ihren Status dar. Der eine, gut, extremes Beispiel, braucht eben seine elf, zwölf Biere, um einer unerklärten Verzweiflung zu entkommen, was er auch schafft, bis er sich um Mitternacht zufrieden und ohne sichtbare Veränderung auf den Weg nach Hause macht – der andere, ein Noch-Ehemann und Vater, hält es abends daheim atmosphärisch nicht aus und wird das Café erst dann verlassen, wenn er sicher ist, daß seine Familie bereits in den Betten liegt … über die genaueren Gründe ihres Kummers läßt sich in der Manier alter, schon immer sinnloser Kneipensoziologie nur spekulieren. Den Mann mit dem sinnentleerten TV-Sender im Nacken tröstet wenigstens eine gelegentlich auftauchende, modelschöne asiatische Freundin, der Samurai dürfte von Vergleichbarem lediglich träumen – denn laut seinem altjapanischen Tugendkatalog (Hagakure) würde er, wenn er mit realer weiblicher Unterwäsche auch nur in Berührung kommt, augenblicklich die Macht des Kriegers verlieren.

Soviel fürs erste zu den Übriggebliebenen hier, hatte ich gesagt.
Und du bist wahrscheinlich einer der leitenden Gäste, erwiderte Leiser – gestatten, Doktor Müller-Tralala, Professor der Gastronomie.

Seit er sich vor langen Jahren die Kneipengängerei von einem Tag zum anderen abgewöhnt hatte, fiel Leiser der Aufenthalt in Lokalen mehr als schwer – die schlechte Luft, verstehst du, und diese abgestandene Popmusik, nee. Das war früher mal ganz anders gewesen. In der Straße, in der das Fler lag, hatten wir uns kennengelernt und nahezu jeden Abend mit schlechter Luft und gealterter Popmusik in einem Café namens Mitropa verbracht, gut hundert Meter von hier entfernt – zu Beginn der Achtziger, die Leiser heute, halbwegs ernstgemeint, »die große Zeit« nannte. Wie bei jedem Treffen streiften wir für ein Viertelstündchen die gemeinsame Vergangenheit, amüsierten uns über einige Personen und Persönchen; Gesichter, Orte und Anekdoten kamen noch einmal zur Sprache, und dank Leisers präziser Erinnerung sogar mancher der in sommermatter Caféhausstimmung gefallenen Sätze, in seinem Gedächtnis auch nach einem Vierteljahrhundert noch wörtlich abrufbar, von ihren Urhebern sicher längst vergessen.

Als uns seinerzeit eine ihm und mir bekannte Frau im Mitropa zusammenbrachte, hatte er sich allerdings mit längerem Schweigen eingeführt. Schwer zu sagen, was sie und ihn verband, ob sie ihre Probiernacht schon hinter sich hatten – aus Gewohnheit taxierte ich zuallererst den erotischen Gehalt solcher neu auf mich zu kommender Konstellationen. Die Blikke, die Gesten zwischen den beiden, alles blieb diskret, was einen versuchten Versuch höchstens erahnen ließ – womöglich auch wegen des Umstandes, daß ich dieselbe Frau bereits einige Wochen länger als er kannte. Nach unserem dialogisch ausgereiften, meinerseits absichtslosen Kennlernflirt war sie bereits am nächsten Mittag unverabredet an meiner Wohnungstür erschienen, mit über Nacht gerettetem, absichtsvollen Schwung ... so klingelt eine Frau nur einmal – und ich war nicht zu Hause. Ein paar Tage später war die Luft raus und einer Freundschaft stand nichts mehr im Wege. An jenem Abend im Mitropa ermunterte sie Leiser mehrmals ... nun sag ihm doch, was du machst ... Er wollte es nicht sagen – nicht in diesem Café voller hochambitionierter Künstlerkandidaten. Erst als die Verweigerung lächerlich zu werden drohte, erklärte er sich. Er arbeitete damals schon an seiner zusätzlichen Rippe, klar. Nur wie stark und stabilisierend sie werden würde, war in dieser »großen Zeit« noch nicht zu ahnen.

Lange her, hatte ich gesagt, als wir uns an diesem Begriff für eine Weile festredeten, alles lange her.

Und ... was machen die Frauen?
Das fragte Leiser immer dann, wenn das Pflichtprogramm erledigt war und er zum gemütlichen Teil kommen wollte.
Gute Frage, sagte ich, ja ... ja, ich hab da schon was im Auge, eine leicht verunsicherte blonde Mittvierzigerin ... sitzt sehr spät dort drüben am Ecktisch und schreibt in ihr Notizbuch ... das große Mitternachtsheft einer Blondine ...
Klingt gut, aber Blondine ... ist prätentiös, als Begriff zu belastet, kann man eigentlich nicht mehr sagen.

Vielleicht nicht sagen, aber denken … allerdings haben ein paar französische Wissenschaftler herausgefunden, daß Männer beim Anblick blonder Frauen unbewußt ihre Hirntätigkeit senken … ein Phänomen, im Fachjargon heißt es »Anpassung an das vermutete Niveau des Gegenübers« …
Du liest immer noch diesen Zeitungsquatsch, sagte Leiser – sprich die Frau doch einfach an …
Ja, ja klar – da scheinen jedenfalls Kapazitäten frei zu sein …

Seit einigen Jahren lebte er mit Freundin am Rande der Stadt, in einem östlichen Vorort, mit viel frischer Luft und abgestandenem Kadermuff ringsum – ein ziemlich abstinentes Leben, bis auf das Glas Sylvestersekt. Eigentlich kein Grund, mir das Caféhaussitzen anzukreiden, bei jedem Rauchwölkchen aufzustöhnen und mir beim zweiten, spätestens dritten Bier angestrengte Blicke zuzuwerfen. Sollte ich ihn etwa daran erinnern, daß er in der »großen Zeit« zur Trinkgruppe Winterfeldtplatz gehört hatte? Mit am Verschwörerstammtisch saß, bis er eines Tages in einen anderen Stadtteil zog und in lebenslängliche Klausur ging? Nein, ich brauchte ihn nicht daran erinnern, daß er von der alten Clique mit einer Menge Erlebnisse versorgt worden war, die er an seinen Schreibtisch mitnehmen durfte. Daß er als junger Dichter undercover mehrere Frauen aus Winterfeldtkneipen hinauskomplimentiert hatte, aus deren Leib und Leben sich Stoff für mindestens zwei seiner Bücher gewinnen ließ. Und daß auch er einem gewissen Drang nach Interessantmacherei nachgab und im Suff ganz gern den starken Mann machte – nicht unbedingt am richtigen Ort, wie in der Rockerkneipe Bei Peter, wo er eines Morgens um sechs ein großes Bier über den blanken Tresen ausgoß, weil er ein kleines bestellt zu haben behauptete. So schnell war er noch nirgendwo rausgeflogen, an Hals und Kragen gepackt und auf die Straße geschleudert –

nach einem freundlichen Hinweis des zurückkehrenden Barmanns folgte ich freiwillig. Draußen saß ein anderer Gast mit blutverschmiertem Gesicht an einen Baum gelehnt und röchelte noch immer – auf den hatte ich dich schon beim Reingehen hingewiesen, mein Freund, und dann machst du so'n Zirkus. Gut, war lange her, heute als Mittfünfziger würde er so etwas nicht mehr machen.

Wenn ich heute an diesen längst umgestalteten Orten wie dem Café Mitropa vorüberging, kam mir der Gedanke an »die große Zeit« eher selten. Sich in Lokalen aufzuhalten galt mir dennoch nach wie vor als Alternative zum Familienprogramm. Selbst wenn es immer wieder Cafés gegeben hat, mit denen man – anfangs heftig verliebt – leider bald darauf verheiratet war.

Daß wir uns zwei, auch drei Mal im Jahr trafen, war ein letztes freundschaftliches Ritual. Es würden nie wieder mehr werden als diese zwei, drei Stunden, die wir, stets auf seinen Vorschlag hin, »in deinem Café da« verbrachten, um uns gegenseitig auf den jeweiligen Stand der Dinge zu bringen. Das hieß in erster Linie, viel über meine Probleme zu sprechen, Probleme der Arbeit, des Geldes und der Liebe, so wie eh und je. Über die Frau, mit der er zusammenlebte, sagte er nichts Genaueres, genausowenig übers Geldverdienen oder das meiste, was er darüber hinaus so trieb. Und wie es um seine Arbeit bestellt war, konnte ich den wiederkehrenden Lobeshymnen der überregionalen Zeitungen entnehmen, die zerlesen und unordentlich, aber komplett hier auf der Fensterbank im Café auslagen.

◆

Die große Zeit – Ende der Siebziger, Anfang achtzig in Berlin? Glaubte Leiser das wirklich? Könnte das nicht bereits zehn Jahre früher der Fall gewesen sein? Um achtundsechzig herum war er dreizehn oder vierzehn und noch zu Hause in einer kleinen Stadt ... während von mir anderswo dies und das mitgegründet wurde. Vielleicht hatte er trotzdem recht mit seiner Einschätzung dieser Zeit, »unserer großen Zeit«, wie er sie öfter nannte.

Schon beeindruckend, die ersten Momente in dieser Stadt, der freie, kilometerweit reichende Blick beim Hineinfahren von Norden her ... Ein tatsächlich großer Moment, vom Theodor-Heuss-Platz entlang der Sichtachse die Straßen bis zum Brandenburger Tor geradeaus runterkucken zu können, die historische Großzügigkeit des Ganzen, seine verpflichtende Dimension zu erfassen ... Das hatte jene metropolitane Tiefe, in der das Ende der Straßen im Sommer unscharf am Horizont zu flimmern beginnt und hinter dem Flimmern die Stadt unendlich weitergehen mochte, wie in New York oder Athen und nirgends sonst in Deutschland. Der Blick verhieß Besonderes und ließ mich für mehr als einen Moment in andächtiger Ergriffenheit staunen – ein seltenes Gefühl, und geschichtsvergessen dazu nach Stunden ärgerlicher Transitschleicherei durch die DDR-Landschaft.

Bereits damals wiederholten sich die Dinge. Wieder einmal war ich in eine neue Stadt gezogen, und wieder einmal, vordergründig betrachtet, wegen einer Frau – Katja, die Schöne … Schönste meines Lebens, die kluge Katja, die bei meinem Anruf an jenem Ankunftstag in ein um Sekunden zu langes, womöglich ungläubiges Schweigen fiel. Sie lebte seit ein paar Monaten hier, weil sie eines morgens in Hamburg die Zulassungsbescheide gleich zweier Unis bekam und in mein verliebt gespanntes Lauern hinein sagte: Berlin, ganz klar Berlin, tut mir leid. Seitdem fanden wir in zwei Städten statt und wollten wieder eine daraus machen. Der Versuch einer Paarwerdung, die immer gleiche Phantasie also, die mich reizte und hierhergelockt hatte – ja, und dann war ich da, oben, am Ende der Heerstraße.

Später am Abend, beim Kneipenbummel mit unserem Wohnungsgeber Dizzi, überquerten wir den Winterfeldtplatz auf dem Weg von der Ruine zum gegenüberliegenden Dschungel, keine hundert Schritte weit – laut Dizzi die Strecke allnächtlicher Bier-Polonaisen zwischen zwei unterschiedlich extremen Lokalen, wobei man sich im einen jeweils kurz vom anderen erholen konnte. In einem spontan entstehenden Trupp wechselten wir von einem Tresen zum nächsten, trotteten hin, trotteten nach ein, zwei Bier mit anderen Begleitern wieder zurück. Auf dem Rückweg ging eine unbekannte Frau an meiner Seite, ein paar Worte fielen, bevor sie unvermittelt ihre Brust aus der Bluse holte und sie vorzeigte … nur eine … eine formschöne, füllige Naturbrust – heilige Maria, Jungfrau, Mutter und Herrscherin … warum tat sie das? Vielleicht hatte ich ihr erzählt, daß dies mein erster Abend als Neu-Berliner war. Während sich die anderen langsam weiterbewegten, drängte die Frau zur Mitte des Platzes, ins Licht der einzigen Laterne, wo sie die Brust mit untergriffiger Hand mir zur besseren Sicht freundlicherweise noch ein wenig entgegenhob – à la bonne heure. Ich schaute auf die rosige Blume im weißen Fleisch, schaute dann zu Katja rüber, schaute wieder auf die Frau und hielt ihre Entblößung für eine weniger ironisch als eher selbstbewußt stolz gemeinte Geste, mit der sich eventuell, doch nicht zwingend, die Erwartung einer anerkennenden Gegenleistung verknüpfte. Für Augenblicke blieben wir noch unter der Laterne stehen, unbeachtet von den anderen, ausgenommen Dizzi und Katja. Um der Situation eine solide Basis zu geben, erbat ich zeichensprachlich ihre Telefonnummer. Möglich, daß es beim Gestikulieren danach aussah, als hätten meine Hände die Unbekannte an irgendeiner Stelle berührt. Mit Erreichen des ›Dschungels‹ zerstreute sich die Gruppe. Drinnen hatte Dizzi den Teil-Strip kurz kommentiert – so'n Oben-ohne-Anblick wäre besser als dieses Biermannlied, das ihm unterwegs von seiner Begleitung in die Ohren gesungen wurde. Und Katja sagte, gute Idee, daß du dich bei der Frau noch mal telefonisch bedanken willst – aber heut Nacht küss ich dich nicht mehr.

Warum überhaupt Berlin? Eine Stadt, die mich bei früheren Besuchen so gut wie gar nicht gereizt hatte. Aus welchem Grund ausgerechnet dorthin? Auf der Flucht nach uneingestandenen Niederlagen? Im Zuge meines Rumtreibersyndroms, aus Instinkt, gar Herdeninstinkt, oder aus Neugier? Aus einer Laune heraus, behauptete ich noch Jahrzehnte später, eine befristete Sache, eine Auszeit. Schließlich kam ich nicht aus einer badischen Kleinstadt, sondern aus dem aufregenden Hamburg hierher, ich … gerade über Dreißig, blond, leicht blasiert … eine Art Hippie-Businessman, der einen kleinen Haufen Geld gemacht hatte und wegen der dabei entstandenen Abscheu gegenüber der lieblosen Geschäftemacherei sowie des schlechten Mittäter-Gewissens auf der Suche nach etwas anderem war. Ein psychischer Kraftakt, nach sieben, fast acht Jahren Hamburg mit der Erkenntnis zu verlassen, einfach keine Wurzeln schlagen zu können, eine große

Liebe und damit auch die Lieblingsstadt für immer verspielt zu haben …

Die bisherigen vier, fünf Stationen im Land waren eine Nummer kleiner gewesen … das Dorf meiner Kindheit sowieso, dazu Goslar, klar, auch Hannover und Düsseldorf … Wobei ich weniger dieser Städte wegen dort gelebt hatte als vielmehr aufgrund sich bietender Kontingenzen, bestimmter Konstellationen und innerer Zustände – für ein paar Jahre, plus oder minus, bleiben oder gehen, gehen oder bleiben bis zum nächsten Ortswechsel und dem Versuch, wieder woanders Fuß zu fassen.

Die Stadt, diese Halbstadt, war für mich einfach nur neu und fremd. Noch Monate nach dem Umzug setzte ich mich bei jeder Rückkehr kurz hinter der Grenze in eine zwischen hohen Neubauten überdauernde Nachkriegsbarackenkneipe namens Jäger-Klause. Ich brauchte – wie ein reisender Handelsvertreter vor seinem Termin – ein paar Minuten der Besinnung vor dem Eintritt. Danach wußte ich wieder, daß die Pracht West-Berlins nur rudimentär vorhanden und in Teilen schwer lädiert, wenn nicht gar verschüttet war. Die Tristesse der milchkaffeebraunen Altbauten, der angeschossenen Brandmauern fiel stärker als anderes ins Auge – in Waschbetonkübeln vertrockneten Krokusse, wie gepflanzt für Künstlerfotos in Schwarzweiß. Nicht die trotzig hochgezogenen Vorzeigeecken, sondern die erstarrte Historie, die Verfallenheit war attraktiv und bildete den atmosphärischen Lockstoff für die unterschiedlichsten, meist aus der Provinz stammmenden Nachberlingeher. Einladend auch, daß es im Westteil keine strikt hierarchisierte Gesellschaft mehr zu geben schien, weil sich das geschäftswillige Bürgertum spätestens seit dem Mauerbau verdünnisiert hatte und Platz machte – für Studenten, Künstlerkandidaten, Lebenshungrige und auch für mich.

Der Umzug nach Berlin – eine irrationale Entscheidung also? In der Hoffnung auf bessere Ausbildung, den größeren Spielraum, ein erotisches Ba(r)bylon? Mit dem Vorsatz, sich hier ein Stück interessante Biographie abzuholen? Die ältlichen Polit-Parolen wie die vom »Schaufenster-des-Westens« oder der militärsprachliche Regierungsslogan vom »Vorposten der Freiheit« verfingen beim Wechsel in die amputierte Stadt nicht mehr so recht – paradoxerweise sollten diese Sprüche nach einer allmählichen Verschiebung der Perspektive dennoch an Wahrheitsgehalt gewinnen. Mitte der Siebziger waren – anders als bei den vorherigen Zuzugswellen – die ersten Befreiungskämpfe gelungen, die Motive zum strikten 68er-Kaderdenken/Einsatz nicht mehr gegeben. Die Nachberlingeher unterschieden sich jedoch weiterhin deutlich von denen, die es nach München oder Hamburg zog – nach Berlin gehen hieß, den Königsweg der Unangepaßten zu nehmen … und dem westlichen Hinterland, den Eltern, dem Barras entkommen. Das in ihrer früheren Heimat stark verbreitete, enthemmte Konsumdenken hatten die Nachberlingeher durchschaut, als neuestes Produkt stellten sie zunächst die Konsumverweigerung ins Schaufenster-des-Westens … zur Verdeutlichung legte sich auch mal ein Aktionskünstler in die Auslage und kuckte mit sanft verführerischem Augenaufschlag auf die Stadtbummler draußen. Anders zu leben als der Rest der Republik, darum ging's, kritischer in der Haltung, erfinderischer in der Gestaltung des individuellen Daseins, und das im ewig jugendlichen Gefühl von Vergnügen – auch für Erwachsene. Die auf dem »Vorposten der Freiheit« waren so frei, die Einseitigkeit dieses Schlagworts zu erkennen. Nicht nur Philosophiestudenten wußten, daß es sich genausogut auch um den Vorposten der Unfreiheit handelte – schließlich war der existentielle Grundwiderspruch frei/unfrei als sichtbare Realität in die Stadt hineingemauert.

Und ich? Welche Gründe – außer der Verliebtheit – bewogen mich, hierherzuziehen? Ohne Studienplatz, ohne die Ersparnis des lang zuvor bereits geleisteten Wehrdienstes? Das damalige »Ich« war natürlich nicht dasselbe, das dreißig Jahre später über die Motive früherer Entscheidungen nachdenkt. Das damalige »Ich« wußte wahrscheinlich einfach nicht weiter und glaubte in eine andere Stadt gehen zu müssen, um ein Anderer, möglichst ein besserer Anderer zu werden. Es dachte, Berlin entspreche seinem gespaltenen Bewußtsein und sei daher der richtige Ort für ein noch vages Selbstverbesserungsprogramm. Dieses »Ich« wollte sich von seiner subkulturellen Vergangenheit lösen und zog schizzoiderweise dahin, wo das von überall hergeströmte subkulturelle Establishment lebte. Kein Fehler, hatte Dizzi dazu gesagt – kehr heim in die Fremde, geh in die Leere, und du wirst empfangen. Mit welchen Vorsätzen andere Neu-Berliner ihren Findungsprozeß angingen – zielbewußt, opportunistisch, womöglich karrieregeil –, ließ sich beim ersten Rundumblick nicht erkennen, das brauchte zwei, drei Jahre oder mehr.

Mit Leiser und mir war's schnell gegangen – seit dem Kennenlernen suchten und trafen wir uns fast täglich. Dabei mißfielen ihm meine ausschweifenden Erklärungen, die verkappten Versuche, an unserem Caféhaustisch das Wort zu führen – Westentaschensoziologie nannte er das. Überhaupt redete ich ihm zuviel. Seine Knie hätten unterm Tisch gezittert, gestand er einmal, weil er zu häufig nicht drangekommen sei. Fand ich kokett, er war ja nicht schwach, schon gar nicht, wenn er mit drei Wein intus ein halbes Dutzend Mülltonnen auf offener Straße erledigte. Zweimal in der Woche gingen wir zusammen aus, und zwar bis in den Morgen, bis zum ›Schrei der Katze‹, der letzten Station, oder der ›Domina-Bar‹, der allerletzten, schon in Nähe unserer Wohnungen.

Wer würde nicht neugierig sein auf das, was im Zustand erlebnishungriger Mattigkeit noch passieren könnte …

Doch es waren nicht die Kneipengängerei, die Beobachtungslust und die Kommentierfreude allein, die uns verbanden – jeder wußte vom anderen, daß er schreiben wollte, Gedichte im Falle Leisers, in meinem fürs Radio. Seiner Meinung nach der falsche Weg, die bezahlte, mithin konforme Rundfunkarbeit werde meinen Stil zerstören, ihn gar nicht erst entstehen lassen … Immerhin bringe das Geld, hatte ich erwidert … eine meiner schmutzigen Angewohnheiten, für jede geleistete Tätigkeit auch Bares zu erwarten – diese kurzsichtige Rechnung sollte ein Mann mit Ambitionen besser nicht aufstellen. Leiser hielt eine Bezahlung dichterischer Leistungen für abwegig. Wer wolle denn – und wie überhaupt – die Tarife dafür festlegen, hatte er erklärt, da sei sein Job als Nachtportier im Alsterhof die klarere Lösung. Durch sein Sträuben, Geschriebenes als Handelsware, die Verwandlung eines druckreifen Gedichts in Papiergeld zu akzeptieren, wuchsen ihm seinerzeit die mentalen, inneren Kräfte zu, mit denen ein frei vom ökonomischen Kalkül arbeitender Autor sprachliche Sicherheit und literarische Stärke erlangen konnte – eine Erkenntnis, die mir erst sehr viel später kam.

Eine trübe Tasse, dein wortkarger neuer Freund Thomas, hatte Katja kurz und trocken geurteilt.
Manchmal wirkt er etwas verlegen, hatte ich ihn verteidigt, Leute bürgerlicher Herkunft verunsichern ihn, er rechnet mit Ablehnung, erst recht bei schönen Frauen …
Dann sollte er zu den weniger schönen gehn – die sind empfänglicher, ergiebiger und dankbarer für die geschenkte Aufmerksamkeit.
Er sagt in Gesellschaft nicht viel, kann sich dafür aber die

Situationen genau einprägen, er legt einen mimetischen Vorrat an, ein Depot für alle Fälle …
… ein großer Schweiger, der sich bisher noch jedem Gespräch entzog …
… aber doch nur um die Dialoge der anderen wie ein Schwamm einzusaugen und sie bei Bedarf in sein vorgeahntes Werk einzubauen … um einen ganz bestimmten Satz Jahrzehnte danach in einem Roman zu verwenden … einen treffenden Satz, von dessen literarischem Potential sein Urheber nichts ahnt, den er selbst dann nicht wiedererkennen würde, sollte er ihn eines Tages in einem Buch lesen.

Der Mann, in dessen Wohnung wir anfangs lebten, hatte bereits ein Buch geschrieben – ein Kunsthistoriker, Professor Reiner, der in seiner Theorie aus dem Zeitgeist heraus Andy Warhol zum großen Marxisten erklärte, was ihm den sofortigen Ruf an die Harvard-Universität und einen Stehplatz im Foyer der New Yorker Factory einbrachte. Sein USA-Aufenthalt sollte noch ein paar Monate dauern. Gerüchtweise hatte Dizzi mit dem Professor und dessen Gattin eine Ehe zu dritt geführt – die nun geschickten Polaroids suggerierten eine andere, enge Beziehung der beiden, er rechts auf dem Foto, sie links, in der Mitte immer der Dritte, der weißhaarige Marxist Andy. Dizzi erteilte mir eine erste begrenzte Berliner Kunstlektion, derzufolge sich Maler in Schöneberg und Charlottenburg betranken, nachmittags ihre angefangenen Bilder ankuckten und sich am liebsten sofort in die USA beamen wollten. Maler wie er, ein Mittdreißiger mit schon etwas weichgezeichnetem Alain-Delon-Appeal, der Bauern, Drachen, Generäle, Pfauen, Bauhaushäuserfronten und Schlingpflanzen aus Atlanten, Lexika und Biologiebüchern abpauste, so daß ein nur durch seine Phantasie begründetes Stillleben auf der Leinwand heranwuchs. Nach einem Monat

Arbeit verkaufte er das postsurreale Rätselbild an potente Nachbarn im Haus. Mir gefielen seine schwarzweißen Federzeichnungen besser. Ein banjospielender Fuchs mit kleinem Propeller auf dem Kopf, betitelt »Was hab ich heut wieder für'n Tatter«, oder, auch als Postkarte, »Kalter Kaffee«, eine ländlich gehaltene Szenerie, in der eine angedeutet männliche Kaffeekanne im schwungvollen Tanz auf grüner Weide eine angedeutet weibliche Tasse mit schwarzem Strahl füllt, also Fred Astaire und Ginger Rogers auf den schleswig-holsteinischen Koppeln – ganz schön bunt, aber auf dem Markt 78/79 nicht konkurrenzfähig. Dennoch nahm Dizzi Anlauf für den Sprung über den Atlantik.

Was für eine sorglose, leichte Zeit – diese vier, fünf Monate ohne eigene Wohnung. Katja stakste auf Stöckelschuhn, ständig Brian-Ferry-Songs mitträllernd, durchs komfortable Professorenheim, von der schweren wilhelminischen Küche durch den langen Flur bis in ihr, also vorübergehend unser, Zimmer. Auf dem Parkettboden lagen Flokatis, darauf die von ihr verstreuten Sachen, Klamotten, einzelne Bücher, Tüten, Zeitungen, Zeitungsartikel, Decken, Taschen, Fotos, Flugblätter und Kopien von Brinkmann-Referaten, von Frank-O'Hara-Referaten, stellenweise in mehreren Schichten, alles in Griffnähe wie Spielsachen für ein intelligentes Kind, das auf Knien stundenlang kramend herumrutschte. In dieser simulierten Verwahrlosung fühlte Katja sich zu Hause; die Gefahr eines horror vacui sollte dort erst gar nicht aufkommen. Mit wenig Schlaf und viel Programm fuhr sie nachmittags zum Studieren nach Dahlem, während ich die Zeit zum Flippern oder Zeitunglesen nutzte – im Café Wintergarten oder in der Paris Bar, einem atmosphärisch aus der Zeit gefallenen, kaum besuchten Charlottenburger Lokal, in dem einer der bekannten, vorübergehend arbeitsunlustig gewordenen

RAF-Anwälte stundenlang Schach spielte. Noch im ersten Berliner Quartal landete ich während einer Party mit seiner, wie mir später erklärt wurde, aktuellen Geliebten im Bett, wo wir etwas geschwächt einnickten, um bald darauf von Flammen geweckt hochzuschrecken – sie hatte in letzter Minute um unser Lager herum Dutzende Teelichter aufgestellt ... Mit angesengten Haaren sprang ich auf, das brennende Kopfkissen in der Hand.

Katja bewunderte die Gelassenheit, mit der ich durch die Tage stromerte. Spät abends und nachts taten wir das gemeinsam – und noch enthielten die Nächte alles. Zum Auftakt Kino oder Restaurant, danach die karnevaleske Kneipenszenerie. Hier versuchten Frauen und Männer in aller Öffentlichkeit, so weit wie möglich in die Intimsphäre des anderen vorzudringen – das Programm hieß Eros für alle, niemand mußte sich anstrengen, niemand etwas Besonderes sein, außer besonders geistesgegenwärtig. Nach etlichen Unterhaltungen zu Hause angekommen, schmökerten wir erstmal 'ne Runde. Ein nächtlich aufgedrehtes Paar, das sich zusammen voranlesen wollte, brauchte einen Literatur-Cocktail, der das Hinausschieben der Lust zum Vergnügen machte, den Übergang vom Rezipieren zum Agieren subtil begünstigte – als zusätzlicher Botenstoff, versteht sich. In Frage kamen nur Stories von Donald Barthelme, Queneau oder Jürgen Becker, mit Büchern wie »Ränder«, »Felder« und »Umgebungen« legten wir uns morgens um fünf hin und lachten bis kurz vorm Schlaf.

In den ersten hundert Tagen in der Stadt lernte ich mehr als hundert Menschen kennen – so leicht wie noch nirgendwo, etwa ein Dutzend sogar mit vollem Namen. Anfangs waren Katjas Kommilitonen vorbeigekommen, auch der von uns sofort geschätzte, schlagfertige Germanistikstudent Detlef Meyer, der kurz darauf in der ›Knolle‹ den Bremer Harry kennenlernte, der mich mit seiner Medizin studierenden Wohnungsgenossin ›Doktor Karin‹ bekannt machte, die wiederum nur Tage später Leiser und mich im Café Mitropa zusammenbrachte … Eine erste Clique, die im ›Dschungel‹ beieinanderstand und zuschaute, wenn das neue Paar Detlef und Harry tanzte – we are family, Schritt, Schritt, Schritt und seitlich in Kopfhöhe in die Hände geklatscht, we are family, Schritt, Schritt und … yes we are, we were. Leiser und ich kuckten zu, ohne das Gespräch zu unterbrechen. Auf der Piste, dem Swutsch abends unterwegs, gab's stets diese beiden Hauptgruppen, die nächtlichen Erzähler und die Tänzer, die Dichotomie eines voll im Saft stehenden Szenevolks – immer dabei auch eine in den handlungsarmen Ecken der Disko diskutierende Hegel- oder Heidegger-Runde, das paßte. Vierundzwanzig Stunden am Tag konnten wir ausgehen, und das unter Leute mit ähnlichen Bedürfnissen samt der latenten Bereitschaft, sich gegenseitig zu bestätigen. Nachts kam da eine ganze Menge zusammen, was sich am nächsten Tag mit weiteren Zufallsbegegnungen in Café und Kneipe fortsetzte, auch mit Dizzis Anhang wie dem Kunststudenten Walter, einem der in diesen Gruppen seltenen Geburtsberliner. Weil er keinen Galeristen fand, hängte er samstags seine Bilder für ein paar Stunden im Tiergarten an Bäume und lud mittwochs zum festen Teeabend, wo sich weitere Bekanntschaften anbahnten … Größere Aufmerksamkeit als bei der pleine air show war ihm sicher, wenn er aus der Hüfte heraus eine Zigarette kunstvoll zwischen seine Lippen schnipste, um dann mit dem auf dem Kopf balancierten Bierglas eine Weile durchs rumpelvolle Lokal zu spazieren – alles Tricks, die ihn für seine spätere Laufbahn als gymnasialer Kunsterzieher prädestinierten …

Die Kunst also eine kommunikative Spielwiese? Nach dem Motto Jeder-kann-mitmachen? Eine neue Verheißung, gar ein Epochenwandel zehn Jahre nach der Kulturrebellion – von der RAF-Eiszeit direkt in die Neuberliner Leichtigkeit des Seins? Du darfst nicht alles glauben, was du denkst, hatte Leiser zu diesen Theorien gesagt, du verwechselst ohnehin den Kunstbetrieb mit Kunst. Er jedenfalls ließe sich nicht am Nasenring dieses Betriebs durch die halbe Stadt ziehen. Offenbar glaubte ich damals, daß die Beschäftigung mit Kunst unabdingbar zum Selbstverbesserungsprogramm gehörte – auch wenn sie zunächst oberflächlich abliefe, könnte sie ja später immer noch vertieft werden. Schließlich brachen hier alle Gattungen gleichzeitig zu neuen Ufern auf, in der Musik, der Malerei, im Film … eine historische Schnittstelle. Die Hochkultur hatte im Zuge der 68er Bewegung den Anspruch auf Alleinherrschaft verloren, im selben Zuge waren die massenkompatiblen Werke der Subkultur (hinter-)hoffähig geworden. Diese Kunst verließ die traditionellen Räume und Rahmen und machte neugierig, Hochkunst hin, Tiefkunst her – in Kreuzberg bastelten Dilettanten, die sich geniale Dilletanten nannten, an gar nicht gekonnter, lustiger Kunst zum Mitmachen. In dieser schöpferischen, Westberliner Atmosphäre fühlte ich mich relativ schnell wohl – ohne selbst ernsthaft aktiv werden zu wollen.

Katja dagegen schien zu wissen, was gute Kunst ist – für sie war das Schöne auch das Wahre. Sie sammelte rare Drucke von Jim Dine, sie kannte Dalí. Eines Tages war sie von Hamburg nach Cadaquès gefahren und hatte bei den Dalís an der Tür geklingelt – sein Sekretär lud sie zur allabendlich wenigen Auserwählten gewährten Audienz ins Haus, eine aufregende Einladung für eine Neunzehnjährige. Sie hatte mir bereits anfangs erzählt, wie sie zu Dalí gereist war – aus großer

Verliebtheit, um ihrem neuen Freund zu beweisen, wie ernst sie die Kunst nehme. Drei Jahre dauerte die Liebe mit diesem Larsen, einem Maler, der es währenddessen schaffte, mit einem einzigen Motiv bekanntzuwerden: seinen realistisch anmutenden Wüstenbildern, naturgemäß in gelblichbraunen und bläulich-schwarzen Farbtönen von Dalíscher Leuchtkraft, stets ähnlich und doch variiert, da er jeweils einen dreieckigen Wimpel hineinmalte, der an dünnen Stangen im mal dünenartig gewellten, mal ebenen Sandboden steckte. Nichts anderes im Bild, nur die Wüste und dieser eine Wimpel, den vermutlich jeder gern irgendwo signifikant hineingesteckt haben würde – im eigenen Garten, bei Tobruk oder auf dem Mond … Von beiden Malern zeigte sich Katja allerdings ziemlich enttäuscht. Larsen ließ sie zurück, nachdem all seine Wimpelbilder von einer großen Kaffeerösterei als Weihnachtsgeschenke für die Vorstände gekauft wurden – ihm Anschub genug, um auf immer in den pazifischen Raum zu verschwinden und als Stammesfürst auf einer kleinen Tropeninsel mit den einheimischen Frauen Kinder zu machen. Und Dalí desillusionierte sie dadurch, daß er sie für den nächsten Abend wieder zu sich einlud – dieses Mal nur sie sowie einen weiteren jungen Gast der Audienz. Die neuerliche Einladung verband sich mit der Forderung, daß sie und der junge Mann im Laufe des Abends unbedingt vögeln sollten – Dalí sähe es gern, sagte der Sekretär, wenn andere das in seinem Hause täten.

Wahrscheinlich erzählte ich solche Geschichten oft weiter – ohne daß dies mein Ansehen besonders gesteigert hätte. Wahrscheinlich erzählte ich auch Geschichten aus meinen früheren Arbeitswelten, den drei Jahren als Provinz-Reporter, den fünf, sechs Jahren in meinem Firmenkollektiv, das schließlich, wie's auf dem Briefkopf stand, im Zwischenreich von art and technology wirkte. Gut möglich, daß ich abends im Mitropa halbbegriffene Theorien oder unverdaute Erfahrungen eines Dreißigjährigen von mir gab und wie einige andere hier dachte, Kunst wäre zunächst mal Quatschen im Café. In dieser Zeit begann ja für die meisten Nachberlingeher die kommunikativste Ära ihres Lebens. Als alter Gruppenmensch kam ich sogar wieder in Gründerlaune; das Ergebnis hieß LEO und war eine blitzschnell gemachte Zeitschrift, ein notizblockartiges DIN-A-6 Heft, darin Bildchen, Liedtexte, Zeichnungen und Kurz-Comics, ausschließlich von Mitropa-Gästen. Doch auf einen Beitrag von Thomas Leiser mußte die Caféhaus-Redaktion verzichten. Auch einige andere wollten nichts herausrücken. Wer nicht kumpelte, dachte ich damals, der hat wahrscheinlich Großes vor.

Halbe Tage und ganze Abende verbrachten wir in dem Goltzstraßen-Café, einem vormals weißgefliesten Milchgeschäft. In stundenlangen Sitzungen saßen wir das Plastikgeflecht der Alu-Stühle langsam durch und tranken an einem der zehn, zwölf kleinen Blechtische etliche Tassen Kaffee für eine Mark zwanzig. Schwer zu sagen, warum es die Spezies der Kunstbewegten ausgerechnet in dieses eisdielenartige Café lockte ... Die Softies in Baumwolle, die Krieger in Leder, Männer, die vorm Spiegel schon mehr Zeit als Büromenschen brauchten und dann noch einen Fetzen Fell oder Riß in der Hose in die Optik ihrer Garderobe einarbeiten mußten. Frauen fingen sich Blicke mit offensiv aufgetragenem Cajal, alle Kleidung und das vorgezeigte Image tendierten stark ins Schwärzliche – schon ein Schönemenschentreff, alle eng beiander, redselig und daueraufgeregt, etwa zur Hälfte akademisch, der Rest eher nicht, und alle zusammen gierig nach Interessantheit. Leiser und ich setzten uns vorzugsweise an die Tische vorm Café – eine Neuerung damals, die Lokale aufzuhellen und herauszustülpen auf die Bürgersteige. Der new-wave genannte Stil, von SPIEGEL und newsweek fotografiert, gefiel den sachlich-nüchternen wie auch den narzistisch veranlagten Gästen und beglückte sie alle mit dem langsam stärker werdenden Gefühl, zur Avantgarde eines kunstorientierten, subversiven und zunächst nur wenigen Auserwählten möglichen Lebensstils zu gehören. Während der politische Arm der Vorposten-Vorhut im Bobby-Sands-Pub eines besetzten Häuserblocks am Winterfeldtplatz Billigbier trank und wüste antiamerikanische Demos organisierte, malten, filmten und musizierten die boys und girls ihres im »Mitropa« versammelten ästhetischen Arms – mitunter gelang sogar eine Synthese. Im »Mitropa« kamen fortwährend all die widerständigen Aktivitäten zur Sprache, die Konzert- und Leseerlebnisse, die französischen Philosophen, der Handke, meines Freundes Jeannots »Geschichte des Fahrstuhls«, der mißglückte Dylan-Abend in der Deutschlandhalle, auch das berühmte 68er-Foto mit Salvatore und Dutschke in der ersten Aufmarschreihe, eingehakt bei Antje, die zehn Jahre nach der Demo äußerlich unverändert hier am Nebentisch saß, im Gespräch mit Tabea, genannt Blumenkasten, einer Monroe-Doppelgängerin aus der lokalen Filmemacherei …

Eine unglaublich schlechte Schauspielerin, hatte Leiser wahrscheinlich an der Stelle gesagt – aber diese Haut, diese Rundungen … ein Türkentraum.
Die spielt doch gar nicht, dürfte ich gesagt haben, sie isses selbst, wenn sie als Bildnis einer Trinkerin durch die halbverlassenen Gewerbebrachen längs der S-Bahn stolpert und ins Gleisbett fällt, die Wodkaflasche in der Hand …
… ein klarer Fall von Ruinenmißbrauch im Film, eine hemmungslose, doppelte Ausbeutung, die Verklärung Joseph

Roths und die Verklärung des Leidens der Trümmerfrauen, gesehen wie immer im »Arsenal«.

Das Reden über Anwesende gehörte im »Mitropa« zur Hauptbeschäftigung der Anwesenden, selbstverständlich auch das Wunschpartnerauskucken … das Kucken überhaupt, immer auf der Pirsch nach flüchtigem Glanz, nach verborgenen Qualitäten. In Leisers und meinen Kommentaren überwog die skeptische Grundhaltung, versteht sich. Was nicht schön war, wurde von uns sofort erkannt – wenn etwas schön war, brauchten wir dagegen länger, bis es einer aussprach. Oft blieb's beim Männergeraune, realistischerweise ins Spielerische gewendet wie bei Leisers Verlangen nach Babyspeck, eine Phantasie bloß – Tabea fühlte lesbisch. Ein schöner Anblick, wenn sie in der Mittagssonne im weißen Hemdchen ihre Federbetten auf der Fensterbank zurechtschüttelte – sie lebte mit ihrer älteren Partnerin in meiner Nachbarschaft.

Auch ihr Film dürfte nur ein weiterer Film aus der Goltzstraße gewesen sein, einer der vielen Café-Mitropa-Filme, von mir seinerzeit zum eigenständigen deutschen Genre erklärt. Im Fernsehen gab's in dieser Phase jeden Monat mindestens einen Goltzstraßenfilm zu sehen, mit einer ganz eigenen Schöneberger Ästhetik. Experimente wie ein mit der sogenannten Helm-Kamera gefilmter Kochfilm, dazu etliche schnitttheoretisch weiterführende Flackerfilme, in denen die Mauer tausende Male rhythmisch aus der Erde springt, Agitprop-Dramen, die in schludrig errichteten Bambushütten eines vietnamesischen Bauerndorfs im Tiergarten spielten – aus dem Mitropa direkt ins ZDF. »Das kleine Fernsehspiel«, hieß die Sendereihe, immer freitags um halb elf, auch mit verwackelten Schwarzweißbildern aus der Tiefe zugemüllter Westberliner U-Bahnschächte – eine leicht herzustellende, grundsätzliche Kritik an den Verhältnissen, an Verwahrlosung und Elend, versteht sich.

Alle Macht der Super Acht ...
Der Thrill der düsteren Vergangenheit ... oder: Honigsaugen aus überwucherten Ruinen ...
... Bring deinen Beitrag einfach mal vorbei.

Trotz meines Faibles fürs experimentelle Kino dachte ich immer öfter, für Undergroundfilme schon zu alt zu sein ... Leiser wiederum, vor ein paar Jahren noch Krankenpfleger, mißtraute der akademischen Avantgarde genauso wie den punkig dilettierenden Szene-Künstlern – die einen machten kopflastige l'art pour l'art für den Eigenverbrauch, die anderen – so kommentierte er deren Anfangserfolge – wär'n am Ende, wenn ihre jeweils modische Bewegung zu Ende ginge. Wenn wie hier fast jeder an die nachrevolutionäre Besänftigungsutopie einer zügig vorangehenden Selbstverwirklichung glaubte, spielte das Literarische keine besondere Rolle, als Ausdrucksform zu langsam, zu zeitraubend, versteht sich. Sich den visuellen Künsten oder der Musik zu verschreiben versprach direktere, schnellere Anerkennung ... Auch die im Café verkehrenden Maler mußten mit ansehen, daß zunächst einmal den Filmemachern die größere Aufmerksamkeit geschenkt wurde ...

Ach ja, die Maler.

Die malten gelbe Mauern unter lila Nachthimmeln, rosane Schwimmer mit vital ins Blau einstechendem Armzug, schemenhafte Rockkonzerte und Dollarnoten in Supergröße – unbekümmert schoben sie ihre Nackedei-Kulissen ins Bild, huschhusch unter die Dusche ... irgendwer nannte sie die jungen Wilden … eine für uns beileibe nicht über alle Zweifel erhabene Künstlergruppe. Sie führten eine selbstorganisierte Galerie, die Galerie am Moritzplatz, zu deren Vernissagen ich meist mit Doktor Karin fuhr. Gleich beim ersten Mal mußte ich mich bei den Galeristen beschweren – nicht über die Dollarnotenbilder, die ihrem baldigen Druck auf Duschtücher entgegensahen, auch nicht über den frösteln machenden, kleinen Bullerofen in den Ausstellungsräumen. Nein, mir mißfiel, daß Bier hier nur in vulgären Halbliterflaschen gereicht wurde. Diesen Instant-Malern fehlte das ästhetische, quasi warholsche Gespür für die figürlich wie abstrakt elegant in der Hand liegenden 0,33er-Becks-Flaschen – die für meinen Geschmack unverzichtbaren, bremischen Säulen glückender Abende.

Ohne bei der Arbeit selbst dabeigewesen zu sein, hatte ich das Gefühl, diese Maler malten unter Zeitdruck, weil es Wichtigeres in ihrem Leben gab – deshalb die schnellen, flüchtigen Gemälde, oberflächlich in Öl oder Tempera hingewischt und bei Ausstellungen zeitsparend zu betrachten, da sie nichts zu denken gaben. Wenig überraschend, daß ein paar Fabrikanten, deren Freude an der Kunst wg. Achtundsechzig und dem Folge-Terror eingetrübt war, zu den ersten, marktwertsteigernden Käufern der lebensbejahend bunten Bilder gehörten. Diese Entwicklung brachte mich in eine peinliche Situation – einem der sogenannten, mir durch herzliche Frozzeleien im Café verbundenen Wilden hatte ich kurz zuvor jedes Talent abgesprochen. Das lag an zwei Objekten oder Werken oder Aktionen, die er nach einem konzeptionellen Anfall auf für mich störende Weise mitten ins Café stellte – einen Monitor mit einem ihn beim lautstarken Umräumen seines Ateliers zeigenden Video und ein zwischen die Flaschen ins Regal gelegtes, mit Stacheldraht umwickeltes, über den Tresen vor sich hin blitzendes Mini-Stroboskop. Was der Künstler uns Gästen auch immer damit sagen wollte – mir ging's allein schon als Zeitungsleser gegen den Strich. Jeder kriegt hier seine Chance, hatte ich ihm gesagt, du hast deine verwirkt. Das war nur wenige Monate bevor die Preise seiner Bilder von null auf gerüchteweise Hunderttausende schossen – und jetzt, und jetzt, rief er mir im »Dschungel« zu, was sagst du jetzt! Gratuliere, was sonst.

Nicht nur sein Geschäft war auf den Augenblick abgestellt. In der Anfangsphase des Mitropa verschwendete niemand mehr als einen Gedanken daran, daß diese Zeit vorbeigehen könnte, daß ein Ende kommen könnte, bald schon. Einzig Leiser sah auf dem Heimweg einmal mit fernglasigem Blick sehr weit nach vorn: Wenn du dich in späteren Jahren mal an die von dir bejammerten Abende wie den heutigen erinnerst, wirst du sagen, das war sie, die große Zeit.

Anderntags saßen wir wieder draußen vorm Mitropa, fragten die Frauen am Nebentisch, pantomimisch an ihnen vorbeiflüsternd, nach ihren Hobbys und kuckten den lokalen Zelebritäten dabei zu, wie sie nach ihren Plätzen suchten. Müller Eins, der über Nelson Goodman promovierte, grüßte rüber, Müller Zwei, Performancegruppenleiter, grüßte ebenso wie der schon angesoffene Eckhard, Hegelkreisleiter, den demnächst die Faust des ganz und gar erstaunlichen Thomas Leiser mitten ins Gesicht treffen würde, was die auch von uns beiden besuchte donnerstägliche Diskussionsrunde auf einen Schlag beendete. Luciano und Salomé, meine Lieblingswilden und Arschficker, fanden ihren Tisch, auch der anzugtragende Effjott, ein Gitarrist von Welt, begleitet von einem unbekannten Busenwunder.

Schau mal, wer dort drüben geht, hatte Leiser gesagt.

Ein schwarzgekleideter, blasser junger Mann mit langem, strähnigem Haar zog einen hölzernen Handwagen über die Straße – darin gut sichtbar Eisenrohre, Schrottreste, ein Preßlufthammer und eine bunte, hundert Liter fassende Waschmitteltonne von Fakt.

… Pappe und Stahl, hatte ich gesagt, der Junge hat alle seine Instrumente dabei – der fährt zum Übungskeller seiner Band in der Langenscheidtstraße und dengelt da die Bleche …

… auf seiner Gitarre ist nur eine Saite drauf, ab und an zupft er daran und kreischt zum Erbarmen, das universelle Klagegeschrei eines Zwanzigjährigen …

… der Krächzer Gottes … so beginnt eine Weltkarriere …

… da kommen noch schöne Konzerte seiner Band auf uns zu – Bleche, Bosch und Blitzer im Loft …

… ja aber das Koks von denen sollte jeder zu Hause in seinem Quick-Labor testen, bevor er es nimmt …

Als der Kaffee immer öfter kalt auf den Tisch kam und die Bedienungen in der kleinen Küche hinterm Tresen häufig erregt miteinander tuschelten, war uns klar, daß sich die Verhältnisse im Mitropa veränderten. Es wurde schwerer zu unterscheiden, ob jemand den heroin-chic nur als angeschminkte, textile Attitüde trug oder wirklich Heroin im Blut hatte. So oder so ein leidiges Thema, selbst für ahnungslos unbeteiligte Gäste, und eine häßliche Geschichte, ein Déjà-vu der zerstörerischen Kräfte für ein gebranntes, noch nicht völlig geheiltes Kind wie mich. Wenn harte Drogen in eine launige Kaffee- und Kifferrunde einsickern, teilt sich der Fluß des Lebens, spalten sich die Gemeinschaften in Befürworter und Gegner – auch hier. Einige der Gäste verabschiedeten sich bis auf weiteres, andere hielten den Anblick der hinterm Tresen wie in Zeitlupe hantierenden Bedienungen aus. Die Krise wurde durch den Verkauf des Lokals an einen Kellner alter Schule und mit neuem Personal zwar vordergründig gelöst, doch mit der unbeschwerten Kaffeehaushockerei war's erst mal vorbei.

Eine große Zeit – und so schnell vorbei? Ein wichtiger Ort – übers Jahr verloren? Erst im nachhinein wurde uns bewußt, wer alles sich im Mitropa zusammengefunden hatte, wem es von Beginn an als existentielle Anlaufstelle diente. Erst vor kurzem sah ich in der Zeitung das Foto eines Mittvierzigers, laut Unterzeile einer der Mitgründer der ihr zwanzigjähriges Bestehen ansteuernden LOVE-Parade. Sein Gesicht war mir bekannt, sein voller Name und die im dazugehörigen Artikel gefeierte Leistung nicht. Bereits mit sechzehn, siebzehn gehörte der Junge zu den quasi ganztäglichen Stammgästen. Im so ergiebigen Spieljahr '78/'79 hatten plietsche Leute wie er offenbar vom Spirit des Hauses profitiert und aus den hier geführten Diskursen ihre Geschäftsidee von morgen herausgefiltert. Sie nutzten das Lokal als informelle Gründerakademie fürs laufende Pop-Business, in der sich mit idealistischen Bedürfnissen anderer unterderhand die eigenen Taschen füllen ließen – konnte schnell gehen, von der ersten liebgemeinten Tanzveranstaltung auf der Ladefläche des LOVE-Lastwagens bis zum Bau eines zwanzigstöckigen Techno-Towers ... So ein Pop-Businessman hatte bei Bekanntwerden seiner einträglichen Aktivitäten jedoch unter Vorwürfen des Pop-Fußvolks zu leiden. Der Paradengründer aus der Zeitung rettete sich in eine neurotische Büßerpose: Er führte nie Bares oder Scheckkarten mit sich, um in jedem Lokal, in jedem Restaurant beim Bezahlen coram publico den immer selben, über mehrere Tische hinweg hörbaren Satz zu verkünden: »Ich habe überhaupt kein Geld.«

Wenn ich ein Vierteljahrhundert später gelegentlich an dem noch in der ursprünglichen Einrichtung existierenden Lokal vorbeiging und die dort im gewöhnlichen Caféhalbschlaf dösenden Gäste sah, kam mir der Gedanke: Wäre es nicht schön, wenn sie wüßten, wo sie sitzen? In einem Lokal, das früher andere Gäste und einen anderen Namen hatte – im historischen Café Mitropa, dem einstigen Gemeindesaal der noch jungen Subkulturen. In ihm begegneten sich exponierte Individuen und entwickelten Strategien für möglichst gesellschaftsferne Nischen, hier konnten Westberliner Neon-Babys neben anderen, später gerühmten Künstlerkandidaten wie in einem Brutkasten heranreifen und den Ort zu einem Phänomen machen – einen gut vierzig Quadratmeter kleinen Gewerberaum in Schöneberg. Irgendwer könnte darauf einmal hinweisen oder eine Tafel aufhängen: »Nach einem siebenstündigen Arbeitsfrühstück beschlossen die Maler Thierry und Kiddy am 9. Juni 1982 in diesem Café, die bis dahin gräßlich graue Mauer mit ihren bekannten bunten Bildern anzumalen.« Dieser Thierry, zum ersten Mal in Berlin und sofort an der richtigen Anlaufstelle, hatte sich gewundert, daß bisher niemand auf die Idee der Mauermalerei gekommen war. Am Nachmittag seines spontan und lautstark gefaßten Beschlusses saß ich zufällig am Nebentisch.

Zu jeder Tageszeit trafen sich hier Musiker verschiedener Bands zur Lagebesprechung. Auch Freddie Friedmann, ein Kommilitone von Katja und Gitarrist bei den ›Schwestern‹ – für sie genau der Richtige, sein asymmetrisch geschnittenes Stoppelhaar stand steil aufgerichtet, wahrscheinlich mit Zukkerwasser gefestigt. Wir sprachen öfter über die Fortschritte in seiner Band. An einem der seltenen Heim-Abende sah ich dann mit großem Erstaunen ›Die Schwestern‹ drei Minuten lang in der Spät-Tagesschau im Fernsehen … seinerzeit ein sofort wirksamer Schubser in Richtung Erfolg und Einnahmensteigerung. Ohne den Gitarristen Freddie jedoch, der mir Tage zuvor noch erzählt hatte, die Band habe sich seinem Vorschlag widersetzt, versuchsweise mal auf deutsch zu singen. Laut TV-Bericht taten sie's nun doch, wechselten von den blue eyes zu den guten alten blauen Augen (von hang down zu Häng dich auf, ich häng dich ab) – und siehe da, das Publikum fühlte mit, vom ersten Test an … Freddie war damals nicht amüsiert, was ich nachempfinden konnte – als jemand, der wie er unmittelbar vor Beginn einer Erfolgsgeschichte auf fiese Art ausgebootet wurde.

Den Hintergrund seiner Kaltstellung erzählte er mir mehr als zwanzig Jahre später, als wir zufällig auf die alte Geschichte zu sprechen kamen: Ein krachendes Beziehungsproblem, innerhalb der Band trennte sich ein Sänger-Pärchen … paß bloß auf, warnten sie den vertraglosen Freddie, auf wessen Seite du dich stellst … Eine Intrige sei's gewesen, die anderen hätten damals Blut geleckt und ihn kurz vorm Zahltag abgeschossen … Die krude Geschichte wühlte ihn noch einmal auf, weil der Bandleader der ›Schwestern‹ gerade verstorben war – unter großer öffentlicher Anteilnahme, selbst die seinerzeit gefilmten Tischrunden der Musiker im doch ziemlich karg aussehenden Mitropa huschten in memoriam noch mal über die Bildschirme. Als Mitgestalter eines Sounds, aus dem einige Hits entstanden, hatte Freddie lange Zeit vergeblich auf irgendeine Form der Anerkennung gehofft, auf zehn Mille in bar oder eine Geste wenigstens. Am Ende des Gesprächs erzählte er mit gesenkter, verhalten triumphierender Stimme, was von diesem Bandleader auf dem Totenbett noch zu hören gewesen sei … »Schade um das viele Geld, das ich nicht mitnehmen kann …«, soll als letzter Satz aus seinem Sängermund gekommen sein …

Schade um die zu späte Einsicht, hatte ich erwidert, seine teuren Antiqitäten und die noch teurere Kunst an den Wänden wird er auch nicht ins Jenseits mitnehmen können, das historische Baldachinbett wahrscheinlich auch nicht …
Davon wußten nicht viele.
Aber Katja … unsere gemeinsame Freundin Katja. Sie kam damals viel rum und war bei dem Meisterklampfer mal zum Essen eingeladen – er empfing sie abends um acht in seinem rotseidenen, asiatischen Morgenmantel mit dem Tigerkopf hinten drauf …
… und dann mußte sie sich wie seine anderen Besucherinnen nackt vor den mit Koks beladenen Plattenteller knien, sagte Freddie, der rotierte mit langsamen 33 Umdrehungen, das dauerte …
So lange hat sich Katja dort nicht aufgehalten.

Freddie, heute zufriedener Unternehmer im gehobenen Tourismusgeschäft, war ein Mann der ersten Stunde in der Spielzeit '78/'79. Danach paßten die Dinge nicht mehr recht zusammen. Das kleine Café verlor sogar seinen Namen. Per Anwaltsschreiben untersagte das Reichsbahnnutzern bekannte Restaurationsunternehmen Mitropa die Namensverwendung. Der Drohbrief aus der DDR wurde tagelang von Tisch zu Tisch herumgereicht und viel belacht – das Schöne in Westberliner Zeiten war ja, daß man sich um Ostberlin nicht kümmern mußte. Doch als weitere Anwaltsbriefe immer schärfere Gegenmaßnahmen ankündigten, entschloß sich der Besitzer, den an der Hausfront angebrachten, in Neon nachgeahmten Schriftzug des inkriminierten Wortes zu kappen und sich – dem Weltfrieden zuliebe – mit dem Anfangsbuchstaben zu begnügen. So veränderten sich der Name, das Publikum, das Image – von der vermeintlich swingenden, gemeinsamen Ekstase und dem mikrokosmischen Gemeinschaftsgefühl konnte in einem Café M nur noch in sehr günstigen Momenten die Rede sein. Der Hausgeist wandelte sich, die Musiker bekamen richtig zu tun, meine Malerbekannten verlagerten sich in bessere Restaurants, und Doktor Karin wandte sich vom Undergroundfilm ab und dem deutschen Kino zu. Warum sie mich immer öfter und schließlich endgültig mied, erfuhr ich erst mit jahrelanger Verspätung. Der Grund war ein Wohnungsstreit, den sie mit ihrem Freund Harry und dessen längst bei ihnen eingezogenen Geliebten Meyer ausfechten mußte; die beiden erweiterten ihre Beziehung mit sich zunehmend in den Räumen ausbreitenden, wechselnden Besuchern. Seinerzeit beklagte Doktor Karin wiederholt diesen, wie sie sagte, Rudelsex bei ihr zu Hause – ständig fünf halbnackte Athleten in der Küche, das Dauergrinsen wär irgendwann mal zuviel. Dann überlaß den Jungs doch deine Wohnung und geh, soll ich damals geraten haben, was von ihr als klare Parteinahme verstanden worden war.

Und Leiser? Für ihn gab es Wichtigeres, als sich weiterhin in dieser, von ihm offenbar lange genug als Kulisse betrachteten Café-Kneipe-Szenerie zu bewegen. Sein Talent als Schriftsteller verpflichtete ihn zu einer eher arbeitsam zurückgezogenen Lebensweise. Das hat er selbst natürlich nicht so ausgedrückt, aber um so strikter befolgt.

An den Abend, an dem er Abschied vom gastronomischen Ausdruckstanz nahm, kann ich mich noch sehr genau erinnern. Er begann im Mitropa, wo an diesem Tag nach einjähriger Pause das Erscheinen der zweiten Nummer von LEO gefeiert wurde – daß es zugleich die letzte war, wußte zu dem Zeitpunkt keiner. Die meisten Beiträger des Heftes, Katja, Dizzy, die Müllers e tutti quanti füllten den kleinen Raum, noch einen Tick aufgeregter und bei noch höherem Weißweinverbrauch als sonst. Später wechselten wir mit einigen anderen in die Domina-Bar, und eh ich mich versah, hatte Leiser sich unter die Hocker am Tresen niedergelegt – lang ausgestreckt wie im Bett, die Hände überm Bauch gefaltet. Er würde sich gern etwas ausruhen, flüsterte er mir ins hinuntergehaltene Ohr – aber doch nicht in diesem schmalen Gang, sagte ich, direkt unter den über dir sitzenden, fußtrittbereiten Leuten. Denen machte ich klar, daß sie in Ruhe weitertrinken könnten, sich darüber hinaus aber eine Zeitlang ohne vorherige Bodenkontrolle nicht bewegen sollten. Leiser war ja ein sehr willensstarker Mensch und daher auch von seinem Schlafversuch nicht abzubringen. Erst von dem knirschenden Geräusch, mit dem dann doch jemand seine aus dem Gesicht gerutschte Brille zertrat, schreckte er hoch und schaute mich mit schweren, von zwei Litern Wein heruntergedrückten Lidern an. Jemand hat meine Brille zertreten, sagte er mit den Trümmern in der Hand – und ich sagte, komm, laß uns gehn. Katja und ich hakten ihn unter, die beiden lachten auf dem heftig verwackelten Weg zum Taxi, während mich die seltsame Ahnung beschäftigte, daß Leiser in dieser Nacht womöglich eine Grenze erreicht haben könnte. Den auf der Potsdamer herangewunkenen Taxifahrer mußten wir mit einem Extra-Zwanziger von der Notwendigkeit dieser Tour überzeugen.

Auch nach der ereignisreichen Saison '78/'79 verkehrte ich noch eine Weile im bald umgetauften Café in der Goltzstraße. Dizzy ging für den Rest seines Lebens in die USA, Leiser in die lebenslange Abstinenz, die er in seinem Romanbergwerk für nötig hielt – engster Vertrauter verlustig, mußte ich mich mit weniger begnügen.

Ja, das war sie, die große Zeit.
Dafür sind mehr als zwanzig Jahre später die Rechnungen kleiner, hatte Leiser kürzlich beim Bezahlen gesagt.
Kaffee und Kuchen erzeugten heute seinen Nachmittagsrausch – da kam nicht viel auf den Zettel, versteht sich.

◆

Eine Frau, die gegen Mitternacht im Café in den Notizen ihres Terminkalenders blättert, mit deutlich gespielter Konzentration etwas unterstreicht, gelegentlich innehält und kurze Kontrollblicke in den fast leeren Raum schickt – diese anscheinend rotblonde, hier unbekannte Frau von Mitte, Ende Vierzig mußte die Aufmerksamkeit eines Tresenlesers wecken, der noch über den Rand der Zeitungsseite schauen konnte.

Lag erst einige Wochen zurück, der Beginn der Geschichte mit Ella.

Mehrere Abende hatte sie in der gleichen Weise im Café Fler verbracht, dabei stets den Mantel anbehalten … im Gestus einer Vielbeschäftigten wie in Erwartung eines Termins, der noch nicht in ihrem Kalender steht. Der Instinkt, Bastard aus Hoffnung und Erfahrung, sagte mir, kuck ruhig zu ihr rüber, beobachte die Entwicklung. Ein einfacher Blick war das Natürlichste, was man einer Frau jederzeit schenken konnte.

Erinnerte sie mich nicht von Anfang an an jemanden? Gleich zwei fremde Frauen hatten mich in den vorangegangenen Tagen mit ihrem Lächeln auf offener Straße aufgeschreckt – ein schlicht ermutigendes en passant und ein geradezu segnendes Frühlingslächeln einer schwarzen, voodoo-priesterlichen Brasilianerin aus der Nachbarschaft, die vor ihrem chaotischen Zeitungsladen saß und mir völlig überraschend zum allerersten Mal zulächelte. Vielleicht gab es doch so etwas wie ein unbewußt wirkendes, erotisches Vorwarnsystem.

Als ein weiteres, womöglich richtungweisendes Zeichen lief am Abend vor dem Kennenlernen im Fernsehen Fellinis »Amacord«, dessen wiedergesehene Lieblingsszenen ich später im Café meinem Tresennachbarn Paul schilderte. Er, jünger als der über dreißig Jahre alte Film, kannte Fellini nicht – ein Erotomane wie du, erklärte ich ihm mit ironischem Grinsen, weil er die den Älteren wichtigen Künstler grundsätzlich ablehnte. Ein knabenhaft zart gebauter, kneipenschlauer Junge, der durch zwei, drei Cuba Libre an Größe und Darstellungsenergie gewann und zu dem Zeitpunkt als der sexuell eindeutig agilste Lokalgast galt. Ihm gefielen die geschilderten Szenen aus dem italienischen Kleinstadtbordell, auch die Verführung des noch unschuldigen, jugendlichen Helden durch die großbrüstige Tabakhändlerin – ein Jungstraum beginnt, wenn sie hinter ihm die blecherne Jalousie des Ladens runterrattern läßt, ein musikalisches Scheppern vor der Lust. Vor allem aber gefiel ihm jener Part des Films, in dem des Buben geisteskranker Onkel beim Sonntagsbesuch der Familie in der Klapsmühle auf die Spitze eines Baumes flüchtet und nach Jahrzehnten des Schweigens für alle überraschend in die Landschaft schreit »Ich will eine Frau!« – ein verständlicher Wunsch nach der ewig langen Einsamkeit im Irrenhaus, »Ich will eine Frau!« Mit den Intervallen einer Krähe ruft Fellinis Onkel den Satz stundenlang vom Baum über das Feld, ohne daß ihn irgendwer von dort herunterholen konnte. Paul verstand, warum ich das erzählte. Auf der Straße spielten wir »Amacord« aus dem Stand nach, indem wir diesen Satz jaulend, schluchzend und markerschütternd in die Nacht hinausschrien, uns gegenseitig überbietend und auch im Duett, »Ich will eine Frau!« Paul, der Selbstversorger mit rund 250 weiblichen Telefonnummern im Handyspeicher, brauchte solche Beschwörungen nicht. Er tat's für mich.

Anderntags kam heraus, daß die Frau mit dem Terminkalender auch seinem selektiven Auge nicht entgangen war. Da bei ihm zwischen erstem Blick und erfolgreicher Direktansprache meist nur Minuten lagen, konnte er sie und mich kurz miteinander bekannt machen – eine Situation, die sich nur vierundzwanzig Stunden nach dem Sehnsuchtsschrei als Antwort aus der Tiefe dieses esoterisch eingestimmten Stadtteils deuten ließ, als Zeichen, erhört worden zu sein. Das wäre dann recht schnell gegangen, zu schnell vielleicht für einen seit drei Jahren alles Weibliche entbehrenden Langzeitsingle – aber Frauen klopfen nicht an, wenn sie in unser Restleben eintreten, dachte ich, sie stehen plötzlich da, allein oder ins Gespräch mit anderen vertieft, eine Hand baumelt frei, la donna e mobile. Genau betrachtet, treten sie gar nicht in ein Leben, sondern in ein Büro, eine Party-Küche oder eben in ein Stammcafé ein, das sie – ohne es bereits zu wissen – schon in Kürze auf das heftigste bekämpfen werden.

Worauf noch warten, sagte ich mir am Kennenlernabend, eine bereits ausführlich bekuckte Frau sitzt dort ganz allein. Als ich mich an ihren Tisch pflanzte, schien sie nicht allzu überrascht und ließ mich an ihren Rätseln des Augenblicks teilhaben – als erstes der postkartenartige Flyer einer Theatergruppe, dazu das Programmheftchen eines Freilichtkinos sowie ein verschlossener, amtlich aussehender Briefumschlag. Offenbar brauchte sie beim Lokalbesuch sicherheitsspendende Requisiten, die sie auf der Tischplatte hin und her schieben konnte. Sie hielt mir die Bildpostkarte entgegen und sagte in beschwörendem Flüsterton sinngemäß Sachen wie das Kind und der Tod, Anfang und Ende, bald geschieht das Unausweichliche, sieh nur hin … Werbung war's, das Foto eines Säuglings, der einen Totenschädel auf einem Silberteller präsentierte, auf der Rückseite die Ankündigung eines

Stückes. Um welches Stück konnte es sich handeln? Der Titel fiel mir dummerweise nicht sofort ein, »Hamlet«, klar. Der Kinoprospekt aufgeschlagen bei »Vom Winde verweht«, der Briefabsender eine Klinik, das von ihr wiederholt gezeigte Säuglingsfoto – daraus ließ sich eine ernstgemeinte Todespoesie spinnen, in einem mir nur bedingt gefallenden, völlig ironiefreien Klang. Das verstörte mich zunächst. Doch in den ersten Momenten einer Begegnung fällt ein Schuß Pathos noch nicht negativ ins Gewicht.

So begann die Zeit mit Ella.

Dabei hätte jener Abend vollkommen anders verlaufen können, ganz andere Entscheidungen wären vom Gefühl her ohne weiteres möglich gewesen – was durchaus Anlaß zu Zweifeln hätte geben sollen. Nur Stunden zuvor hatte ich mich nämlich mit einer anderen Frau getroffen und während eines meinerseits ambitionierten, von Notgeilheit getriebenen Abendessens Widerstände gespürt. Eine pumperlg'sunde Enddreißigerin mit großen, runden Brüsten wie aus alten Zeiten, nach zwei, drei Caféhausbegegnungen bis zu dieser Verabredung hochgereizt, sah sie sich im Lauf unseres Gesprächs zu der Gretchen-Frage genötigt: »Was willst du eigentlich von mir?« Eine berechtigte Frage, versteht sich, eine Frage, deren sprechblasenartiges Auftauchen noch vor dem Nachtisch meine Laune endgültig verfinsterte. Wenn eine Frau in einer fragilen Situation diese Frage stellte, schwang darin schon genug Skepsis, enttäuschte Erwartung und ihre erahnbare Ablehnung mit – da hatte sich unterderhand ein Kommunikationsproblem eingeschlichen, der erotic flow verdünnisiert, für alles Weitere war es dann zu spät. Allein deshalb antwortete ich kamikazös: »Ich will mit dir ins Bett.« Ein berechtigter Satz, versteht sich, ein Satz jedoch, mit dem man im Leben selbst im Gefühl größten erwartbaren Entgegenkommens äußerst sparsam umgehen sollte – vor allem aber bei dereguliertem Hormonhaushalt, der häufig zu Fehleinschätzungen und mentalen Schwankungen führt. Bereits bei der Wahl des Restaurants war es bei mir zu einer Verstimmung gekommen, weil sie meinen Erstvorschlag beinahe erschrocken zurückgewiesen hatte – in dieses Lokal kann mein Liebster direkt hineinkucken, erklärte sie besorgt, von seinem Balkon im vierten Stock des Hauses gegenüber. Der Ehemann und Vater ihrer beider Kinder wohnte dort seit vier Jahren mit neuer Partnerin nebst gemeinsamem Nachwuchs, während sie selbst als Alleinerziehende offenbar an altgewohnter Stelle in innerer Ehe mit ihm weiterlebte – okay, dachte ich, manche Frau liebt halt nur einmal im Leben. Um gut aus der Situation herauszukommen und dennoch etwas Theorie zu hinterlassen, lieferte ich noch einige meinen Bett-Satz vertiefende Gedanken – ein gemeinsamer Abend unter freien Menschen müsse alle Möglichkeiten offenhalten, das prinzipielle Ausschließen meiner Vorstellung wäre lebensfeindlich und vielen Dank für das blauäugige Angebot, Freundschaft zu schließen. Solche Konstellationen beflügelten mich nicht und führten meist zu vereinfachten Verfahren.

Und nur wenig später trug Ella ihre Todespoesie vor, wobei ich – ohne zu wissen, warum – ein bißchen mittrauerte … eine zunächst irritierend verlaufende Begegnung – der Abbruch des Gesprächs wäre in jedem Augenblick möglich gewesen.

War noch gar nicht lange her, dieser erste Abend mit Ella.

Und so sah es mittlerweile aus: Diese Frau hatte mich dahin gebracht, alle möglichen Dinge mit ihr gemeinsam zu machen, zusammen zu essen, zu reisen, wichtige Anlässe wahrzunehmen. Auf Ausflügen wurde ich von ihr aus Plastikdosen gefüttert, mit den zu Hause vorbereiteten Sächelchen, obwohl es mir auf Reisen stets lieber war, die Strenge der on-the-road-Askese rebellischer Zeiten noch einmal zu genießen und nach stoisch halbe Tage durchgehaltenen Entbehrungen nüchtern ans Ziel zu kommen, ohne jedes, das erhebende Gefühl nur banalisierendes Geknister und Geknabber. Immer wieder hatte ich mitgegessen, wenn die familiären Freßpakete im Auto und Hotel ausgepackt wurden – das jederzeit gemeinsam zu veranstaltende Essen war eine von Ellas Kernforderungen, während ich aus verschiedenen Gründen das Alleinessen vorzog. Im Grunde wünschte sie ein generell gemeinsames Handeln und Machen, ein unentwegt ausgesprochener Wunsch, der sich zunehmend zum Anspruch auf ein totales Zusammensein steigerte. Ihre Vorstellungen hatte ich mit dem Paarlaufen verglichen, jener symbolträchtigen Eiskunstlaufvariante, wo zwei durchaus zu Alleingängen fähige Menschen komplizierte, selbstgestellte Aufgaben auf öffentlichem Eis möglichst elegant und unter Vorspiegelung größter Leichtigkeit gemeinsam lösen müssen – eine sportlich dargestellte Zweisamkeit, deren Harmonien und Stürze ein kleinbürgerliches Publikum jeden Winter aufs neue ergreifen.

So weit hatte sie mich inzwischen – häufig genug in der Rolle eines sich selbst ignorierenden Allesmitmachers. Und demnach gar nicht so fern von Ellas unwillkürlich vorgenommener Einschätzung, es handele sich bei mir um einen Shakespeare-Trottel. Das war herausgekommen, weil ich darauf insistiert hatte, uns gegenseitig den nicht unbedeutenden Moment des Sich-zum-ersten-Mal-gesehen-Habens zu beschreiben: Ja gut, sagte Ella, durch die Fensterscheiben sah ich dich und deinen Begleiter beim Verlassen des Cafés und dachte spontan, okay, zwei Shakespeare-Trottel auf dem Weg zu ihrem Nachtlager. Shakespeare-Trottel also – offensichtlich wollte sie mir den Gefallen nicht tun, ganz deutlich zwei oder doch wenigstens einen Shakespeare-Schurken gesehen zu haben, nämlich mich. Meine schwarzwollene Strick-Mütze paßte so wenig zu Richard III. wie der Schlapphut des Mittfünfzigers neben mir, einem sauklugen Medientheoretiker, dem ich im Moment ihres Herausschauens von draußen hineinschauend das hopperartige Bild erklärt hatte … eine Frau im fast leeren Spätcafé, leicht verzweifelt, bodenlos, unterwegs mit nichts als ihrem Terminkalender, ihre nervöse, in der Einsamkeit wachsende Forderung, es möge möglichst bald Entscheidendes passieren … möglichst sofort … eine tatbereite Frau … in dieser Nacht … und einer, noch unentdeckt im Raum, würde in den allernächsten Momenten hinter der Wand hervortreten, ihr in bester Stimmung den Vorschlag machen, in ein anderes Lokal, eine Nachtbar, zu wechseln … ein kleiner, geiler Mann im Spätcafé, voller Flair und Flöten und mit … spätestens morgen früh … geröteten Bißmalen am Hals, wie der grienende Paul sie am folgenden Abend am Tresen vorzeigte.

Tatsächlich war es jenseits ihres theatralischen Überlegenheitsgetues innerhalb weniger Tage gelungen, Ella in die Hände zu bekommen, sie nach einigen enggeführten Szenen aus ihrem bis dahin laufenden Stück herauszulösen und ihr eine neue Rolle nahezulegen – als meine neue Freundin, die sich wie frühere neue Freundinnen auf mich als Person einstellen lassen sollte, so wie's von mir gewöhnlich und lebenslang gehandhabt worden war, mit dreißig, vierzig oder auch mit fünfzig Jahren …

Aber du bist sechzig, meine Güte, sechzig!

Das hatte sie beim ersten Treffen über den Tisch gerufen, nachdem ihr im anfänglichen Wortgeplänkel ein Verdacht in den Kopf gekommen war und sie, überzeugt vom Zutreffen ihres Schätzwertes, in ein langes, lautes Lachen ausgebrochen war … ja, sechzig, ja, ja, du bist sechzig.
Na dann geh ich kurz mal zur Toilette, sagte ich, und wenn ich in zwei Stunden nicht zurück bin, ruf bitte den Notarzt.

Ein verdammt gläserner Augenblick jedenfalls, der erst mal ausgehalten werden wollte. Wie groß dürfte Ellas Erstaunen über diese unverhofft ins Spiel gebrachte Zahl gewesen sein? Wie tief der Schrecken, wie klar das Erkennen möglicher Vor- und Nachteile? Wie weit durchschaute sie einen Ertappten, der sich mit deckenwärts verdrehten Augen und pendelndem Oberkörper noch eine Weile wand, bevor er die Wahrheit rausließ? Also vorsichtshalber sich dem Lachen anschließen, etwas zurückhaltender natürlich, um dann zum ernsten Gesichtsausdruck eines Delinquenten zu wechseln, der um seine Verurteilung weiß, aber nicht um die Höhe der Bestrafung. Wer erst seit ein paar Monaten sechzig war, hatte keine Erfahrung, wie eine möglicherweise an ihm interessierte Frau mit dieser Tatsache umgehen könnte. Obendrein passierte das Ganze zu einer Zeit, in der sich mein Liebesleben auf seltene, mir spürbar caritativ gewährte Gelegenheiten beschränkte – eine nicht unbedingt begeisternde, aber auch nicht ganz freudlose Begleiterscheinung des Alters.

Sechzig also der Mann, gut – aber hätte so einer den Zufall gleich zweimal an einem Abend herausfordern sollen? Die Kurzversionen des Lebenslaufs zweimal abklappern, das Woher und Wohin, womöglich zum zweiten Mal binnen weniger Stunden die prägende Geschichte, das Drama von Papa, Mama, Kind erwähnen, andeuten, erzählen? Oder schon die fundiertere Version für Fortgeschrittene auspacken – ja, sorry, hier läge als Folgelast aus frühester Kindheit leider eine dissoziale Persönlichkeitsstörung mit paranoider Komponente vor? Gott sei Dank ging es auch anders. Ella hatte ihre Todespoesie nach und nach abgeschwächt, später die Stadt Graz erwähnt, ihren mir gut bekannten Studienort, den zunächst ich mit eindrücklichen Impressionen beschwärmte, den wir bald zusammen beschwärmten. Und irgendwann – nebeneinandersitzend – berührten wir uns, indem wir die Köpfe wie siamesisch angewachsen aneinandergedrückt beließen, vorsichtig vorantastend die Formen der Schädel erkundeten, die Ausbuchtungen, Einbuchtungen, Dellen und Kuhlen abfuhren, bis wir nach längerem, fast obszönem Suchakt die optimale Einpassung gefunden hatten – das war weit gegangen, ein Hauch von Innigkeit, ein Glücksfunken zwischen zwei Schädelwänden. Wer würde vor solchen Momenten warnen? Wer das Schweigen durchbrechen und ganz fair von seinem hochentwickelten und nur unter größten Komplikationen liebeskompatibel hinzubiegenden Individualismus anfangen? Wer würde sagen, ich bin ein Gentleman, und doch nur hin und wieder so, wie ich immer sein sollte? Wer darauf verweisen, daß von Frauen gestellte Ansprüche ihn hilflos und krank machen: An inability, you know, to connect seriously with women – but only briefly, intermittently, you understand? Wer vorbereitend flüstern, ein großes Faible für Anfänge zu haben und ein viel geringeres für spätere Entwicklungsstufen? Lange Minuten hatten wir die Köpfe aneinandergepreßt, als würden unsere Gedanken osmotisch durch die Knochenmasse hin- und herfließen können. Über mein hoffnungsvolles Schweigen legten sich einige Seufzer Ellas, extrem leise, eigentlich nur für Hundeohren hörbar, eine akkustische Anfütterung. Und auch der hüftenwiegende Gang schwang um zwei, drei Breitengrade mehr als nötig aus für eine Frau, die kurz mal zur Toilette mußte: Kuck genau hin, Junge, sagte dieser hinterhältige Gang, jetzt geht sie zum ersten Mal für dich.

Sich selbst fand Ella einfach jung, ohne genauere Angaben. Jung nicht in Relation zu mir, der ich sie auf Anfang, Mitte Vierzig schätzte – mit einer rosig schimmernden Haut, rötlichen Haaren, lockig, am Unterkiefer zwei die Ideallinie verlassende Beutelchen schlafferen Gewebes, die manchmal sichtbar auffielen, manchmal nicht, je nach Tagesform vielleicht. Jung also innerhalb des gesamten Altersspektrums? Jung eben, sagte sie, verstehst du, jung. Gut, hatte ich gesagt, lassen wir das zunächst mal so stehen. Mir war natürlich klar, daß es für eine Frau wie sie viele Möglichkeiten gab, auch in bezug auf das Alter in Frage kommender Männer – sie könnte sich um fünfzehn Jahre runter lieben oder fünfzehn Jahre rauf, sollte sie innerhalb ihrer Generation nicht zurechtkommen. Sie könnte auf die Beziehung zu einem Dreißigjährigen eine zu einem Sechzigjährigen folgen lassen, oder umgekehrt, oder auch parallel. Schon lehrreich, diese Zahlenspiele, die wie nebenbei den Hang zum Extrem, zur Freiheit zeigen, und dennoch würde jeder die genauen Daten lächelnd übergehen, wenn sie anfangs zur Sprache kämen.

Tatsächlich brachte Ella einen Jungen mit in die Beziehung, einen Mittzwanziger, den ich mir ihrer Beschreibung zufolge als blonden Engel vorzustellen hätte: So rein, so unschuldig hat er plötzlich vor mir gestanden, ein Engel. Sie hätte nach dreijähriger Abstinenz mal wieder ihren Spaß haben wollen – na und? Sie gebrauchte tatsächlich die mir nicht geheuren Formulierungen »Engel« und »Spaß haben«, Begriffe, die eigentlich sofort zu kritisieren gewesen wären – auch ohne die Beteiligten zu kennen. In der jungen Geschichte zwischen Ella und mir trat dieser junge Mann jedenfalls als Belastung auf – Engel können ja die reinsten Spaßvögel sein, erst recht, wenn sie mit Alkohol fliegen. Seine sehnsüchtigen, in unser Zusammensein hineinpiepsenden SMS-Meldungen wurden mir umgehend im Display gezeigt und sollten interpretiert werden, die Antworten sollten auf Ellas Wunsch zwischen uns beiden einvernehmlich abgestimmt ausfallen. Mein Vorschlag: gleich damit beginnen, gar nicht mehr zu antworten. Eine Dreiecksbeziehung kam aufgrund schlechter Erfahrungen für mich nicht in Frage – ein mehr oder weniger gleichschenkeliges Dreieck würde neben anderem bedeuten, mit dieser Frau nie wirklich allein zu sein. Den Engel loszuwerden, den Ella eventuell noch eine Weile als Abstandshalter mir gegenüber benötigte, war die erste, größere Anstrengung auf dem Weg zu zweit.

Die Welt ist kompliziert, sagte ich an einem unserer ersten Abende, doch wir sind jetzt mittendrin. Und Ella war eine Freundin eingefallen, die ein längeres Verhältnis mit einem über Sechzigjährigen hatte. Sie rief diese Freundin an und erzählte ihr von dem Kennenlernabend, dem Mann und seinem für sie ungewöhnlich hohen Alter.

Das ist ziemlich extrem, hatte Ella mit fragendem Unterton gesagt – und mit 45 bin ich doch für Silver Sex zu jung, oder?

Es war alles ganz anders, als ich vorher gedacht habe, sagte die Freundin, laß dich überraschen.

◆

Ein anrührender Anblick für eine Frau, das hochgelegte, wie verwundet umlappte Bein, der gerötete Fuß, beängstigend geschwollen und sichelförmig verbogen – so sah ein dreifacher Bänderriß wenige Stunden nach dem Unfall aus. Eine üble Knöchelverletzung, die einen Mann erstmal bewegungsunfähig machte.

Du hast dich absichtlich verletzt, sagte Ella später, weil du dich ins Bett legen und von mir pflegen lassen wolltest.

Die halbernste Feststellung entsprach einer ihrer mir mißfallenden Maximen, die sie bei Erörterungen unangenehmer Vorfälle notorisch einflocht: Mal sehn, wofür es gut ist.

Für gar nix, erwiderte ich – so ein paar gerissene Bänder legen einen ja nur für'n Vierteljahr lahm …

Doch ohne diesen Bänderriß wäre die Geschichte mit Ella gar nicht in Gang gekommen – das Verletzungspech vom Nachmittag wurde zum Auslöser für das am Abend definitiv beginnende Beziehungsglück. Bis dahin hatte sie nicht mit mir geschlafen, geschlagene zwei, fast drei Wochen lang, die wir uns bereits kannten, im Viertel herumspazierten, auch nachts, auch in meiner Wohnung, nur ins Bett ging's nicht, da fehlte es offenbar am letzten, entscheidenden Impuls. Irgend etwas hielt sie ab, was mich wiederum über Tage in eine widersprüchliche Stimmung versetzte, schwer hadernd ob des Zwangs zu pubertärem Petting und zugleich euphorisiert davon, endlich wieder eine Frau in Reichweite zu haben. Kein Wunder, daß der biologische Überlauf mit mir durchging und ich beim Fußballspielen, von Ellas vielversprechender SMS »Mann geht kicken, Frau wartet« zusätzlich heiß gemacht, in viel zu hohem Tempo unkontrolliert über den löchrigen Rasen raste – als Mitglied eines Teams der Hochbetagten, in dem ansonsten jeder einzelne wußte, warum er sich jeden Samstag in dem ihm entsprechenden, so gut wie risikolosen Trott bewegte. Am Ende dieses selbstüberschätzenden Sprints hatte es im rechten Knöchel – gar nicht mal laut – geknackt, ein noch nie gehörtes Geräusch, ein fast technischer, mechanisch erzeugter Klang wie das leise Klikken von Handschellen, gefolgt vom Sturz zu Boden und dem langsamen Beginn einer mächtigen Schwellung, die erst am Abend ihr volles Ausmaß erreichte.

Was zwei, drei Wochen lang mit Ella nicht gegangen war, ging an diesem Abend.

Sie bemächtigte sich des verletzten, in seiner Bewegungsfähigkeit stark eingeschränkten Männerkörpers, brachte es dahin, ihn waagerecht aufs Bett zu legen, und hockte im Nu auf dessen gesund wirkendem, funktionierendem Unterleib, bereit und entschlossen zum ersten Fick, in den sie sich unter steter Rücksicht auf den hochroten, empfindlichen Fuß in zunächst langsam kreisendem, erst später streckenweise heftiger werdendem Rhythmus einritt – mit sichtbarem und hörbarem Gefallen. Auch mir gefiel's, notgedrungen zurückhaltend bis bewegungslos wie beim Bondage auf dem Rücken liegenbleiben zu müssen, was der Situation eine anhaltend steife Note gab. Dabei lenkte mich der Schmerz im kaputten Fuß so sehr ab, daß bis zur Ejakulation ungewohnt lange Zeit verging – reichlich geschenkte Orgasmuszeit, ohne manipulative Hilfsmittel gewonnen und damit echt, was Ella, wenn mich nicht alles täuschte, weidlich nutzte. Die Verletzung entlastete uns beide, die Frau konnte, mußte bei dieser Aktion mit einem Versehrten führen, deutlich männliche Gestik verbot sich. Die mir aufgezwungene Passivität war weder der unterwürfigen Heuchelei noch einer luststeigernd gewählten Fesselungsstellung verdächtig, sondern spontan und glaubwürdig entstanden, la vie en rose. Die rote Fußharke im Rükken, das schmerzbedingte Berührungsverbot im Sinn, mußte die aufsitzende Ella mit einem engen Spielraum auskommen, den sie mit der Gunst der dadurch erhöhten Spannung befriedigend bewirtschaften konnte. Für eine erste Nacht konnte niemand mehr erwarten.

Gleich beim ersten Satz im Café hätte sie gewußt, wer ich sei – sie kannte meine Stimme vom Radio. Seit zwei Jahren sprach ich freitags früh einen kritischen Wochenkommentar, thematisch frei und selbst verfaßt, eine im Vergleich mit sonstigen Unwägbarkeiten relativ sichere, regelmäßige Einkommensquelle. Es passierte jedoch zum ersten Mal, daß jemand meine zu nachtschlafener Zeit in öffentlich-rechtlichen Sendern zu hörende Stimme wiedererkannte, wenn sie irgendwo im realen Leben ertönte. Ella ging sogar noch einen Schritt weiter und meinte, weil sie etliche meiner Kommentare zusätzlich auf der Website des Senders nachgelesen hätte, wüßte sie auch über die wesentlichen Züge meines Charakters Bescheid – eine zu Beginn einer Beziehung raffiniert zwiespältige Äußerung. Sie konnte für einen selbstdeutungsseligen Mann von narzistischem Reiz sein, auf längere Sicht ließ sie jedoch ein erhebliches Unschärfe-Potential befürchten. Mehr noch: Die anmaßende Haltung brachte mich auf, eine erste – Achtung! – Emotion.

Auch mir kam ihre Stimme bekannt vor, ihre Bettstimme zumindest. Von den ersten Momenten der Umarmung an schien es so, als folgte ich ihr, einer bewährten und im Gedächtnis aufbewahrten Stimme. Wo und wann hatte ich sie schon einmal gehört? Nicht in der exakt selben Lage, ihr aber im Timbre schwesterlich nah. Schon zuvor hatte ich bei Ella äußere Ähnlichkeiten mit jemandem aus meiner Vergangenheit eher gespürt als festgestellt – bei den Gesichtszügen, der Haut, Haarfarbe und Frisur, den Gesäßrundungen, den Oberschenkeln, in einer Form, die ich als Teenager weltmännisch raunend Champagnerschenkel genannt hatte ... Doch erst im Bett mit Ella, das heißt, umständehalber auf dem Bett bekleidet liegend, wurde mir klarer, womit ich es zu tun hatte. Mit einer Stimme, die mir vertraut war, die aus einer anderen Zeit, einem anderem Raum, wieder zu mir kam und die gleiche, tiefenbewußte Ouvertüre der Lust – mit ihren weich ausgehauchten, auch breiter gestöhnten Seufzern, mit einer akkustischen, tonalen Wiederholung auch einzelner Worte, kleiner Sätze, und mit kehlig betonten bis leicht aggressiv ausgesprochenen Imperativen wie »fick mich, jajaja, fick mich jetzt«, auf die ich nicht direkt zu antworten wußte und die in meinen nachlauschenden, unjungen Ohren alt, sogar altmodisch klangen. So vögelte ich mich immer tiefer in einen Widerspruch hinein, während Ella ihre eindringlichen, sicher mit den besten Absichten formulierten Kurztexte wiederholte, »du und ich, du und ich, du und ich, ja«, dieses »ja« jeweils mit einem sportlich knapp gehalten a. Kein Dreier also, dachte ich, wir zwei, du und ich, darüber hinaus wäre im Moment sonst niemand auf der Bildfläche. Ihre Versuche, mit diesem melodischen Sprechgesang womöglich eine nachhaltige Suggestivwirkung erreichen zu wollen, verstimmten mich ein wenig – nicht nur wegen einer möglicherweise beginnenden Altersprüderie. Sie hatten etwas Unglaubhaftes, durch Realität und Fiktion längst Vernutztes und trieben mich dennoch voran.

Natürlich wußte ich, daß es so eine Stimmgleichheit nicht gab – doch später in der Nacht huschte öfter der verstörende Gedanke durch mein Hirn, Ella sei eine Wiedergängerin, eine per Zeitmaschine zurückgekehrte Geliebte. Zu groß die Ähnlichkeit mit einer früheren Freundin, die mir beängstigend klar vor Augen stand, als würde sie in neuer Form noch einmal auf mich zukommen – als wieder gestellte Aufgabe, als Mysterium oder auch Prüfung meiner doch hoffentlich gewachsenen Bindungsfähigkeit, meines Zartgefühls. Sie erinnerte mich an Régine, an deren Wohnort Hamburg, an die dort gemeinsam verbrachte Zeit in den späten Sechzigern und Anfang der siebziger Jahre.

Nach dem Ende ihrer Anspannung ließ Ella ihren Oberkörper vorsichtig auf mich niedersinken, schaute auf den steifen, roten Fuß hinter ihrem Rücken und sagte lachend: Ist ja gutgegangen. Es war tatsächlich gutgegangen. Offenbar gehörte auch Ella zu den Frauen, die in der Öffentlichkeit von vielen kleinen Unsicherheiten geplagt werden, im Bett aber zu vollkommener und traumhafter Sicherheit finden.

Ob es sich in unserem Falle um eine langsam entstehende Beziehung handeln könnte? Nein, antwortete sie sich selbst. Sie müßte erst viele Dinge in Ordnung bringen, ihr ginge es einfach zu schlecht, um eine Beziehung einzugehen.

Aber morgen, hatte sie beim Abschied gesagt, morgen sehen wir uns doch wieder, ja?

◆

Soweit ich mich später an diesen Tag erinnerte, war ich kurz vor den Elbbrücken und der dort beginnenden Autobahn einer spontanen Regung gefolgt und hatte vor einer Telefonzelle am Straßenrand angehalten – ein letzter Anruf bei ihr, so der Gedanke, ein paar Worte zum Abschied, damit sie weiß, daß ich diese Stadt für immer verlasse. Als gäbe es für die längst gefallene Entscheidung doch noch Bedenkzeit, blieb ich eine Weile im Auto sitzen und kuckte auf die bepackten Rücksitze, auf Koffer, Taschen und Klamotten, nicht mehr Zeugs als vor Jahren beim Ankommen. Hier an den Elbbrücken begann oder endete Hamburg, hier setzte das Hamburg-Gefühl voll ein oder langsam aus, hier stand ich vor derselben Telefonzelle, von der aus ich ihr nach tagelanger Abwesenheit und stundenlanger Autofahrt vor Vorfreude schon halb erigiert meine Heimkehr ›in zwanzig Minuten ab jetzt‹ angekündigt hatte – in den guten Zeiten mit Régine. Schwer zu sagen, wie lange wir schon getrennt waren – wahrscheinlich hatte jeder einen eigenen, wohl Jahre zurückliegenden Schlußpunkt. Seit Monaten ohne jeglichen Kontakt, gab es keinen konkreten Grund für den Anruf, für ein letztes, unsere Liebesgeschichte womöglich zur Legende überhöhendes Good bye im Moment des unwiderruflichen Verschwindens von hier. Ich rief trotzdem an.

Es dauerte fast zwei Minuten, bis sie abnahm und ein kraftloses Ja eher hauchte als sagte.
Ich bin's.
Ja –.

Auch das ein aus dem Dämmer kommendes, leicht gequältes Ja, als fände sie unter allen möglichen Ich-Anrufern nicht gleich den richtigen heraus. Nicht neu, dieser Ton, die enormen Pausen, mit denen sie die Gespräche verlangsamte, sie fast zum Verstummen brachte. Sie hatte ihre Gründe dafür – schwer betrunken, wollte sie möglichst vermeiden, daß dies denen auffiel, die es ohnehin vermuteten. Das Leben schien einmal mehr stärker als meine Régine. Die Frau, die mich zum Mann hochgeliebt hatte, soff also wieder, was auch mir Probleme machte.
Es ist drei Uhr, die Sonne scheint, ich steh kurz vor der Autobahn und wollte ...
Ja, ja – ich weiß.

Sie lag im Bett, keine Frage. Auch in guten Zeiten hatte sie gern ganze Tage im Bett verbracht, dabei stets die Welt im Blick, im winzigen Schwarzweiß-Bild, einmal zu später Stunde auch den Mond. Damals rutschten zehn aufgeregte Leute auf ihrem Bett herum, weil davor der einzige Fernseher der Wohngemeinschaft stand. Alle strahlten den grauen Bildschirm an und sahen die ersten Männer auf dem Mond, eine ganze Nacht lang Mondlandung im tragbaren LöweOpta-TV – am Morgen danach lag ich mit geschlossenen Augen auf Régines Monroe-Busen ... Ein großer Schritt für einen gerade mal Volljährigen, einen Ahnungslosen im Bett, der in jener aufwühlenden Nacht das Glück hatte, von der erhöhten amourösen Anziehungskraft des Himmelskörpers zu profitieren.

Du, ich wollte dir etwas sagen.
Ja ..., ... ja.
Geht's denn?
Ja –.

Aber du hörst dich … irgendwie, ich weiß nicht …
Ja, Moment – warte, gleich … ja?

Ein kleines Ja, das sie mir da anbot, ein Ja von flachster Gleichgültigkeit. Seit über einem Jahr trank sie wieder. Wobei ihre neuerliche Trunksucht keine Folge unserer Trennungsproblematik war, frischere Enttäuschung mußte von neueren Geschichten herrühren, von diesem oder jenem für sie hoffnungslosen Fall … In früheren Suffphasen hatte ich sie häufig ladylike nach Hause wanken sehen, sich vorsichtig an vornehmen Häuserwänden und Zäunen vorantastend. Auch in unserer früheren Stammbar mußte sie sich den Weg zur Toilette entlang den holzgetäfelten Wänden ertasten, ohne für mich, den Ex-Geliebten, dabei mehr als einen getrübten Zweipromille-Blick zu haben – nur einmal, auf meine versuchte Hilfestellung hin, knallte sie mir aus dem Handgelenk ein Whiskeyglas an die sofort blutende Stirn … Vergessen, meine Liebe, das war's, die Liebe als Diminutiv, Liebe, Liebelei, Liebesleiche. Ich kannte nicht mal ihre jetzige Wohnung, ein Loch, sagte mir irgendwer, Souterrain, niedrige Decke, die von ihr geliebten, feinen Adressen konnte sie vergessen, perdu, unser schönes Hamburg 13, Isestraße, Hallerstraße, Hochallee und Klosterstern.

Alles in Ordnung –
Ja … du … Moment, doch ja …
Lange nicht gesehen …
Ja …, … ja, warte mal, Sekunde …

In allernächster Zeit – das verriet ihr krankes Ja – würde sie wieder in den Entzug gehen, von der Bühne verschwinden, die wir sowieso nicht mehr bespielten … schon lange her, die vier gemeinsamen Jahre, die einzige Phase, die sie abstinent durchhielt – das, sagte sie einmal, verdanke ich dir. Diesmal würde sie einen härteren Entzug erleben, über Monate und Monate, bei ihren Talenten würde sie sich in der Klinik in einen ebenfalls Entziehenden verlieben, was die Ärzte gar nicht gerne sehen – womöglich selbst an einer scharfen, nur leicht desorientiert schwächelnden Patientin interessiert. Manche warnten vor diesem Phänomen unter Ex-Trinkern, denn dabei weiche eine Sucht der nächsten, was den Patienten anfänglich nütze, doch am Ende, am Ende der Verliebtheit, drohe große Rückfallgefahr. Toxt sie wieder, hatte mich einer der Ärzte aus ihrer letzten Entzugsklinik vor Wochen auf einer Party gefragt. Ja, sie toxte wieder.

Bist du noch dran?

Dem herausgeblasenen Atem folgte nichts, nur eine Pause – sie schien abwesend, in einer Art Halbschlaf. Einer ihrer unerlösten Zustände, der in den süßen Zeiten ein Versprechen bedeuten konnte, und dessen tief in mein Bewußtsein eingespurte Verlockung mich noch immer erregte, sogar am Telefon. Sollte ich mich deshalb mies fühlen? Nach wie vor anfällig für das wenig sublime Reiz-Reaktionsschema? Für diese leicht morbiden Tristan-Projektionen, für das melodramatisch Isoldische, ›unbewußt – höchste Lust‹? Nein, bloß keine Schuldgefühle ihr gegenüber – auch nicht wegen der Ablehnung des von ihr gewünschten Zusammenlebens, oder meiner zerstörerischen Abwehrhaltung, die das Ende bedeutete. Noch wußte ich nicht viel darüber, warum mich bei aller Liebe früher oder später ein Fluchtimpuls ergriff.

Ja, was sagtest du, willst du –.
Ja, was wollte ich. Ich wollte dir etwas sagen, was Wichtiges …

Ja … aber weißt du, im Moment … ich müßte … mal kurz, ja, du … ja, ruf doch gleich noch mal an, ja?

Dem raschelnden Geräusch nach, war ihr der Hörer aus der Hand geglitten. Ich legte auf und setzte mich wieder ins Auto. Hatte es überhaupt noch Zweck, mit ihr zu sprechen? Sie war längst zurückgekehrt in ihre alten Verhältnisse, in die Problematik einer für mich undurchschaubaren, inneren Konstellation. Und was bedeutete da schon der Glaube an eine gehabte Nähe, die noch dazu bereits einige Jahre zurücklag – das frühere Verständnis, das Zusammengehörigkeitsgefühl beruhten womöglich auf einer Überschätzung. Fraglich auch, ob wir wirklich auf der Schaumkrone einer Welle geritten waren, als wir den Marihuana-Tee tranken oder die kleinen violetten Hochzeitspillen schluckten … Das ging auf meine Rechnung, klar … aber sie war letztlich selbst verantwortlich, die immerhin acht oder neun Jahre Ältere. Natürlich konnte seinerzeit niemand genau wissen, was dieses LSD mit einem machte … ein Naturprodukt war's, aus Mutterkorn gewonnen, wo, wie, von wem auch immer, ein naturschönes Aphrodisiakum auch für die, die eigentlich keins brauchten. Mit ihm im Blut erschien alles einfach; leicht und sorglos ging's auf die Tanzstraße zum bessren Ich … – eine neue Welt, ein jedes Lebewesen, jeder Gegenstand sah anders aus als zuvor. Die geliebten Gesichter rahmte ein psychedelischer Heiligenschein, ein hellweißer Strahlenkranz, die Konturen irisierten, als wäre das reale Bild jugendstilig nachkoloriert, während die Gesichter anderer, eher unwillkommener Anwesender sich entstellt zeigten. Für die lag im Blick selbst bereits eine Bestrafung, die todsichere Ablehnung – durch Verhäßlichung mittels Glubschaugen und Horror-Visagen, oder wenigstens baconsche Verzerrungen. Mit dieser Optik, in der etwas schlichten, fast kindlichen Trennung des Weltpersonals in Gut und

Böse, konnte Acid für den Augenblick als eine Art Wahrheitsserum durchgehen. Die Säure entzog dem Hirn viel Zucker, das schwächte ein unterernährtes Ich so, daß es das Interesse an räumlich-zeitlichen Bezügen und den dazu passenden alltäglichen Denkmustern verlor. Auf Trip gehen hieß ja im allgemeinen, ja, was bloß, Kaleidoskopbilder kucken, nutzlose Ornamente, delirirende Muster sehn – also bestenfalls einen Netzhautorgasmus erleben. Auf Trip gehn … den schönen Tee der Verlangsamung nehmen, erleuchtet aus dem Fenster auf die Straße sehn, die Hirnbonbons mit violett-grüner Sahnefüllung lutschen … und so jede Art von Diskussion umgehn – die nonverbale Revolution, schrieb jemand im Spiegel. Mancher Acidhead rief auch das Fernmeldeamt an und wollte Gott sprechen, buchstabieren Sie bitte: Ge-O-Tee-Tee – okay, worum geht's bitte: Die Zeiten sind revolutionär, sagte der angetörnte Dichter, aber Frieden durch Gott ist möglich. Psychedelisch bedeutete bewußtseinoffenbarend. Aber was offenbarte das Bewußtsein?

Bei uns beiden die allerschönste Verliebtheit, ein seit der Mondlandung über lange Monate andauernder honeymoon – das führte zur permanenten Verherrlichung der bloßen Existenz, die sich jederzeit ins Bett verlegen ließ. Neben den stark gedehnten Nachten verlebte Régine die meiste Zeit dort. Nachmittags, auf 'nen Sprung vorbeigekommen, legte ich mich im Mantel für 'n paar Minuten dazu. So ein Glitzerpaar kam anfangs überhaupt nicht voneinander los – schon gar nicht unter LSD. Eine ungekannte Intensität bannte uns, bei jeder Regung, jeder Bewegung, jeder Empfindung – eine gefühlsverstärkende Substanz mischte unser Blut auf, reine Euphorie folgte, das Einssein zu zweit, ein Fleisch und eine Seele, ein barbarellahafter Dauerorgasmus, drei, fünf, sieben oder neun Freudenausbrüche, alles eine Frage der geflüsterten Zählweise … 48 Stunden lang … Die unglaubliche Wirkung potenzierte jede Emotion, auch in der Passivität, beim tantrischen Innehalten. Auf einem der schönsten Trips schritten wir in Bettlaken gehüllt, als Römer und Römerin durch unsere geräumige Altbauwohnung … mein Beruf war der eines Architekten, eines visionären Baumeisters der Antike, der traumhafte Badelandschaften fürs Volk ersann und baute. Es waren künstliche Paradiese, klar, aber eben doch Paradiese.

Und wie sah die Realität aus, wenn das Acid-Wochenende vorbei war? Montags renovierte ich Tanzschuppen, motzte die Kaisersäle und den Fürstenhof für ihre altmodischen, alten Besitzer durch oberflächliche Psychedelik auf … mit den schon in die Jahre gekommenen Erfindungen unserer früher glanzvollen, längst hoffnungslos zerstrittenen Tüftlergruppe, den Stroboskopen und anderen Lichtern, eine inzwischen entschärfte, kosmetisch verwendete Elektronik. Mein kleiner Betrieb illuminierte Geburtstagspartys von Frau Dönhoff oder einer Frau Henschel, der Lackfabrikantin mit dem Papagei auf der Dose, von jemandem in Form meiner Person wurden verachtungswürdig dumme PR-Happenings organisiert – von mir also, einem gegen den drohenden Untergang ankämpfenden, bekannt-begehrten Kreativen aus dem sogenannten Underground. Bloß welchem? Aus dem, der 1967 im schwarzen Sarg durch San Francisco zu Grabe getragen wurde? Aus dem, der im Jahr darauf in der Essener Gruga-Halle nur eine Nacht lang riesig blühte wie die Raffles-Blume im asiatischen Dschungel? Aus dem, der sich in tausend Nischen vor der sogenannten gesellschaftlichen Realität versteckte? Wir kommen aus dem Untergrund, sang einer, die Leute sagen: ungesund. Vorbei, vorbei, drei, vier Jahre war's gelaufen, und nach ebenso langer Nachanalyse hatte sich die Sache erledigt.

Nur wohin konnten die Untergrundler nach unvollendeter Mission verschwinden? Welche schmerzlichen Verlustgefühle würde ein Abschied nach sich ziehen?
Oder ließe sich das kulturrevolutionäre Programm doch dauerhaft mit der psychedelischen Lebensweise verschmelzen? Jaja, als Yippie, gereift und im Rückzug aufs Land ... natürlich.

Fakt war, daß ich kurz vor den mir höchst vertrauten Elbbrücken stand und in meinem parkenden Auto die letzten Minuten als Bewohner dieser Stadt verbrachte. War ich hier einfach bloß gescheitert? Oder handelte es sich um die Fortsetzung einer Wanderschaft, die ihre innere Logik hatte? Zog ich wie ein junger Amerikaner nur von einem Häusermeer zum nächsten, singend dem Glück hinterher – Kansas City, here I come? Nein, Glück war keine Kategorie, Erfahrung war's! Dieses Hamburg hatte ich durchforscht wie keine zweite Stadt – von billigen Reeperbahnkellern bis zu den Beletagen an der Binnenalster, von den Villen der Dealer bis zu den WGs des Künstlernachwuchses, von kleinkommunistischen Zellen bis zu schlagzeugspielenden, ungezogenen Blagen der Blankeneser Kaffee-Dynastien, an den oberen und unteren Rändern also, wenn auch kaum je in der Mitte. Als die sexistischen Söhne längst versunkener Adelshäuser in meinem Studio erschienen, um sich mit zarter Lichtkunst für ihre Kuschelecken einzudecken, als kurz darauf der große Bigbandleader Hänschen Letzter dasselbe für seinen neuen Bungalow wünschte, tröstete mich ihr dankbares Geld weniger als der verräterische Ausruf der Bigbandleader-Kinder beim Betrachten der projezierten, blubbernden Ölblasen an der Wand: Da habt ihr ja endlich mal was Anständiges gekauft!
Nicht mehr aufschiebbar und passend obendrein, der definitive Abtritt von der Lightshow-Bühne ... auf einer Festver-

anstaltung in München … ausgerechnet im Deutschen Museum, wo der deutsche Druckereifachverband mit tausend Gästen den hundertsten oder zweihundertsten Gründungstag feierte, sein Präsident sprach, Oberbürgermeister Vogel sprach, Außenminister Scheel sprach, die Trinidad-Steel-Company trommelte für die Spitzen der Gesellschaft auf Ölfässern und ich projezierte überteuerte bunte Lichteffekte in den holzgetäfelten Nachmittag. Absolut neu in der PR-Welt, mit einem angepopten Rahmenprogramm derlei bierernste Veranstaltungen zu entsteifen, am Beginn der Siebziger noch in den Anfängen – aber zum genau richtigen Zeitpunkt, um aus dieser verlogenen Arbeitswelt zu verschwinden.

Ein halbes Jahrzehnt Monkey-Business lag seit achtundsechzig hinter mir … angesichts der Wahl, eine stocknormale Firma zu führen oder im Nirwana der Blumenkinder unterzugehen, war's besser, mit alldem Schluß zu machen … die Dinge hatten sich verkehrt … selbst die Geschichte mit Régine. Sie hatte ohnehin nie verstanden, warum ich den kunstförderlichen Dreck liebte, die Kellerclubs der Sound- und Lichtbastler, den reeperbahnbrechenden ›Grünspan‹, die Avantgarde-Disko. Auch der Unterschied zwischen bürgerlichem Geld und Hippie-Geld war ihr in unseren gemeinsamen Jahren nicht aufgegangen. Göld, ein Göld muß eins da sein, hieß es nicht so in einem frühen Faßbinder-Film? – ja, ein Göld mußte schon da sein, auch im Hippie-Haushalt. Doch zuletzt war es nur noch um Geld gegangen … der rebellische Elan dahin, die Illusionen verloren … und vom kalten hanseatischen Ehrgeiz gepackt. Hatten in meinen Augen damals etwa nicht die Dollarzeichen geblitzt – enttäuscht vom Scheitern des Kollektivgedankens, der antikapitalistischen Idee? Erlag ich am Ende denn nicht der gemeinen Versuchung des Geldes … des unbescheidenen Abgreifens, Einfahrens und Bunkerns, der Hamburger Krankheit also? Trotzdem hatten die kleinlichen Nörgler übertrieben, wenn sie mich beschimpften, du Scheiß-Pop-Millionär, du machst mit deinen verblödenden Lichtspielen einen Haufen Kohle, und wir – welche Ungerechtigkeit! – machen richtige Kunst für 'n warmen Händedruck.

An Leuten, die einen unbedingt korrigieren wollen, fehlte es in so einer Situation natürlich nicht ... Hubert und Dieter, zwei neue, mich schwer beeindruckende Jungs, hauten es mir gleich mehrmals um die Ohren: Am Ende des Kapitalismus erbeutet er Kapital mit Psychedelischem, kritisierte mich Hubert, der schwule, halblinksdrehende Schriftsteller, lang und breit und zu Recht ... Der Malerweltmeister Dieter machte es kürzer, du geldgeiles Arschloch ... Natürlich wollte auch er groß rauskommen ... hatte ein ganz und gar eigenes Heintje-Museum ausgeheckt, gegründet im Sommer '71, eine schön gefakte Ausstellung mit Gegenständen dieses Kinderschlagerstars: sein Schulranzen, Unterhosen, Emaille-Waschschüsseln, Schallplatten mit dem Hit »Mama« in 27 Sprachen und als Höhepunkt die in Vitrinen gelagerten, bei Konzerten von Müttern vollgeweinten Original-Taschentücher ... Tja, das sollte man schon gesehen haben, sehr witzig, frühe concept art. War Kunst nicht oft genau das, was man selbst gern gemacht hätte? Mein lieber Dieter, hatte ich mit gemischten Gefühlen gesagt, das ist der Durchbruch, in aller Kürze wirst du dein Heintje-Museum mit dem Besen fürs zdf heute journal fernsehgerecht ausfegen und in ein paar Jahren an einer Kunsthochschule deiner Wahl Professor sein. Sogar an der Akademie in Düsseldorf, wie es dann auch geschah ...

Wie schwer mir doch der Abschied fiel – geh ich für immer, oder geh ich bloß für jetzt ... Ach Blödsinn, die Bleiben-odernicht-Frage war doch längst beantwortet. Die große Krise, die Krise mit dreißig, einunddreißig ... ein Knackpunkt das Geld, Scheißgeld ... gehörte das nicht am besten abgeschafft wie bei Pol Pot oder im Club Méditerranée? Régine wollte es bürgerlich verwenden, sie war von Hause aus bürgerlich und hätte wie viele hanseatische Ladies in den besseren Vierteln ihr Leben endlos leben können, den richtigen Anschaffer glaubte sie ja bereits in betto zu haben, den gut gefüllten Kleiderschrank sowieso. Es brauchte eine Weile, bis mir das Berechnende ihrer Handlungen dämmerte und die Zweifel gleich in Scharen kamen – sogar mit dem Erschrecken vor mir selbst, als ich einmal mit meinem dicken Volvo lässig und blicklos an ihr vorbeifuhr, während sie zwei volle Einkaufstaschen in Richtung unserer noch kilometerweit entfernten, damaligen Wohnung schleppte – zweifellos der Anfang meines Abschlaffens. Sie hatte keinen Beruf, kein Studium, nichts ... sie war Verkäuferin ... in einem Schuhgeschäft, für achtzig Francs Salaire die Woche, doch sie liebt mich für viele Millionen wert ... Warum kam mir dies olle Chanson aus der Kindheit immer wieder einmal in den Kopf ... ?

In unserer Zeit mußte sie jedenfalls nicht mehr in Boutiquen jobben, ihr gefiel's so, mir anfänglich auch, später aber weniger. Furchtbare Diskussionen, Küchendramen standen dann auf dem Programm – die Beziehung litte unter einem Ungleichgewicht, sagte ich ihr viele Male, das müsse sich ändern, spätestens im neuen Jahr. Anstatt den ganzen Tag mit ihrer mystisch angehauchten Freundin Edith das Tarot zu legen, anstatt als falsche Undergroundqueen auf meine abendliche Rückkehr zu warten, sollte sie etwas Eigenes machen, oder wenigstens irgend etwas tun, arbeiten eben, um auf eigenen Füßen zu stehen, selbständig, emanzipiert zu werden ...

… anstatt dauernd auf der Kartenlegerei herumzuhacken, anstatt mich in die dümmliche, esoterische Ecke zu stellen, solltest du dir die Wahrsagerei lieber zunutze machen! Allen Ernstes hatte Régine angeboten, einen bei ihr öfter anschleichenden Astrologen anzusprechen, Spezialist für geschäftliche Kommunikation … der könne aus der Konstellation der Sterne das Datum der Tage errechnen, an denen die Erfolgschancen für Verhandlungen und Verkäufe außergewöhnlich hoch stünden, ja, eigentlich garantiert seien. Eine großartige Unterstützung, vielen Dank … solange dieser Sterndeuter nicht am Gewinn beteiligt werden wollte … doch anstelle der Tarotliteratur solle sie lieber Charles Fourier lesen … beide Geschlechter sind für alles geeignet, für Wissenschaft, für Kunst …

Damals dachte ich, daß Régine höchstwahrscheinlich schon als Ehefrau zur Welt gekommen war. Die Ansprüche, sich in Richtung Eigenständigkeit zu verändern, überforderten sie jedenfalls. Jahrgang '37 oder '38, zu alt, um auf den Rebellenzug noch aufzuspringen. Die Antwort waren Tränen, Tränen, Tränen, ihr Auszug aus der Wohnung, ihr nochmaliger Einzug, von mir vorher – im wahrsten Sinne des Wortes – erkniet, der erneute Auszug, wonach die zäh verlaufenden, unglaubwürdigen Versuche einer Trennung begannen, die alle paar Wochen nächteweise aufgehoben wurde …

Am Ende half auch ein guter Tropfen Acid nicht mehr weiter, kein Strahlenkranz zu sehen, der das geliebte Gesicht rahmte, keine sich fortsetzende Verschmelzung einte uns aufs neue – diese nunmehr freischwebenden, kollidierenden Ichs, die zum Spielball scheinbar fremder Mächte wurden und einen Horrortrip mit Bildern erlebten, denen Farben und Worte entzogen waren wie der Zucker dem Hirn. Wo lag der Umschlagspunkt der Liebe? Wann legte wer warum den Rückwärtsgang ein? In Schwarzweiß blieben mir die Szenen im Gedächtnis, eine quälende Erinnerung – mit meiner auf der Couch liegenden, von einer plötzlich wie Schüttelfrost aufziehenden Feindseligkeit erfüllten Person, die aus unendlicher Enttäuschung über den Verlust der Liebe den Mörderblick auf Régine richtete: Unter ihm sackte sie mit dem Rücken zur Wand in Zeitlupe in sich zusammen – in ihrem das Weibliche sonst aufs schönste freilegenden, roten Unterrock verwandelte sie sich in ein kokottenhaftes, absinthzerstörtes Bohème-Wesen, das vor meinen Augen innerhalb einer Stunde zur blassen Elendsfigur abmagerte. Ihr leises Wimmern verbeulte die Wände.

Sollte ich sie wirklich noch mal anrufen? Ihr etwas erzählen von einem neuen Anfang, einem neuen Leben, das sie wahrscheinlich wenig kümmern dürfte? Ihren Geburtstag kürzlich, den 38., hatte ich einfach verstreichen lassen. An solchen Festtagen wär's schön gewesen, mit ihr noch mal auf Trip zu gehen – Régine hätte es sich auch gewünscht, wie sie bei einem unserer soundsovielten Neuanfänge andeutete, sie fühlte sich nur noch nicht wieder stark genug für die Droge. Wahrscheinlich zweifelte sie bereits daran, jemals wieder so klar und so gesteigert empfinden zu können wie unter deren Einfluß ... Wir hatten ja einigermaßen geklärt, warum es seinerzeit zum Horror gekommen war – weil die Beziehung nicht mehr stimmte, weil der Wille fehlte, weil das Paar sich nur noch gewunden hätte, dies anzuerkennen, so daß den beiden die Wahrheit schließlich per Acid aufgezwungen werden mußte ... Die schreckliche Wahrheit, daß das eben noch sichere Übermaß an gegenseitiger Einfühlung überschätzt, daß die intensive Vereinigung der Körper im LSD-Rausch bloß augenblicksbezogen war ... die überschwenglichen, aus starker Überzeugung gefallenen Liebesschwüre nicht hielten, was sie versprochen hatten. Aber ohne sie … die Fürstin am hanseatischen Hof … sie regierte immer noch …

Régine hatte mich, den Provinzknaben, als erstes gelehrt, daß es wichtiger ist, die Frau zu befriedigen als sich selbst … ja, ladies first wäre nirgendwo so geboten wie im Bett – was in der Praxis mit anderen Frauen danach nicht so gelang wie mit ihr. Ganz einfach, nur Liebe macht guten Sex, doch die war schwer aufzubauen, und genausoschwer zu zerstören. Und wie überhaupt hätte man ein Paar, bei dem der Anfangsverdacht auf Liebe bestand, durch diese irren Zeiten, durch diese aufgeputschte Rockwelt bringen können … gar nicht. I'm not ready for my family life, sang in diesen Tagen ein US-Softie im Autoradio, die vertröstende Antwort auf eine mittlerweile sogar in den Provinzen aufkommende Frage – in meiner Nähe gab's so gut wie niemanden, der familienreif gewesen wäre. Die kitschige Ballade verstärkte meine Ehephobie – jedenfalls wollte ich die nächsten fünfzig Jahre nicht mit Schach und Tee im Eigenheim verbringen … Oder?

Oder blieb ich hier eingeklemmt im Tor zur Welt sitzen, weil in mir die verquere Hoffnung rumorte, Régine könnte mich umstimmen und von meinem ohnehin wackligen Umzugsvorhaben abbringen? Aber warum sollte sie? Ihr hatte es genügt, nach der Trennung die Wohnung zu behalten … während ich für mich ein Dachgeschoß mietete, für manche ein Penthouse, teuer eingerichtet, schwarze Vorhänge aus Theatersatin, die perfekte Abdunkelung für Tagesschlaf, dazu handbemalte Tapeten, die den Wohnzimmererker dauerhaft in naturalistisch hochzüngelnden Flammen stehen ließ, Elektronik, Projektoren … das hatte nicht jeder, so ein Heim im Schnittpunkt von genuiner Subkultur und Pop-Hedonik, fast hätt ich mir für meine neue Wohnung noch einen Affen gekauft …

War auch so ständig voller Leute, Düsseldorfer, Frankfurter Freunde wie Derek und Micha, die ihre Kilos in dem Chaos bei mir zu Haus zusammentelefonierten – diese naiven Hippie-Gangster dachten so wenig wie ich daran, daß der Anschluß abgehört werden könnte, meiner oder der am anderen Ende. Micha, keine zwanzig, die braune Haarmatte wie eine doppelte Portion Zuckerwatte, machte täglich mit seinem Bentley Spazierfahrten übern Jungfernstieg, trotz meiner Warnungen, die Bullen kucken dich aus, Mensch, so 'n Typ wie du in einem Bentley, nee. Zwei, drei Jahre konnte er sich halten, weil er nicht überall von seinem Business quasselte wie andere, die sich in Bars brüsteten und nach ein paar Monaten schon gebustert wurden, ein eiskalter Engel, dieser Micha … Eiskalt auch Derek, ein Ledermann mit der längsten von mir je gesehenen, bis unter die Gürtellinie reichenden Männerfrisur, der nicht von seinen schwarzweißen Mikro-Federzeichnungen zusammenhängender, zu asiatischen Zeichen gerinnenden Menschenmengen leben konnte … In der nervtötenden Zeit des Wartens auf die Lieferungen legte er seine massige Gestalt ganz malerisch auf den Teppichboden und produzierte ein Blatt nach dem anderen.

Nur der Drogenhandel ermöglichte eine Hippie-Existenz, ein blödes Klischee, das leider oft zutraf, aber nichts über die schweißtreibenden einzelnen Schritte dieses Geschäfts aussagte … Okay, das nächtliche Rausfischen der zentnerschweren, von den großen Pötten heruntergeworfenen Gras- oder Hasch-Paketen im Hafen ging ja noch, aber die Übergabe von vier, fünf Ki-s auf Parkplätzen, die mit zittrigen Händen frühmorgens in der scheinbaren Sicherheit überlaufener U-

Bahn-Stationen durchgezogenen Deals, der Tausch von gefährlich vollen Einkaufstüten gegen eine Handvoll Bares waren nichts für sensible Naturen, die dabei auszustehenden Ängste trieben den Puls in die Höhe. Natürlich wollten Derek und Micha wie die meisten Händler raus aus diesem Geschäft. Und am liebsten sofort hinein in die Hippieorte dieser Welt, die places to be … als unbewußte Vorhut des späteren Massentourismus.

Und erst die Frühstücke … berühmt, berüchtigt … der Bockhorn, der sozialistische Stecher Iwan, der erste Bote aus einer anderen Welt, der schöne Bayern-Peter, alle kamen, alle faszinierten mich. War auf Dauer nicht zu unterdrücken gewesen, die Lust, das Bedürfnis, neue Kreise zu erschließen, andere Leute und damit sich selbst anders kennenlernen zu wollen. Die Typen eben, die einem übern Weg liefen, an Größenwahn leidende Kleingangster, an Adornitis laborierende Schlaumeier, selbsternannte Studentenführer wie der Minsky, fanatische Nachtvögel, Schnorrerkönige und Künstlerkandidaten, allesamt anders gestrickt als du und ich, anders verstrickt als Régine und ich – mit ihr an der Hand, mit ihr im Kontrollhäuschen wäre das alles nicht möglich gewesen. Schon klar, daß diese Neugier, dieser Hunger nach autonomem Erleben eine Beziehung gefährden konnte … am Ende gar bis zum Gehtnichtmehr. In Zeiten der Halbtrennung kamen auch Frauen in mein Haus, klar, nicht die Klasse von Régine, aber aufgedreht nächtens, freakige Marktweiber und Trödlerinnen, die sich mit Apblomb in mir als Vorzeige-Hippie oder Underground-Royal irrten, werdende Schauspielerinnen, die von mehr träumten, Anfang der Siebziger schien ja traumhafterweise alles im Werden zu sein – bis sie sich in irgendeinem Achternbusch-Film wiederfanden, nackt mit dem Kopf nach unten aufgehängt, die Vulva mit Schnaps beschüttet, on the road to ruin. Régines Freundinnen dagegen waren Frauen eher schlichteren Gemüts, sie brauchte Zofen … vielleicht auch den einen oder anderen Kerl aus meiner neuen Runde unterm Dach, wo die Dinge schnell aus dem Ruder liefen, manche schliefen nur, bald wohnte der erste hier, der Bayern-Peter, dieser Einsneunzig-Beau in Jeans und Lederjacke, der von Luft und Liebe und seinem kreditwürdigen Sexappeal lebte – nicht zu verhindern sein Einzug in den Bau eines Edel-Hippies, er verstand sich auf sanfte Gewaltanwendung. Mittags begannen wir mit einem Whiskey-Cola-Mandrax-Cocktail, ein übertrieben in den Tag hineinpeitschender Mode-Drink, nicht lange durchzuhalten … Die Wirkung einer einzelnen Mandrax am Abend dagegen war schockierend für ahnungslos und noch nüchtern auftauchende Besucher: Diese Pille beruhigte so stark, daß relativ zügig eine Art Totenstarre eintrat, die letzte noch aktiv vorgenommene Bewegung wurde für ein Viertelstündchen eingefroren, in der Hocke etwa oder auf allen vieren, den Kopf erhoben, die Hand ausgestreckt gehalten wie zum Gruß, das Standbild einer unmotivierten Verzweiflung, ohne Bewußtsein, ohne Worte, pompeijisch. Auch möglich, daß ein durch doppelte Mandrax-Gabe Entschleunigter das Gespräch nach starrem Verharren an derselben Stelle wieder aufnahm und einen Satz vollendete, den er zwanzig Minuten zuvor begonnen und abgebrochen hatte. Seine Zuhörer sahen sich dann gezwungen, mehr oder weniger gespannt auf diese Fortsetzung zu warten und sich die Entwicklung anzukucken – die komplette Story kriegten sie schließlich verzögert geliefert, für sie verwirrend, für den Erzähler eher wie ein gewöhnlicher Filmriß.

Aber mit diesem Blödsinn sollte langsam Schluß sein, wirklich. War lange genug reizvoll gewesen, hatte so oder so Sinn gehabt … einen befreienden, verwirrenden, hilfreichen und wieder verstörenden … Lange genug war am Glauben festgehalten worden, der Gebrauch der Droge könnte die unterschiedliche Empfindsamkeit von Menschen angleichen und sie so auf einer Ebene zusammenbringen, nimm nur ’n Joint und jeder ist dein Freund, von wegen – eine Täuschung wie jene schwammige Utopie, irgendwann würd’s allen Nutzern einmal bessergehen …

Schluß sein sollte auch mit meiner ganz persönlichen Hamburger Schizophrenie – nur gab’s im Inneren der Hammaburg leider keine Umkleidekabinen für einen Identitätswechsel, in dieser ordnungsliebenden Stadt wurde einer ein für alle Mal festgelegt, ein herumvögelnder Bismarck blieb ein Bismarck, ein blödgekiffter Kaffee-Erbe ein Kaffee-Erbe, die Elb-Patrizier wurden von ihrer Klasse nicht verstoßen, selbst wenn sie den unverständlichsten Mist bauten. Wer sich aber dem Underground verschrieben hatte, wer Flickerfilme oder finstere Songs produzierte, war für’s Bürgerliche auf ewig verloren, und wer überdies mit seinem Kram viel Geld gemacht hatte – eine Todsünde wider den Zeitgeist –, der war’s für die kunstorientierten subkulturellen Szenen. So sah’s aus, poor little Pop-Millionaire, ein Verräter warst du, ein Heuchler zwischen Baum und Borke – lächerliche Gedanken mit Blick auf die Elbbrücken, wo ein Jahrzehnt unter Hamburgern im Zeitraffer durch mein Hirn sauste … Klar nur, daß so einem die Anerkennung der Leute versagt blieb, von denen er sie sich wünschte – hier konnt ich mich nicht ändern, hier gab es keine zweite Chance.

Ich verlasse die Stadt, sagte ich.
Ja, sagte Régine.
Ich verschwinde aus Hamburg.
Ja … ja gut … ja –

In einer der letzten melancholischen Nächte hatte sie den großen, alles leichter machenden Satz gesagt: Wir konnten uns nicht auf ewig im glücklichen Zustand halten, aber unser Gefühl wird unsterblich, weil wir die Beziehung vor dem eigenen Tod haben sterben lassen! Eine etwas romantische Vorstellung – wie auch der von ihr einmal geäußerte Wunsch, daß nach dem Scheitern der Liebe einer von uns beiden aus der Stadt verschwinden müßte ... ein frankophiler Kitsch, eine schlagerreife Forderung, die auf dem Dorf entstanden sein mußte ...

– ja, aus und vorbei ... alles gelaufen hier.
Verstehe, sagte sie, willst das Schicksal noch mal rausfordern ...
Hab alles aufgelöst, die Wohnung, das Lager, alles.
Ja.
Es ist mehr als ein Umzug.
Und wohin gehst du?
In einen schwarzen Sack.
Wohin bitte?
Nach Berlin, sagte ich.
Ach Berlin ... Berlin, sagte Régine und fragte: Noch was?

◆

Morgens drei Zeitungen und Brötchen vorbeigebracht und abends ein Küßchen – der Anfang mit Ella hätte nicht besser verlaufen können. Nicht für einen Bettlägrigen mit halbgebrochenem Fuß, der am Beginn einer Beziehung nicht an Krücken daherkommen wollte und das wochenlange Liegen vorzog. Das Schöne des Anfangs wurde dadurch nicht geschmälert – dieses Gefühl, akzeptiert und bevorzugt zu werden, dazu täglich gute Aussichten auf Lustgewinne zu haben und die Zuversicht, noch sehr, sehr weit entfernt von einem Ende zu sein. Überdies blieben uns die ersten, oft holprigen Aktivitäten eines Paares erspart, das zwanghaft nach dem passenden Restaurant oder originellen Rendezvous-Ideen suchen muß. Von äußerem Geschehen ungestört, ließ sich von diesem Kredit des Glücks einige Wochen zehren. So ein Anfang sagte einem, alles ist gut – so lange, bis er vorbei war. Und das begann, was nach ihm kam.

Du mußt zugeben, hatte Ella mehrmals gesagt, daß es sich bei dir um einen schweren Brocken handelt.
Heb dir bloß keinen Bruch.
Ein Klotz, ein Mann al dente.
Dann schließ 'ne Zusatzversicherung ab.

Zwiespältige Feststellungen wie diese waren erfreulich insofern, als offenbar eine Aufgabe angenommen wurde, weniger erfreulich, sofern die von ihr eingeräumte Schwierigkeit durchaus auf einen Mangel an brauchbaren Erfahrungen und Phantasielosigkeit schließen ließ. Offenbar wollte

Ella den Brocken zu irgend etwas bewegen, den Mann in eine auf sie zugeschnittene, nützlichere Position bugsieren, ohne zu wissen, wie, und ohne sich die Zähne auszubeißen. Obwohl daraus eine eher pädagogische Mütterlichkeit sprach, stellten mich ihre Bemerkungen dennoch zufrieden: Eine Frau, die etwas bewegen wollte, mußte selbst bewegt sein. Kein Zweifel, sie hing am Haken. Und das war sogar ohne die großen Anstrengungen passiert, die ich bei Bedarf hätte leisten können – wie die glaubhaft formulierten Begründungen meiner Verzweiflung, die graduell abgestimmten Ohnmachtsbekundungen und die in früheren Zeiten des Geschlechterkampfs eingesetzten Provokationen, die die Rolle der Frau konterkarieren und die Wahrheitsfindung beschleunigen sollten. Selbst das, was mir an Humor zur Verfügung stand, brauchte es in dieser Minne weniger als gewohnt. Auch konnte er zwischen uns nur schwer aufkommen, weil Ella an allen möglichen Stellen und somit zu oft lachte, ein Zeichen von Humorarmut. Ihr fehlte das Trotzdem.

Auf der symbolischen Ebene spiegelten sich sowohl Humor als auch Verzweiflung in meinem Zuhause, einem passagenweise fast möbelfrei gestalteten, in seiner vergilbten Aura etwas düster schimmernden Heim von geradezu programmatischer Nachlässigkeit. Dennoch war's eine vollkommen brauchbare Wohnung mit einiger Verführungskraft: Schau mal, liebe Besucherin, konnte sie signalisieren, hier ist was zu machen, hier wird traditioneller Konsumverzicht geleistet, hier fließt noch rebellisches Blut, Parteinahme ist gefragt. Meistens ließ ich nach Ende einer Beziehung etwas stark Angegriffenes oder nahezu Kaputtes noch behutsam weiter in den Zerfall hineinreifen, ein Schaden mußte wachsen, mit seinem Besitzer leben, um andere zu überzeugen. Vor Ellas Erscheinen waren dies unter anderem die aus den fürstlichen Underground-Zeiten herübergeretteten, sich nach drei Jahrzehnten Dienst langsam selbstauflösenden schwarzen Schlafzimmervorhänge, die mittlerweile aussahen wie die Segel eines Nilfischers. Die Einrichtung – auch die im Flur verbauten, mitunter verschämt weggewünschten alten Apfelkisten – war insgesamt schon durchdacht und bezeugte die halb aufbegehrende und halb resignative Haltung des Bewohners. Kuckten Außenstehende genauer in die Wohnung hinein, wurde ihre Reaktion zum aufschlußreichen Empathie-Test. Eine neu eintretende Frau konnte den Stil alles in allem schweigend als inhärente Marotte hinnehmen, auch lauthals als politisch verbrauchte Symbolhandlung verurteilen oder aber als Zeichen einer gewissen Hilflosigkeit mit karitativem Wohlwollen betrachten. Dabei wären die Schäden innerhalb von Stunden durch Reparaturen oder einfaches Ersetzen zu beheben gewesen – von eigener Hand.

Schwerer Brocken, nein, nein, einfach wie ein Kieselstein, hatte ich gesagt – allerdings einer, der richtig behandelt werden muß.

Das sagen Männer immer.

Richtig heißt, ohne den großen Forderungskatalog, ohne dieses: Ruf an, komm her, versteh mich, kümmre dich, zeig Gefühle, übernimm Verantwortung, halt mir die Wagentür auf und bezahl im Restaurant.

Ja, genau, sagte sie, das alles fehlt.

Meiner Meinung nach kann das niemand einfordern.

Ohne mein Betreiben würde hier doch gar nichts passieren.

Du übertreibst mal wieder.

Immer bin ich es, die anruft.

Wer wen wann anruft, ist eigentlich egal.

Ich mach doch die Beziehung ganz allein.

Das geht gar nicht, sagte ich, das meiste, was wir machen, geht alleine gar nicht.

Die Nacht wieder schön.

Das Begehren ist doch das Größte, dachte ich einmal mehr – nur jemandes Begierde verschafft einem das Gefühl, wenigstens für Momente von anderen so gesehen zu werden, wie wir uns selbst am liebsten sehen würden.

Anderntags erzählte Ella, daß sie wie fast jeden Morgen Johnny getroffen hätte, der wieder ganz begeistert gewesen wäre, vor allem von ihrer neuerdings so tollen Ausstrahlung …
Johnny?
Ja, eine Lesbe aus meiner Nachbarschaft, pechschwarzes Haar, noch gegelt, 'ne echt männliche Type, ein Verehrer, seit meinem Zuzug in die Straße …
Verstehe.

Ich verstand auch die nächsten Geschichten von Johnny falsch – im Sinne einer Ella unterstellten Gender-Sichtweise: Bitte behandle mich nicht als nur biologische Frau, sondern schau genau hin, wo, wie und warum ich determiniert bin, erkenne an, daß die dekonstruierte Frau durchaus als gegelter Verehrer antanzen kann und daß sie alle – wirklich alle – Möglichkeiten hat.

Auf Augenhöhe, sagte Ella – anders geht es mit uns nicht.
Mal kucken, sagte ich.

Zu meiner Überraschung beschrieb mir Ella Tage später mit allen Details, daß sie selbst eine Frau, wie sie sagte, aufgerissen hätte, daß sie in einer Bar einer sich langweilenden Fremden einen Drink ausgegeben und diese dann mirnichtsdirnichts vom Tisch ins Bett geschoben hätte, weshalb sie sich nun Vorwürfe machte, da jene Frau erstmals mit einer Frau Sex gehabt hätte, eine Entjungferung also, die nachzubetreuen wäre. Auch wisse sie jetzt gar nicht mehr so genau, in welche Richtung es nun weitergehen sollte.

Das ist ja die Höhe, sagte ich, die Augenhöhe.

Ob wahr oder erfunden – solch aufgepeppte Geschichten gefielen mir wenig. Da mühte sich ein Mann, den Stand der Geschlechterdiskussion mit Hilfe einer neuen Freundin neu zu justieren, zerbrach sich den Kopf über Johnny und die Fremde aus der Bar, überprüfte seine Haltungen, Stichwort »Zärtlichkeit«, um dann doch bei einfachsten Erkenntnissen und bekannten Phänomenen zu enden. Es ging nicht um Gender und sonstige, Ella gar nicht bekannte Theorien, nicht um ernsthafte Erkundungen der Differenz. Es war der Versuch, sich omnipotent aufzuplustern, andere mit der alten Bi-Masche zu verunsichern und sich rundum interessant zu machen – die pure Angeberei, ein gestriger sexueller Chic, den der damit konfrontierte Mann zunächst ohne große Kommentierung goutieren konnte: Das wächst sich raus.

Doch schon auf der Rückfahrt nach einer letzten Fuß-Beschau beim Arzt war Ella während der Rotphase einer Ampel unversehens ins Schwärmen geraten – auf der Gegenseite wartete ein älteres Auto, ein weiß-silbriges Sportcoupé, ein Nachkriegsbaujahr der frühen Fünfziger des 20. Jahrhunderts. Bei so etwas kuckte ich schon ewig nicht mehr hin. Sieh mal, da drüben … dieses Coupé, ein Traum, sieh doch … forderte sie mit hektischer Gestik … sieh doch bitte. Sie ahnte nicht, wie sehr sie mich in diesem Augenblick schockierte. Nicht zu fas-

sen, eine Vorliebe für Oldtimer, daher wehte der Wind, von der Landstraße, über der aus offenem Verdeck ein weißer Schal flattert. Völlig klar, daß das Zusammensein mit einer neuen Freundin bedeuten konnte, einen neuen Blick auf die Realität nahegelegt zu bekommen … und was für Dinge hat unsereins durch die Augen von mittlerweile längst verschwundenen Frauen betrachten dürfen! Auch wenn sie ihn überhaupt nicht interessierten … Diesmal also alte Autos, da offenbar ihnen Ellas besondere Aufmerksamkeit galt. Sieh doch wenigstens mal hin, rief sie in den Fond ihres betagten Kleinwagens, sind sie nicht wunderbar, diese schönen alten Modelle … ach, ich liebe Oldtimer.
Schrottige Karren aus den fünfziger Jahren, sagte ich mit übertriebener Verachtung, erkaltete Materie aus dem Biedermeier der Autoindustrie, weg damit, weg mit diesen Oldtimern, die hab ich schon neu nicht gemocht … genausowenig wie die Leute, die in diesen Autos saßen, damals wie auch eben gerade.

Was regst du dich so auf? Sie sind ästhetisch gelungen, sagte Ella, und wenn ich Geld hätte …

Daß ich mich in diesem Leben damit noch befassen mußte – mit Oldtimern. Durch dieses an der Ampel wartende Fahrzeug wurde erstmals eine klar erkennbare, weltanschauliche und eigentlich unüberwindbare Differenz zwischen mir und Ella aufgedeckt. Und wenn ich sie in der Nachmittagssonne betrachtete, ihre hochgesteckten blonden Haare, die Ohrringe, den schwarzen, elegant leichten Mantel, dachte ich, warum sollte ein weißes Sportcoupé aus alten Zeiten hier nicht passen – kein wirklich gemeiner Gedanke, bloß ein nicht zu Ende gedachter. Ihre Wohnungseinrichtung paßte ja auch, die vorrevolutionären, roten Plüschsofas, die mir schon aus der Zeit mit Régine bekannten Tiffany-Lampen und andere Antiquitäten. Bei Grün fuhr sie rechts ran und schwärmte so enthusiastisch weiter von dem längst verschwundenen Coupé, daß ich mich fragte, ob meine Begeisterung wofür auch immer jemals wieder annähernd so überzeugend ausfallen würde … .

Ich verstehe ja, sagte sie, daß du das Wort Oldtimer nicht so gerne magst …

Die Nacht wieder schön.

Doch Ellas Bekenntnis unter der Ampel hatte mich etwas durcheinandergebracht und Zweifel am Sinn unserer Beziehung aufkommen lassen. Ich war nun mal von Haus aus skeptisch und niemand, der zuversichtlich darangehen würde, eine 45jährige Frau von ihrer Liebe zu Oldtimern und ähnlichen, dahinter lauernden Geschmacksverirrungen abzubringen. Zumal Ella sich für Argumente wenig zugänglich zeigte. Unsere gemeinsamen Autofahrten endeten meist in lautstarken Disputen, da bei mir nach 35 Jahren ohne Auto die Erinnerung an diese alte Männerwaffe wieder hochkam und Ella meiner Einschätzung nach stets die falschen, längeren, gar in Sackgassen führenden Routen wählte – sie lebte erst seit ein paar Jahren in der Stadt. Da vorn kommst du nicht durch, mahnte ich an verwirrend ausgeschilderten Stellen; worauf sie antwortete, du wirst von jetzt an schweigen, worauf ich sagte, das geht nicht, wenn mein Leben in Gefahr ist; worauf sie in vollem Ernst erwiderte: schweigen oder aussteigen.

Zu unserer ersten gemeinsamen Einladung brauchte ich lediglich hundert Meter zu humpeln – Ellas sogenannte beste Freundin wohnte in meiner Nachbarschaft und erwartete ein

Dutzend Gäste zum Geburtstagsessen. Daß es mir nicht immer gelänge, solch länglichen Tischgesellschaften viel abzugewinnen, hatte ich vorausgeschickt, um dann tatsächlich, tief über die Suppe gebeugt, mir wenig sagende Meinungen zu den Themenblöcken »reich – arm«, »G 8 – Kneipe Kumpelnest« und »Klimakatastrophe – Gandhi« anhören zu müssen. Eine junge, sich selbst als Designerin bezeichnende Frau berichtete von ihrem Besuch beim Deutschen Trendtag, einem in der Runde offenbar nur mir bekannten Jahrestreffen von Zukunftsforschern, bei dem heuer der Karma-Kapitalismus zur Gesellschaftsform der Gegenwart ausgerufen worden sei.

Verstehe, sagte ich, wer nicht anständig konsumiert, wird von der Seelenwanderung ausgeschlossen und kriegt im nächsten Leben nix zu beißen – oder wie?

Nein, viel komplizierter, erklärte sie, eine aus buddhistisch-hinduistischen Lehren zusammengesetzte Haltung aus Nachsicht, Nachhaltigkeit, Askese, Selbstkontrolle, Enthaltsamkeit, Entsagung …

… Da bleibt für den Groß- und Einzelhandel nur zu hoffen, daß sich der neue Karma-Kapitalismus nicht allzuweit herumspricht …

… alles Handeln hat ja Folgen, schlechtes Karma, gutes Karma …

… besser gar kein Karma …

… da steckt schon ein Paradigmenwechsel dahinter – der relationierte Verzicht wird zum Umsatzmotor, weg vom Falschen, hin zum Richtigen … auch im Sinne einer ethischen Forderung … eines ›Gib das, was du selbst nicht bekommen hast‹, sagte sie, die Folgen sind erkannt, aus dem vollkrassen Umdenken heraus entsteht der Karma-Kapitalismus.

Sprechen Sie ruhig so lange weiter, bis ich's verstanden hab.

Bei Verzicht fällt mir eine Story über Gandhi ein, sagte kurz darauf mein thematisch angeregter Tischnachbar – auf Zucker verzichten zum Beispiel. Eines Tages habe sich eine Mutter an Gandhi gewendet, mein Sohn ißt zuviel Zucker, wie kann ich ihm das abgewöhnen? Kommen Sie in vierzehn Tagen wieder, sagt der Asket und empfahl nach Ablauf dieser Frist ein Zuckerverbot für den Sohn. Warum haben Sie das Verbot denn nicht sofort ausgesprochen, fragt die Mutter. Weil ich erst einmal selbst vierzehn Tage lang keinen Zucker essen wollte, so Gandhi, und jetzt weiß ich, es geht.

Ja, Gandhi kannte die magere Seite der Existenz, sagte ich und schwenkte den Arm über die gut gefüllten Schüsseln und Teller auf dem Tisch, an dem eine Reihe von Gästen saß, die ich bereit war, allesamt über Nacht zu vergessen. Ella wechselte für kurze Gespräche von Platz zu Platz, übertönte das Parlando der Runde mitunter mit lautem, leicht schrillem Auflachen. Als ihr neuer Freund vermutlich auch auf dem Prüfstand, begann ich – ganz kommunikativ – eine andere Gandhi-Geschichte und nahm an, damit auf so einer Dinnerparty nicht ganz schiefzuliegen.

Dieser Gandhi, erzählte ich, hat das Wohlleben und seine junge Gattin im Alter von 28 Jahren verlassen, weil er glaubte, durch Verzicht und sexuelle Enthaltsamkeit Indiens Unabhängigkeit zu erreichen … mit seiner so aufgesparten Libido die nötige Energie zu gewinnen, um die Engländer schließlich aus seinem Land herauszudrücken … Noch Jahrzehnte später hielt er daran fest, legte sich jedoch eines Nachts mit seinen 15jährigen Nichten ins Bett, um sich zu beweisen, daß er gegen ihre wie jegliche Reize immun sei – allerdings soll Gandhi dann am anderen Morgen über seine Körperfunktionen ziemlich verärgert gewesen sein …

Hier und heute käme er dafür in den Knast, sagte einer.
Und Ella, die das Ende der Geschichte mitgehört hatte, reagierte mit einem Schreianfall:
Was erzählst du hier, ein Mittsechziger schläft mit zwei Teenagern!
Eben nicht ... er teilte nur das Bett mit ihnen, sagte ich und wollte Ellas Furor bremsen – es war eine Art Selbstversuch –
– ein Selbstversuch mit zwei fünfzehnjährigen Mädchen –
– Er hat sich die ganze Nacht lang nicht bewegt und kein Auge zugetan –
– na toll, ein Asket, rief sie, als Mensch ist dieser Gandhi ja okay, aber als Mann ist er ein Arschloch.

Eine entschiedene Aussage – eine Frau sah Rot, während es um sie herum still wurde. Ansatzweise kannte ich Ellas Hang zu spektakulären Ausbrüchen bereits, doch wer konnte ausgerechnet bei Gandhi mit einer völlig überzogenen Reaktion rechnen. Auch die umsitzenden Geburtstagsgäste mußten diesen Satz erst mal wegsortieren und blickten konsterniert in die Runde. Ella, ob angesoffen oder nicht, hatte für ein schwarzes Party-Loch gesorgt, und es dauerte etliche Augenblicke, ehe die Tischrunde wieder zu einem ihrer Themen zurückfand. Aus Verärgerung ging ich zum Rauchen auf den Balkon. Durch dessen offenstehende Tür war dann zu hören, daß am Kopfende der Tafel wieder über Kneipen gesprochen wurde ... Über das Kumpelnest, diesen Alptraum einer einstigen Aufreißkneipe in Tiergarten, vor drei Jahrzehnten von Gehörlosen für den Eigenbedarf gegründet und mittlerweile ein dankbares Berliner Dinner-Thema für Leute, die sich einmal auf der wilden Seite des Nachtlebens befunden zu haben glauben, nur weil sie dort auf die nächste Entblößung von gut gemachten Transentitten oder den ins Nichts führenden Kuß einer Momente danach lospöbelnden Suffragette gehofft haben. So eine seit den 80ern die 70er parodierende Kneipe muß man schon wieder gut finden, dachte ich, wenn die Verruchtheit im Sterben liegt ... Und Ella, eben noch mit dem fragenden Gesichtsausdruck einer Darstellerin, die eine Probe verpatzt hatte und auf Wiederholung der Szene hoffte, rief mit einmal mehr großer, draußen auf dem Balkon hörbarer Begeisterung ... Oh ja ... ich liebe das Kumpelnest – auch das zu meiner Überraschung.

Dieser erste gemeinsam unter Leuten verbrachte Abend bot einen unverstellten Eindruck davon, wie Ella sich in Gesellschaft geben mochte. Weiteres war über sie bei diesem Essen nicht zu erfahren. Auch das Gespräch mit dem knapp 50jährigen Geburtstagskind verlief, was Ella betraf, eher zurückhaltend. Die zwei Frauen hatten vor Jahren kurze Zeit zusammen gewohnt, die Freundin beließ es bei knappen Antworten auf meine harmlosen Fragen. Vermutlich hielt sie sich zurück, weil sie nicht wußte, wieviel ich bereits über die Vergangenheit meiner neuen Freundin wußte, vielleicht auch, weil sie überdies wußte, daß sich Ella mit Erzählungen aus ihrem früheren Leben zurückhaltend gab. Was überhaupt ließ sich zu diesem Zeitpunkt über Ella sagen? Daß sie, um Aufmerksamkeit zu bekommen, bereit war, unüberlegt auch peinliche Akzente zu setzen, daß sie im Blochschen Sinne nicht ganz dicht zu sein schien und durchaus ins Imaginäre entweichen konnte, wenn die reale Welt ihr für die Selbstdarstellung nicht ausreichte. Und daß sie, wie Paul es umschrieb, womöglich zu wenig auf der Festplatte hatte, und selbst ein begrenztes Allgemeinwissen nur bedingt abrufen konnte. Wollte jemand am Tisch noch einen zweiten oder dritten klaren Satz zu einem Thema hören, wirkte Ella überfordert und reagierte mit meist aggressiven, von Gefühlswallungen vorangetriebenen Wortschwallen – zu meinem wachsenden Unbehagen, versteht sich.

Gesellschaft, ein kleines Publikum zu haben, versetzt sie offenbar in jederzeit widerspruchsbereite Anspannung, hatte ich Leiser anderntags am Telefon erklärt und ihm von Ellas plötzlichen Stimmungswandeln erzählt, ihrem Hin- und Hergerissensein … gestern eine besorgte Quasi-Ehefrau, heute popfrohe Madonna mobilé, die auf Schönebergs Straßen mit den Bremsspuren ihres Uralt-Golfs abstrakte Bilder malt … um sich morgen wieder abzukapseln, voller Befürchtungen und dem Hang zu schwerer Lektüre … alles von Gertrude Stein, Clarice Lispector, A. L. Kennedy, eine gute Schule für ihre Empfindungen männlicher Ungereimtheiten … Allesamt tolle Autorinnen, wie auch Leiser meinte, nicht ohne mich an seine schon Jahre zurückliegende Empfehlung dieser A. L. Kennedy zu erinnern – wobei ich damals nur darüber gemekkert hätte darüber, daß die Frau auf den Buchcovern ihre Vornamen und damit ihr Geschlecht nicht verraten wollte …

Aber schön, daß deine neue Freundin diese Sachen liest, hatte Leiser schließlich gesagt – das ist doch vielversprechend.

Wobei ich nicht in jedem Fall wüßte, was ich dazu sagen soll.

Tja, wenn dir die Argumente ausgehen, bist du alt.

Wenn wir allein waren, mußte ich wie ein sich selbst zensierender Schriftsteller auf jedes einzelne Wort achten. Abzuraten war von Erzählungen eigener, aus rohen Zeiten erinnerter Erlebnisse, die sich in Ellas Ohren als unbewußt selbstdarstellerische Angebereien entpuppen oder als warnende Umschreibungen eines womöglich auch heute noch von mir zu erwartenden Verhaltens Druck ausüben könnten. Ebenso abzuraten war von blauäugig eingeflochtenen Bemerkungen über frühere Freundinnen … In einer Unterhaltung über Filme hatte ich – um besondere Kenntnisse anzudeuten – meine Ex Simone erwähnt, die eine einst von mir in zig Gesprächen quasi mitgegründete Casting-Agentur betrieb und die sie bald mehr geliebt hatte als mich, so daß wir uns nach vier schönen gemeinsamen Jahren im gegenseitigen Einvernehmen trennten … eine meiner gelungensten Trennungen, wie ich dummerweise nachschob. Allein diese Formulierung löste bei Ella eine Welle von Vorwürfen aus, die kurze Geschichte berührte gleich mehrere ihrer wunden Punkte. Gefährlich auch der nur anerzählte Klatsch über Stammgäste aus dem Fler, wie die eines Abends ganz arglos erzählte Story von Detlef, der die Eingangstür des Cafés von innen in der Hand hatte, während von außen eine junge Polin kräftig daran zog und bald mit ihm abzog … Eine an sich niedliche Geschichte, die etwas darunter litt, daß die Frau dreißig Jahre jünger war als er, ein frühpensionierter Endfünfziger, der ansonsten verbal eher mit Figuren des Dritten Reichs poussierte – eine mit großer Lautstärke und dauererigiertem Zeigefinger durchgezogene Idiotie, die ihn als Neo-Kon im Fler weitgehend isolierte. Dreißig Jahre jünger, regte Ella sich auf – einer deiner perversen Freunde … Wir sind Altersgenossen und darüber hinaus nichts, nichts, nichts, beteuerte ich – er ist mehr mit mir bekannt als ich mit ihm. Solche Café-Fler-Interna konnten einen ganzen Abend mit Ella ruinieren … wie, warum und unter welch situativer Anspannung auch immer erzählt. Mein Gott, hatte ich auf ihre Kritik geantwortet, vielleicht zahlt er ihr ja das Studium. Worauf Ella sich auf der Couch krümmte – solche Geschichten schlügen ihr sofort auf den Magen, sagte sie und ließ mich allein zurück mit meiner im späten Fernsehlicht fahl verflackernden Begierde.

Ebenso abzuraten war von Erzählungen aus der Tagespolitik, von Exkursen über Pharma- und Finanzwelt – manches Mal hatte ein Mann ja nichts anderes parat, um die Zeit bis zum ersten ermutigenden Seufzer der Frau zu überbrükken. Bei Ella führten die meisten Tagesthemen allerdings zu heftigsten Ausfällen. Sie reagierte ständig wie im Affekt und konnte zur jeweiligen Sache kaum etwas Zusammenhängendes, Genaueres sagen, weil ihr Gefühl offenbar schneller über sie kam als ihre Vernunft. Simple Klischees der Empörung und Verachtung wie ›die Welt ist ungerecht‹ und ›alle Politiker sind Verbrecher‹ wurden von ihr so oft und wenig variiert wiederholt, bis der anfänglich angesprochene Vorfall unkenntlich und meist allein meine eher unbeteiligte Person als Kritikpunkt übriggeblieben war. Möglich auch, daß sie nichts zusammenhängend Genaueres über die jeweilige Sache wußte und deshalb lieber ihren Gefühlen freien Lauf ließ. Jedenfalls schien sie über mehr Testosteron zu verfügen als ich, der an manchen Abenden eine ruhige Kugel schieben wollte und von ihrem Programmwunschgestichel so lange gepiesackt wurde, bis ein unbedachtes Wort oder die Erwähnung einer ihr unliebsamen Person zum sofortigen Kippen der Stimmung führte. Allein die von mir gebrauchten Worte ›man‹ oder ›Mann‹ konnten nach kurzer Zeit inkubativen Rumorens einen ihrer länger andauernden Gefühlsausbrüche bewirken, der in seiner negativen Logik nur schwer ergründbar und noch schwerer zu befrieden war.

So geriet ich bereits nach wenigen Wochen mit Ella in einen schizoiden Zustand, den einer mir nur allzugut bekannten Zerrissenheit. Mit einigen Charakterzügen, mit ihren ständigen Aggressionen, den zerstörerischen Übertreibungen und der von ihr stets einschüchternd eingesetzten, hochmütigen

Zerbrechlichkeit war ich überhaupt nicht einverstanden, mit ihrer körperlichen Präsenz dagegen um so mehr.

Offenbar belebte mich dieser Widerspruch, der ständige Knatsch.

Die Nacht wieder schön, zarte Blutspuren.

◆

In der Nacht vor der seit Jahren fälligen und selbst zuletzt immer wieder aufgeschobenen Reise nach Erfurt hatte mich ein verstörender Traum aus dem Schlaf geschreckt; ab Mitte Fünfzig, so mein Eindruck, werden Träume seltener, doch packender. Die sofort aufkommende Frage, ob ein unterbewußter Zusammenhang dieses Traums mit dem Zweck der bevorstehenden Reise bestehen könnte, bereitete mir nachts um drei einiges Kopfzerbrechen. Womöglich spielte die am frühen Abend im Café passierte Begegnung mit einem von mir stets ironisch als »mein Psychotherapeut« bezeichneten Bekannten eine auslösende Rolle … Dieser ansonsten wenig gefragte Therapeut brachte noch im kürzesten Gespräch seine berufsspezifischen Begriffe wie »Opfer«, »Libido«, »Geständniszwang« oder einfach bloß »Narziß« unter, was mir nach fast jedem unserer sporadischen Treffen prompt einen Traum bescherte, zuverlässig wie ein Abo. In dem der vergangenen Nacht saß ich zunächst mit Ella in einem Ku'dammcafé, war dann merkwürdigerweise in die Toilette eines Lokals auf der gegenüberliegenden Straßenseite gegangen, um sie bei der traumzeitlupenhaft verzögerten Rückkehr gerade noch beim Verlassen des von uns besuchten Cafés zu sehen. Leicht panisch lief ich hinter ihr her, bis mir ein Gast zurief, die davoneilende Frau wäre nicht meine Freundin, das sei vielmehr die Püppi – sie wendete sich beim Gehen kurz um, tatsächlich eine blond gelockte Fremde, die Püppi. Soweit die Sequenzen des Traums, das Ganze in gewohnter Spielfilmqualität.

Erst nach einigen Minuten des Wachseins klarten weitere Bilder des Traums auf, seine Anfangssequenz als offenbar wesentlicher Teil der Püppi-Story wurde nachgeschoben. Wie gefällt dir denn dein neuer Wohnungsvermieter, hatte ich demzufolge meine Begleiterin, zweifelsfrei Ella, gefragt, als wir noch vor meinem Toilettengang am Cafétisch saßen. Wobei sich per Bildeinblendung herausstellte, daß es sich bei diesem Vermieter um einen meiner Jugendfreunde handelte, einen Jungen gleichen Vornamens wie ich, daher unterscheidend der Große genannt. Er war tatsächlich einen Kopf größer und sein Schwanz, wie mir selbst halb verschlafen sofort einfiel, war ebenfalls ein gutes Stück größer als meiner. Der gefällt mir gut, antwortete Ella erschreckend knapp wie leise. So sah ich ihn wieder, den Großen, einen Athleten, seltsam vernarrt in das traditionelle Polizistenspiel Faustball. Für das Seelchen in unserer Intuspuppe gibt's keinen Schlußstrich, dachte ich – die angesammelten Kränkungen werden jahrzehntelang unter Verschluß gehalten, bis so ein Ding über Nacht hochkommt wie eine Warze auf die Haut. Schwer erklärlich, warum überhaupt, und warum jetzt, wo schon die geträumte, zu späte Rückkehr vom Toilettengang auf ein real existierendes, aktuelles Gesundheitsproblem verwies, dessen Auftauchen ebenfalls als Kränkung empfunden und hier nebenbei mit verarbeitet wurde. Das Verwirrendste jedoch war dieses Unwort Püppi, ein im naiven Macho-Ton der fünfziger Jahre verwendeter Kosename, von mir niemals ausgesprochen, nicht einmal gedacht, und doch im Vokabelschatz enthalten. Was verbarg sich dahinter?

Meine amateurhaft freudverkürzende Traumdeutung basierte auf der Wunsch-Angst-Achse als Auslöser. Das funktionierte einigermaßen. Wenn weder eine Wunschvorstellung noch eine Befürchtung als richtunggebende Erklärungsmuster halfen, hieß es spekulieren und den geheimnisvollen Traumrest bis auf weiteres stehenlassen oder kapitulieren und vergessen – um das Thema Kastrationsängste sollte nicht nur in dem Fall ein Bogen gemacht werden. Meistens bereitete es mir Vergnügen, die eigenen Träume zu analysieren oder die mir verbundener Frauen, auch jene von Ella, die mit vollem und langem Namen Elisabeth Maria Magda hieß und meine Deutungen eher beargwöhnte. So auch die des Ku'damm-Traums, mit dem ich mich schließlich abfand – trotz der durch die Figur Püppi verkörperten Sorge, daß meine eigene Verweiblichung überhandnehmen könnte. Doch solange sich das Unterbewußtsein von der Verlustangst um die mitten im Geschehen verschwindende Ella zu nächtlichen Erzählungen inspirieren ließ, schien die reale Beziehung nach meinem Gefühl stabil zu sein …

Die bis zum Horizont sich hinziehende, grüne Hügellandschaft, der zur rechten Seite überraschend hoch und kompakt ansteigende Thüringer Wald, die Autobahnschilder mit den Stadtnamen Jena, Gera, Apolda – all das hatte ich vorher noch nicht gesehen, eine angenehm touristische Fahrtroute durchs mitteldeutsche Neuland. Das könnte sich auf dem Rückweg ändern, weil wir bei der Gelegenheit auch Weimar mit dem nahe gelegenen Gelände des KZ Buchenwald besuchen wollten …

Allein der Grund dieser Reise sorgte zumindest bei mir für ein merkwürdiges, hohles Angespanntsein. Ich wußte einfach nicht, welche Empfindungen angemessen sein könnten für jemanden, der zum ersten Mal im Leben den Ort seiner Geburt wieder besucht, der versucht, den Ausgangspunkt seines persönlichen Mysteriums zu finden. Dort hinfahren mit der bisherigen, an Gleichgültigkeit grenzenden, aber ehrlichen Gelassenheit in dieser Frage? Mit der zynischen Haltung des nochmaligen Auskostens eines absurden, mit der großen Historie verbandelten Schicksals? Oder doch mit einer besonders starken Rührung – jetzt, sechs Jahrzehnte nach dem freudigen Ereignis? Für den Fall, so ungeheuer verspätet wieder an seinem Geburtsort zu erscheinen, gab es kein passendes Gefühl. Erfurt heißt der Ort, in dem ich geboren wurde, Erfurt in Thüringen. Abgesehen von ein paar Postkarten und allgemeinen Informationen war mir diese Stadt bisher unbekannt geblieben. Falls die mir in der Kindheit erzählte, seither ungenau im Gedächtnis gebliebene Frühestgeschichte meines Lebens zutraf, hatte ich dort die ersten Monate nur im Kinderwagen gelegen und den Boden dieser Stadt folglich noch nie betreten.

Immerhin dein Geburtsort, hatte Ella ohne Verständnis für mein so langes Desinteresse gesagt – ein eingezäunter, ewig hinter einem eisernen Vorhang versteckter Ort, den ich noch nie vermißt habe, war meine Antwort.

Nach dem Mauerfall hatte es mehrere Gelegenheiten gegeben, dort hinzufahren. Nicht unbedingt aus freien Stücken – einmal wollte eine Zeitschrift für eine von mir selbst angeregte special-interest-Reportage sogar die Reise bezahlen und war, nach der trotz Zusage von mir monatelang hinausgezögerten Realisierung, pleite gegangen. Einige Jahre später wollte ein Rundfunksender einen Text zum Thema Erfurt haben – Schreiben Sie ruhig zwei, drei Seiten, sagte der Redakteur, auch wenn Sie die Stadt gar nicht kennen.

In der Summe aneinandergereiht ergäbe das von mir geschriebene Wort »Erfurt« bisher wahrscheinlich an die zwanzig Seiten. Ohne klare Vorstellung von seiner Bedeutung, ohne irgendein Bild vor Augen zu haben, malte ich es ein Leben lang hin, füllte es in dafür vorgesehene Freiräume, tippte es ein – Erfurt, Erfurt, Erfurt. Wie eine Selbstverständlichkeit hatte ich den Stadtnamen in Büros und Banken genannt, mein »Erfurt« in Bars und Betten geschnurrt, das Wort auf unzählige Formulare, Anträge und Meldebögen gesetzt, in Klassenbücher, Wehrdienstbücher, Sparbücher – der Geburtsort als Füllwort, das unbedingt gebraucht wurde, das zu mir gehörte wie ein Kennzeichen. Allein das Jahr 1974 müßte eine ganze Seite notierter Erfurts erbringen – bei zwei Umzügen, drei Krediten, vier Autounfällen mit viel Schreibkram, plus einer papierfressenden Firmengründung. Um Kölner oder Bremer Beamten Orientierungshilfe zu geben, vielleicht gar im unbewußt schmeichlerischen Herbeizitieren der bekannten Bratwurst- oder Mettsorte, fügte ich stets ein für die Größe der Stadt eher ungebührliches –Thüringen oder Schrägstrich Th. hinzu. Als Schulkind hatte ich das mit noch mehr Genauigkeit getan. Bis es mir mit elf oder zwölf Jahren pedantisch und unsinnig vorkam, beantwortete ich entsprechende Lehrerfragen nämlich in voller Länge mit Erfurt-Möbisburg. Darunter stellte ich mir allerdings so gut wie gar nichts vor. Wie also, fragte ich mich wenige Kilometer vor Erreichen des Ortes, könnte dieses Möbisburg denn aussehen?

Ella am Steuer, ebenfalls erstmals in der Gegend, war der festen Überzeugung, daß unsere Fahrt ohne ihr Drängen gar nicht stattgefunden hätte. Sie gehörte zu jenen Frauen, die familiengeschichtlich, insbesondere familienfrühgeschichtlich problematische Ereignisse ihrer Liebespartner seelenkundlich aufarbeiten wollen – selbst wenn Klärungen oder gar Aufarbeitungen bei diesen Männern weder dringend erwünscht noch wegen der bereits weit vorangeschrittenen Biographie überhaupt sinnvoll scheinen, wie in meinem Fall.

Sie glaubte ohnehin bei allen möglichen Aktivitäten, daß sie nur aufgrund ihrer Initiative zustande kämen. In Wirklichkeit verdankte sich diese verspätete Erfurt-Reise dem Internet, genauer gesagt, einem Herrn Hartmann aus Möbisburg, der das Netz genutzt und mich aufgrund irgendeiner Dateneintragung als, wie er meinte, »Möbisburger« ausfindig gemacht hatte. Er plante eine Chronik seines Dorfes mit der Erwähnung und Würdigung eines jeden dort Gebürtigen. Vor Monaten hatte er eines morgens angerufen, wobei ich ihn abzuwimmeln versuchte – der Ort sei mir vollkommen unbekannt, der Bauernhof, auf dem meine Geburt stattfand, ebenfalls, bereits nach wenigen Monaten sei ich als Säugling von dort abgereist. Am Abend desselben Tages rief er erneut an: Mein damaliges Quartier sei jetzt bekannt, die damalige Gastgeberin, Frau Richter, heute über achtzig, erinnere sich an mich und besitze Fotos und Briefe unserer Familie.

Dann das Staunen, als wir in das weit hingestreckte, real existierende Erfurt hineinfuhren – kein Ort mehr, der sich hinter einem Eisernen Vorhang versteckte. Das Panorama aus Industriebauten, neuen Siedlungen und schönen Altbauecken, der Bilder-Mix, der bei ersten Orientierungsblicken rechts und links der Autobahn auf einen zukommt, sah so aus, als hätte die Stadt schon immer im Westen gelegen. Nur die Ausschilderung schien mangelhaft. Auf der Stadtautobahn umrundeten wir mehrmals den Großraum Erfurt, um einmal vor einem neuen Flughafen zu landen, ein anderes Mal in der Vorstadt, dann in einem Waldgebiet. Erst bei der vierten Durchfahrt der gleichen Unterführung entdeckten wir den winzigen Hinweis mit Pfeil: »Möbisburg« – längst in unseren obligaten Streit über Fahrverhalten und Schuldzuweisungen verstrickt. Anderthalb Stunden lang hatten wir meinen Geburtsort umkreist, ehe wir schließlich die ländliche Ausfallstraße fanden.

Ella war wenig empfänglich für Beifahrerkommentare, so daß wir nach Abklingen ihres Rechtfertigungsgeschreis einige Kilometer lang schweigend durch die Wald- und Wiesenlandschaft fuhren. Wieder kamen mir Zweifel an der Entscheidung, diese Reise mit ihr gemeinsam unternommen zu haben. Ob unsere Nähe für so einen Psycho-Trip ausreichte? Würde Ella mit den erwartbaren Erzählungen über mein Babydasein umgehen können? Dazu fiel mir eine länger zurückliegende Merkwürdigkeit ein: In Hamburg lebend, hatte ich einer Geliebten den niedersächsischen Ort meiner Kindheit, das Dorf Lichtenberg, gezeigt und mich wenige Wochen danach von ihr getrennt. Jahre später zeigte ich dieses Lichtenberg wieder einer Freundin und trennte mich wenige Wochen später auch von dieser – nach fast vierjährigem Zusammensein. Und jetzt? Läge im Besuch meines Geburtsorts nicht ein ähnlich hohes Risiko? Oder fände die Serie ein Ende? Den beiden, mich seinerzeit grosso modo zufriedenstellenden Ex-Geliebten hatte ich nur von den schönen Seiten der Kindheit erzählt und nicht, niemals, von den tatsächlichen familiären Bedingungen. Weil die Wahrheit, so wie sie war und sich zeigte, zu keiner Zeit mit meinen Gefühlen übereinstimmte. Ich gehörte einfach nicht in dieses Dorf Lichtenberg, genausowenig wie ich nach Möbisburg gehört hätte, ich gehörte in keinen dieser Fluchtorte, das war's. Die beiden Dörfer hingegen waren sich verdammt ähnlich, wie ich bei der Ankunft sah und spürte, das Kopfsteinpflaster, die Stützmauern, die Fachwerkhäuser, der Anger mit Brunnen, 17., 18. Jahrhundert, alles im norddeutschen Flachlandstil.

Wir parkten in der Einfahrt eines großen, teilweise zerfallenen Stallgebäudes und schauten minutenlang schweigend auf die Vorderfront eines gegenüberliegenden, zum modernisierten Wohnhaus umgebauten älteren Bauernhofs.

Möbisburg, Ingerslebener Straße 10, die erste Wohnung eines unmittelbar nach Kriegsende geborenen Flüchtlingskindes, die erste Melde-Adresse meines Lebens.

Was sollte ich mit diesem Anblick anfangen? Dankbar sein, daß mein Vater mir den längeren Aufenthalt in einem thüringischen Dorf von nur begrenzter ländlicher Schönheit erspart hatte? Und uns beiden statt dessen einen sehr viel längeren Aufenthalt in einem zweihundert Kilometer weiter westlich liegenden, niedersächsischen Dorf von ebenfalls nur begrenzter ländlicher Schönheit ermöglichte? Oder sollte ich mich nachträglich freuen, daß mir aufgrund seines weitsichtig arrangierten Umzugs die unlustigen sozialistischen Irrungen erspart geblieben waren, die lustvollen kapitalistischen Wirrungen dagegen nicht?

Telefonisch erst für den nächsten Tag angemeldet, standen wir noch immer in der Einfahrt des Stallgebäudes, als sich in der Ingerslebener Straße Nummer zehn eine im mannshohen Holztor eingelassene Pforte öffnete, eine ältere Frau im gemusterten Hauskittel heraustrat und uns zu sich herüberwinkte – zweifellos Frau Richter.
Ohne das geringste Zögern war ich sofort ausgestiegen und zu der Frau hinübergegangen. Wir hatten einander erkannt und umarmten uns mehrere Male lang und selbstverständlich wie Verwandte, wie engste Familienangehörige, wie Großmutter und Enkel, oder gar Mutter und Sohn. Zu meinem Erstaunen hatte ich eine Verbindung, ein spontan auszudrük-

kendes Gefühl zu ihr gespürt und diesem Impuls in einem schwer erklärbaren Moment nachgegeben – in einer Situation, die für sie vermutlich ein bewußteres Wiedersehen war, das Erinnerungen aufkommen ließ, nicht nur solche an einen Säugling. Denn als Frau Richter mit beschwörend hochgestreckten Händen laut in den menschenleeren Hof hinein sagte: ganz der Vater, und auf meinen skeptischen Blick hin die Feststellung nochmals wiederholte: ja, ganz der Vater, haute mich ihre banale, nur im engeren Freundes- und Familienkreis zu gebrauchende Redewendung beinahe um – eine nach meinem Empfinden von jeher zwiespältige, von vielen Söhnen durchaus ungern gehörte Aussage, weil die Freude, etwas Verwandtes zu entdecken, vom Verdacht überdeckt wird, am Ende doch kein einmaliges Wesen zu sein. Überdies war dieser Spruch bisher so gut wie noch nie auf mich gemünzt worden – schon gar nicht als Erwachsener, einem seit Jahrzehnten vater-, mutter- und geschwisterlosen Einzelwesen, dem das Familiäre lebenslang ziemlich fremd und oft befremdend vorkam.

Frau Richter bat uns – weil wir nun schon mal da wären – ins Innere des Hofes, auch die hintere Scheune war zu einem Wohnhaus umgebaut.

Für meine Tochter, Ihre damalige Windelschwester, sagte sie in mein verständnislos verzogenes Gesicht – ach, den Ausdruck kennen Sie nicht?

Nie gehört.

Windelgeschwister oder Windelfreunde nannte man früher gleichaltrige Babys, die nicht verwandt sind, aber aus nachbarschaftlichen oder anderen Gründen unterm selben Dach aufgezogen und auf demselben Tisch gewickelt werden.

Unter dem Begriff ließen sich heute ganz andere Bedeutungen vorstellen …

Das Anwesen bestand aus vier Gebäuden, zwei großen Wohnhäusern und zwei flacheren, querstehenden fürs Wirtschaften; den quadratischen Hof schmückten Gips-Figuren antiker Helden und ornamentale Kunststoff-Elemente aus dem Baumarkt. Frau Richter konnte sich mit aller, wie mir schien, geistigen Frische an Details meiner frühen Familiengeschichte erinnern, von denen ich bis zu diesem Moment nichts wußte. Sie erinnerte sich sogar an den ersten Satz, den mein Vater beim Betreten des Hofs an einem der letzten Tage im September 1944 zu ihr, der Zwanzigjährigen, gesagt hatte – am späten Nachmittag, einem Freitagnachmittag, und das genau hier im von ihr ausführlich erklärten Quergebäude linker Hand, heute offenbar eine Garage, einst jedoch das Backhaus des Bauernhofs. Am Morgen jenes Septembertages war der Gemeindediener des Dorfes erschienen, um die Ankunft einer weiteren Flüchtlingsfamilie zu melden, die seiner Meinung nach nirgendwo anders mehr unterzubringen sei außer bei den Richters. Dabei seien Wohnhaus und Scheune zu dem Zeitpunkt schon von mehreren, meist männerlosen Familien aus den Ostgebieten belegt gewesen, zusammen an die zwanzig Personen, wie sie erzählte – ihre Mutter sei jedoch eine Frau gewesen, die auf Bitten hin niemals hätte ›nein‹ sagen können. Wie an jedem Freitagnachmittag buken die Bäuerinnen gerade den Sonntagskuchen, als mein Vater mit Gattin und zwei Töchtern im Schlepptau den Hof betrat und die ihm fremden, thüringischen Frauen mit eben diesem ersten Satz ansprach: »Das riecht aber gut, frischer Kuchen, wie schön – Sie backen bestimmt zu Ehren unserer Ankunft«.

Raffiniert der Alte, dachte ich, hier mit einer ironisch die Stimmung auflockernden, angesichts der Umstände gleichwohl riskanten Bemerkung einzusteigen – ein Mann von

Mitte Vierzig, schmalschultrig, schwarzgelockt und gutgelaunt nach knapp zweitausend Kilometern im Lkw, ein Flüchtling auf der Flucht nach vorn.

In dem Moment fühlte ich mich tatsächlich verwandt mit meinem Vater, die kurz aufblitzende und eher durch alte Fotos inspirierte Erinnerung seiner Gestalt rührte mich. Doch das Gefühl von Zusammengehörigkeit verflüchtigte sich gleich wieder – ein Anhauch nur von längst Verloschenem, unhaltbar und ohne jegliche Realität, sinnlos. Frau Richters Erzählungen mußten genügen. Dabei war schon die geschilderte, offenbar solidarische Bereitschaft bei der Aufnahme von Flüchtlingen kaum nachzuvollziehen – es sei denn mit Hilfe der zahllosen, im Gedächtnis bewahrten und fast wöchentlich aufgefrischten Bilder aus schwarzweißen Dokumentarfilmreihen der Marke »History« im Fernsehen. Denen meist jedoch der Ton, das von flüchtenden oder sie beherbergenden Menschen Gesagte fehlte. Die Idee, das Volk zu interviewen, gab es noch nicht. Hätte mein Alter vor der Filmkamera eines Kriegsberichterstatters die gleiche Heiterkeit verbreitet wie in der Richterschen Backstube? Oder fürs Führerfernsehen ein paar Flüchtlingswitze gerissen? Ganz der Vater, sagte eine Frau, die ihn gekannt hatte, und meinte mich – während mir nur sein Äußeres vorstellbar blieb, der Klang der Stimme schon nicht mehr. Erinnerungen an ihn drängten sich wirklich nicht auf – der Mann war seit 45 Jahren tot. Und fast genauso lange hatte niemand mit mir über ihn geredet noch hatte ich anderen Näheres von ihm erzählt. Das hatte sein gelebtes Leben in eine noch fernere Vergangenheit versenkt – und den Toten in die Unendlichkeit.

Durch Frau Richter änderte sich das jetzt. Sie hatte die Situationen mit meinem Vater so genau vor Augen, als hätte sie im danach vergangenen halben Jahrhundert nur mehr wenig Wichtiges erlebt. Da könnten mir noch einige Erzählungen bevorstehen – auf meinen Wunsch hin würden wir beide uns morgen den ganzen Nachmittag lang ohne Freundin und Windelfreundin unterhalten.

Dort oben, sagte sie und zeigte hoch zum ersten Stock, dort stand Ihre Wiege, in diesem Eckzimmer wohnten Sie mit Ihrer Mutter.

Mit meiner Mutter zusammenwohnen … mit meiner Mutter allein in einem Eckzimmer wohnen – eine befremdliche, ja sogar unheimliche Vorstellung, die das flaue Gefühl in meinen Knochen für Momente verstärkte.

Mit unser schönstes, hellstes Zimmer, sagte Frau Richter, die beiden Schwestern schliefen in der Scheune, Ihr Vater arbeitete auswärts und kam an jedem Wochenende her.

Und ging's mir gut da oben, fragte ich, oder war ich eher eine Art Problembaby, so ein nerviger Schreihals?
Eigentlich gut, sagte sie und wußte, daß wir beide verschiedene Teile der Geschichte kannten, die zu ergänzen wären, ohne daß sich dabei am uns jeweils bekannten Ende etwas ändern würde. Das Wenige, was ich über die unmittelbar ersten Wochen und Monate meines Lebens erzählt bekommen hatte, wurde durch die knappen Bemerkungen von Frau Richter bereits nach einigen Minuten korrigiert. Wenn ich jedoch vorsichtig versuchte, bei ihren heiter erzählten, mehr oder weniger freudigen Erinnerungen an meine Familie in Richtung Ende der Geschichte nachzuhaken, zog sie sich aus mir noch unklaren Gründen auf wiederkehrende formelhafte Sätze zurück: Alles war gut, bis der Streit Ihrer Eltern

begann, alles war gut, bis das Desaster seinen Lauf nahm, das Unglück. Und mehr als nur beteiligt daran ist eine Wahrsagerin gewesen, eine rothaarige Flüchtlingsfrau, die in das Gefühlsleben so einiger Frauen im Dorf durch tägliches Kartenlegen eingegriffen, es gesteuert hat ... die beste Freundin Ihrer Mutter ... diese Frau sagte Geschehnisse, Missetaten und Liebeskummer bereitenden Betrug voraus ... das Übliche eben ... die Prophezeiung von Ereignissen, die in Wahrheit überhaupt nicht passierten, oder Vorfällen, bei denen bestenfalls unwesentliche Einzelheiten mit der tatsächlichen Geschichte übereinstimmten und die dennoch zu den verhängnisvollen Reaktionen Ihrer Mutter führten ...

Meine Mutter, eine Idiotin also, die zur Wahrsagerin rennt, dachte ich, der sich an diese Frau bestenfalls mit Hilfe einiger schwarzweißer Fotos erinnern konnte.

Später in dem kleinen Dorfhotel, in dem die Richters uns telefonisch angemeldet hatten, war Ellas Protest gegen meine Einschätzung heftig geworden: Du weißt doch gar nichts, wie kannst du deine Mutter verurteilen, schließlich könnte niemand sagen, was damals wirklich los war.

Aber ich weiß, was Trockenmilch ist, wie sie aussieht, wie sie schmeckt, erklärte ich, amerikanische Trockenmilch, ein mit Wasser aufzulösendes Pulver, mit dem ich gefüttert und aufgezogen wurde ... weil meine Mutter mich sitzenließ –
... das ist garantiert der falsche Ausdruck ...
... beziehungsweise liegenließ, beziehungsweise dürsten ließ, die Mutterbrust verweigerte, so daß irgend etwas Ähnliches herhalten mußte, ein Ersatz, der höchstwahrscheinlich kaum wie Muttermilch schmeckte, ein mir ohnehin nicht mög-

licher Vergleich, ein Getränk, das mit der ins Rosige schimmernden Färbung auch nicht so aussah …
… wie Supermarktmilch sah sie sicher auch nicht aus …
… die erste chemisch erzeugte Imitation eines natürlichen Getränks, die mir verabreicht wurde, eine frühe Einübung ins Unvermeidliche der späteren Verfälschungen … diese Trockenmilch, eine Geschmacksverirrung, eine Enttäuschung … nicht gestillt worden zu sein, das sagt doch alles, das genügt doch …
… stilisier dich hier nicht wieder zum Opfer …
Wenn Frau Richters Stories nur andeutungsweise zutreffen …
… deine Mutter kann mit einer Wahrsagerin befreundet gewesen sein, ganz normal, ohne etwas von ihrem Fachwissen, von ihren übersinnlichen Diensten abgefordert zu haben, sagte Ella schließlich.
Wenn die Andeutungen stimmen, sagte ich, dann bleibt's dabei – eine Frau, die jeden Morgen zur Wahrsagerin geht, einfach unmöglich so was, eine Idiotin also, völlig klar.

◆

Der Zettel mit diesen Songtiteln hatte schon seit Tagen auf meinem Schreibtisch gelegen ... eine wie vom Zufall diktierte, tatsächlich jedoch beim Lauern auf Ellas Anruf entstandene Liste, deren jeder einzelne alte Hit wie eine proustsche Madeleine wirkte und weit, sehr weit in die Vergangenheit zurückführte –

Peggy Sue
Let the good times roll
The green leaves of Summer
Yakety Yak
Rolling ... Rolling
Only you
Bye Bye Loneliness
I'm a yesterday man
Someone to love

Beim Mann nebenan war's wieder mal soweit – Zeit für die Wiederholung der Charts der frühen Sixties, von arbeitsloser Hand Stück für Stück am Stück seit Wochen durch die Wand rübergespielt ... ein, zwei Stunden vormittags, ein, zwei Stunden nachmittags. Dann lief einer seiner drei, vier Tonträger mit diesen irgendwann vermutlich von ihm selbst archivierten, historischen Ohrwürmern, die im einzelnen erfreulich sein könnten, nonstop vom laufenden Band aber nicht. Tag für Tag erklangen sie in immergleicher Reihenfolge, eine so gnadenlos naive wie sentimental besetzte Musiksoße, aus der die Erinnerungen auftauchten wie verlorene

Container im Ozean. Seine konstant bleibende Hitparade rauschte schon seit Jahren lautstark durchs zu dünne Gemäuer – ein Ärgernis, die Hellhörigkeit in Altbauten wie dem unsrigen, vom Bombenkrieg verschont, optisch perfekt saniert, doch irgendwie porös und unzureichend schallgedämmt, da vor hundert Jahren vom Baumaterialienbetrug betroffen, einer anderen bekannten Berliner Misere.

Silence is golden
Tell Laura I love her
I remember you
– undsoweiter, undsofort.

Sein Programm wurde offenbar von der Natur selbst in Gang gesetzt, von den ihm morgens klar werdenden Veränderungen der Jahreszeit. Bei spürbar erstarkendem Sonnenschein im Frühling oder, andersherum, in den ersten erkennbar eindunkelnden Tagen des Herbstes ging das los, während beständiger Wetterlagen im Sommer oder Winter dagegen niemals. Ganz so, als würde diese Musik ihm über die Wechselphase zwischen den Jahreszeiten helfen, als brauche er eine Übergangs-, eine Ü-Musik, analog zum einst sogenannten Übergangsmantel, diesem leichten, doch ausreichend wärmenden Mantel. Gut vorstellbar, wie er siebzig Zentimeter Luftlinie von meiner Schreibtischkante entfernt mit ernstem Gesicht in seinem Sessel saß, etwas blaß, leicht graugelockt, und zuhörte, um sich emotional auf die Wetterveränderung einzustimmen und seine Tageslaune zu stabilisieren – diese mentale Umstellung konnte mehrere Wochen dauern. So lange hielt er die Zeit an, indem er die alten Zeiten zurückkehren ließ und sich musikgestützt in frühere, auch angenehmere Gefühlszustände zu versetzen versuchte. Ein schätzungsweise Sechzigjähriger rief die Empfindungen der sechziger Jahre auf – die Sehnsucht des Pubertierenden, der er seinerzeit war, die Hoffnung auf Erfüllung der Begierde, die stets nah und in jedem Moment möglich schien, die großen Versprechen der Jugend, den Kummer. Das alles spielten die alten Lieder noch einmal in die Gegenwart ein. Vielleicht wollte er als Do-it-yourself-Analytiker spezielle Erlebnisse erinnern, wiederholen, aufarbeiten, vielleicht genoß er seine Regressionen in halbbewußt schlichtem Masochismus. Vielleicht lenkte er sich nur ab, während Pschyrembels Klinisches Wörterbuch auf seinen Knien lag, aufgeschlagen bei »D« wie Durchblutungsstörungen. Für mein Gefühl hatte seine Musikauswahl einen Unterton von Entbehrung und Verlust, von repressiver Entsublimierung, einem bedauerlich paradoxen Zustand, in dem sich der Mann nebenan heute befinden dürfte – als Alleinlebender, Unbesuchter und Ungeküßter, wie eine allzu durchlässige Wand allabendlich verriet.

Wer könnte sich bei so einem Konzert anderweitig konzentrieren? Um beispielsweise einen Fünf-Minuten-Morgen-Kommentar fürs Kulturradio zu verfassen? Einen Kommentar, der den laufenden Wettbewerb zum Wort des Jahres 2005 konterkarieren und zwei eigene Vorschläge ins Spiel bringen sollte – den Trilogismus ›Badewannentiere‹ oder das im oberen Segment des Wohnungsmarkts vermehrt installierte Gestänge einer ›Handtuchhalterheizung‹. Klar, Ironie brachte Miete – ein ernsthaft abzuhandelndes Wort stand auch noch zur Wahl, ›Inobhutnahme‹. Mit des Nachbars vergangenheitsbelasteten Songs im Ohr kostete die Arbeit mehr Zeit als vorgesehen.

Ein rein miettechnisch hoffnungsloser Fall – da wir seit langen Jahren aus mir entfallenem Grund nicht mehr miteinander sprachen, konnten wir auch nicht über diese Störungen sprechen. Durchaus möglich, daß er mich längst haßte, so daß eine Beschwerde noch schlimmere Belästigungen nach sich ziehen dürfte. Wobei die zulässige Lautstärke von ihm kaum überschritten wurde – Zimmerlautstärke, mehr war's nicht, allerdings gleich laut in beiden Zimmern. Denn im Grunde lebten wir in ein und derselben Wohnung, einer im vierten Stock schön ums Eck laufenden Siebenzimmerwohnung, deren ursprünglicher Grundriß als zusammenhängend fühlbar blieb, auch wenn sie zu zwei mal Drei-Zimmer-Küche-Bad neu zurechtgeschnitten worden war – bei der letzten der alle paar Jahrzehnte spekulativ vorgenommenen Berliner Mietshausbasteleien. Dem Nachbarn war der einzige Balkon geblieben, ein mittlerweile auf Außenwirkung bedachter Nistkasten des Blödsinns, den er mit Pflanzen, Lichterketten und bunten Wimpeln ausstattete, wobei er an einem weißen Seil zusätzlich einen phallischen Fender zur Straße herunterhängen ließ – ein weißer Puffer, der den Balkon womöglich vor Beschädigungen durch anlegende Luftschiffe bewahren sollte. Als wir uns vor siebzehn, achtzehn Jahren bei der Wohnungsbesichtigung kennenlernten, hatte der Mann im Nebenzimmer noch nichts Sonderbares an sich. Doch kurz nach meinem Einzug war er mir im Hof auf Krücken entgegengehumpelt und erzählte eine Geschichte, die jeden Sozialamtsmitarbeiter zu seiner je eigenen Sorte von Tränen verleitet haben dürfte.

Aber das wär doch alles halb so schlimm, hatte ich dem Nachbarn damals in einem ersten Kommentar gesagt, seine Freundin könnte ihn doch pflegen – ausgerechnet die, antwortete er, von wegen.

Sein gelassen vorgetragener Bericht war schwere Kost für einen gestandenen Agnostiker wie mich, der an schicksalhaft vorbestimmte Ereignisse nicht glauben mochte. Wie sich herausstellte, hatte ihn seine zuvor täglich in der Wohnung auftauchende, harmlos hübsche Freundin knallfall verlassen und sich mit ihrem neuen Lover nach Ibiza abgesetzt – vor abgelegenen, meerumspülten Felsformationen gaben sich die zwei ihrem Honeymoon im Freien hin. Als der Nachbar davon erfuhr, verließ er spontan seinen Arbeitsplatz und folgte den beiden bis in die Bucht ihrer Wahl, vermutlich dem berühmten Atlantis bei San Carlos, um sie dort zur Rede zu stellen. Doch dazu kam es nicht. Beim erkundenden Heranklettern verlor er in Sichtweite des Paares den Halt und stürzte von den Klippen ab – mit der Folge des mehrfachen Bruchs beider Beine. Nach langen Wochen im ibizenkischen Krankenhaus allein wieder zurückgekehrt, erreichte ihn am Tag der Ankunft die fristlose Kündigung seiner Firma, verständlicherweise, klar.

Und das war's dann auch – seit fast zwanzig Jahren nichts, keine Arbeit, keine Anstellung, kein Job. Nur einmal hatte er etwas erwähnt, kurz nach der Wende, eine Stelle in Greifswald, nach einer Woche kehrte er in die heimische Untätigkeit zurück. Er war ständig anwesend, nicht ein Tag der Abwesenheit im Nebenzimmer während all der Zeit, keine Besuche, keine Freundin, keine einzige Frau, die hörbar hinter der Wand gesprochen hätte. Samstag abends zog er als Single los und kam fünf Stunden später als Vorsenior zurück – schleppenden Trittes, mit einem längst in die Gesichtshaut eingewachsenen Zug von Verachtung. In den musikfreien Phasen herrschte Stille, eine falschgoldne Stille zum Mithören – uns trennte nur die spiegeldünne Wand, Grenze zwischen Projektion und Wahrheit. Und hinter dieser Wand hielt sich zweifelsfrei ein weiterer Mann auf … ein Sechzigjähriger … der den Abend im bläulichen Licht des weltweiten

Netzes verbrachte, wo er langsam, aber sicher ermüdete. Ein alternder, alleinlebender Mann, der eventuell vorm zu Bettgehen noch ein gebrauchtes T-Shirt aus dem Wäschekorb zupfte und es mit unter die Decke nahm ... als Alleinschlafender, der sich, so lange wie nötig, an zwei, drei von ihm früher geliebte Frauen erinnerte, ehe seine Imaginationen im Dunkel der Nacht verschwanden und ihn am nächsten Morgen die eigene Erektion verhöhnte. In dieser dauerhaften Einsamkeit könnte er alsbald die hausmeisterhaften Gefühle fürs Allgemeine entdecken – kürzlich sprengte er erstmals Straßenbäume vor unserer Tür, wie gewohnt in seiner graugrünen Lederjacke, auf deren Rückseite ein aufgedruckter, nur noch in Wasserzeichenstärke erkennbarer Adler mit ausgebreiteten Flügeln abhob.

Aber warum diese Beachtung für einen Nachbarn? Weil er sich einmal dem Wahn der Liebe hingegeben und das spätere Elend ertragen hatte, als wär's nicht mehr als eine Liedzeile im Blues? Oder wegen der physischen Nähe, in der wir einiges voneinander mitbekamen und nichts teilten?

The green leaves ...

All diese Lieder, die er im Nebenzimmer hörte, waren mir vertraut, seit es sie gab – sie gehörten zu meiner Vergangenheit.

... The green leaves of summer ...

... die grünen Blätter, die zartgrünen der Buchen im April, die schwarzgrünen des Efeus, des Immergrüns, des Evergreen ... Merkwürdigerweise setzte die von außen erzwungene Erinnerung mit einer Abwehr dieser Erinnerung ein, mit einem dumpfen, fast ärgerlichen Moment voller Zweifel an ihrer Notwendigkeit, an ihrem Nutzen nach der ein halbes Jahrhundert langen Einlagerung. Der antiquierte Gesang hinter der Wand, vertraut und aufdringlich zugleich, zeigte gewollt oder ungewollt Wirkung, Gedanken kamen in Gang, Kindheitsbilder schienen kurz auf, ein paar Ecken der alten Hälfte des Dorfes, der erste Wald, der Fußballplatz, die Kirche in den Tannen ... Gefolgt von kantigeren Ecken der anderen Hälfte des Dorfes, die eine Neubausiedlung war im zweiten Wald, umgeben von einem nächsten, weitläufigen Wald, gnädige Dekoration für den problematisch geteilten Ort mit alteingesessenen Bauern und Flüchtlingen ... und uns, ihren Kindern, dem Horst, dem Pitze, dem Rudi, dem Ulli, die mit Nachnamen Thomalla, Schikowski oder auch Meyer hießen. Eine Gemeinschaft, die vom Anfang bis zu ihrem Ende die meiste Zeit in den Wäldern verbrachte, die Sommer indianisch, die Winter auf Skiern, immer nah der Erde, close to the earth ...

... The green leaves ...

... der Ahornbaum vorm Fenster des Kinderzimmers, mein Ahorn, dessen windbewegte Blätter mich abends in den Schlaf rascheln oder verängstigen konnten ... während an seinem Fuß unten im Hof mein eigenes, im Dreck angelegtes Dorf mit seinen Straßen und Matschbauten auf den nächsten Morgen wartete, auf das Erwachen des Verkehrs mit den kleinen, von mir handgeführten Autos, den Wikingmodellen. It was so good to be young then, sang der Chor hinter der Wand ... oh yes. Gut und niemals langweilig, ein Waldstück hieß Paradies, ein Bergrücken Hölle, aus dem Nichts heraus konnten hier Überfälle passieren, die Brüder der Schröder-Bande beherrschten das Territorium zwischen den Siedlungshöfen und Spielplätzen, bestimmten die Regeln für uns Fünf-, Sechs-, Siebenjährige ... Sie brachten die anderen dazu, Maikäfer in Feuersbrünste zu scheuchen und Frösche mit in den Hintern gesteckten Strohhalmen zu schleimiggrünen Ballons aufzublasen – nicht aus naturwissenschaftlichem Interesse, sondern als Zirkusprogramm nach Beutezügen. Diese vier, fünf Brüder beklauten, erpreßten, unterdrückten uns mit offener und latenter Gewalt ... Widerstand zwecklos, aber nötig. Im Kampf schnitt der älteste Schröder-Junge mit einem Hieb seiner rostigen Blechsense die rechte Wange aus meinem Kindergesicht – klappte einfach runter, der blutige Fleischlappen, aufgetrennt vom Auge bis zum Kinn, die Beteiligten staunten, fünf war ich und schwerverwundet im ersten Befreiungskrieg, au Backe. Die Bäuerin, bei der Vater und ich wohnten, pflegte mich, Labadowski hieß sie, selbst Flüchtlingsfrau in diesem fremden niedersächsischen Dorf, das eine frühe Schule wurde, ein erstes Theater der Grausamkeit, der Aggressionen, Tricks und Lügen ... Nur im Wald, dem weltbekannten deutschen Wald, gab's Schönheit, Eulen zwinkerten uns zu, wenn wir Wölflinge sie in sternenklaren Nächten entdeckten, wir wußten, wo, immer auf den unteren Zweigen, den Boden im Blick. Nüsse wurden zur Zweitwährung und Pilze harte Devisen, sofort in echte Mark zu verwandeln – der feuerrote Ziegenbart oder die Früchte der im Sumpfigen stehenden Haselsträucher. Nur der Geschmack der Bucheckern ließ zu wünschen übrig, im Sommer grünmatschig, im Herbst angeblich eßbar, schmeckten sie nach Staub, pelzig im Abgang.

... the green leaves of summer ...

... in diesem Sommer tanzte ich eng, am engsten mit Susanne, im Sommer '59 oder war's schon 1960, den Jahren der

Pubertät, die alles veränderten, die aus Meßdienern ungläubige Teufel machte – die Kirche war aus, für mich und Ulli Kulisch für immer. Uns wollte partout nicht einleuchten, daß die heilige Maria die Mutter Gottes geworden und doch unbefleckt geblieben sein sollte … Sorry, Herr Pfarrer, sorry, heiliger Antonius, ein einzelner Sonnenstrahl sollte Marias Jungfernhaut durchdrungen haben, hieß es, allein die Sonne hätte dafür gesorgt, daß der Same durch ein winzig eingebranntes, sich sofort wieder schließendes Loch sauber einschlüpfte und die Unschuld bewahrte … Nein, das konnte nicht sein, wir hatten ja die weißlichen Flatschen schon öfter fliegen sehen, wir kannten ihre explosive, flächendeckende Dynamik. Angeblich waren wir sogar schuld an diesem herausschießenden Samen und mußten's Pfarrer Wosnitza beichten, obwohl seine madonnenhafte Vorsängerin in unseren Libidoangelegenheiten durchaus eine Rolle spielte – einfach erregend ihr Sopran, ihr »Meerstern, ich dich grüße« vibrierte unter der Vorhaut …

In diesem Sommer lernte ich zu lügen, wenn Vater fragte: Wie war's denn in der Kirche? … na ja gut, wie immer … bis ihm, wegen seiner Scheidung längst exkommuniziert, irgendwer flüsterte – Verräter gab's überall –, daß ich seit, sagen wir, geraumer Zeit bei keiner Messe mehr gesehen worden sei. Also verfeinerte er seine Fragemethoden, wollte zunächst wissen, um welchen Sonntag es sich namentlich gehandelt hätte – das verriet der liturgische Kalender, eine leichte Übung für mich. Also steigerte er den Schwierigkeitsgrad in unserem Katholikenquiz: Welche Farbe trug der Priester beim Hochamt am heutigen Morgen? Verdammt, Gelb-Violett-Grün-Schwarz oder was … meine Augenlider zwinkerten, und patsch, da zuckte Vaters Rechte zum Backenstreich blitzschnell aus der Hüfte; der alte Dekan in unserem humoristischen Guminaseum kündigte seine Ohrfeigen wenigstens an, bevor er in der Religionsstunde Schlafende weckte: Steh auf, ungläubiger Sohn, jetzt gibt's einen aus der Armenkasse, patsch. Die Soutanen wechselten tatsächlich jeden Sonntag die Farbe! Hochheilige Versprechungen und der Besuch zweier Gottesdienste waren fällig, bis ich im Dorf eine stille Post einrichtete, die mir die liturgisch vorgeschriebene und vom Priester auch eingehaltene Sonntagsfarbe an meine meist sonnigen Aufenthaltsorte oder ins Sportstadion meldete – so log ich für die Freiheit, die Kirche nicht betreten zu müssen und machen zu können, was mir besser gefiel.

The green leaves …

… in diesem Sommer lagen wir oft am Waldrand, der Rudi, der Pitze und wer auch immer, und warteten, was der Nachmittag bringen würde – ob der Fritze noch käme, ob sich die Schäker oder ein anderes Mädchen zeigte. Der Fritze, ein Dörfler von Mitte Vierzig, fühlte sich zu unsrer Clique hingezogen, einigen brachte er das richtige Rauchen bei, das Auf-Lunge-Rauchen, die Initiation ins Leben der Erwachsenen. Unvergeßlich, der erste tief inhalierte Zug, der nur kurze Abwehrschmerz im Rachen, das ebensoschnell vergehende Gefühl von leichter Sinneswirre, dann Euphorie, in der ich singend und schreiend den Höllen-Berg hinunterlief und zugleich aufstieg wie Nils Holgersson, der hoch über den Bäumen himmelwärts flog – der Weg in die große, weite Stuyvesandt-Welt führte durch die Luft und würde niemals enden. Den Zigarettenspender steckten sie alle paar Monate in den Knast, sehr zu unserem Unwillen, der Fritze war doch harmlos, ein Unterhaltungskünstler, ein Clown, oder? Wir lachten bloß, wenn er den Saum unserer kurzen Hosen ganz langsam mit den Fingern abfuhr und die durchaus begriffene

Aussichtslosigkeit seines Begehrens mit blödelnden Grimassen und schwärmerischen wie verzichtbereiten Schmatzgeräuschen überspielte – Fritz Neddermeyer, unser Dorfschwuler, ein Realist, der wußte, was Pubertät war. Mit seinen Sprüchen, seinem permanent geilen Getue machte allein er uns Mut, in der Richtung mehr zu wagen, mehr zu verlangen – auch von der ansonsten bemitleideten Schäker, einer dürren Dreizehnjährigen, die im Tannenwald als erstes Mädchen den probeweisen Pärchengang gestattete ... Nahezu wortlos ging das, mit vor Aufregung angehaltenem Atem und dem vorsichtig um ihre knöchernen Schultern gelegten Arm – auch gleichzeitig mit zwei Jungs, die den Testlauf für das Höchste der Gefühle hielten, obwohl sie wußten, daß dies bestenfalls ein Anfang war und die nächsten Schritte ins Unbekannte, gar Verbotene führten. Als die Schäker praktisch über Nacht rundum Formen und richtige Brüste kriegte, verloren wir das Naturwunder ruckzuck an eine Rockerclique in der Kreisstadt ... Von da an pöbelte sie bei jeder Begegnung im Dorf hinter uns her – eine lange unverständlich bleibende Demütigung, bis einer den zu Hause aufgeschnappten Spruch mitbrachte, gehst du zum Weibe, vergiß die Peitsche nicht ... Ja klar, logo, sagten wir uns, ein Fehler ... wir hätten die Schäker viel härter anfassen müssen, dann wär sie bei uns geblieben, ein Anfängerfehler, so ängstlich und verunsichert mit ihr umgegangen zu sein ...

Eines Tages wechselten wir auf die andere Seite des Dorfes, wo die sieben Gemeinderäte – darunter mein Herr Vater – inmitten der schönsten Nordharzer Naturlandschaft einen sogenannten Volkspark mit Bächen, Bäumen und Bänken hatten bauen lassen, eine von uns zunächst belächelte Maßnahme ... Bei den Mädchen unserer Altersklasse kam die zivilisierte Natur gut an und führte jeden Abend zu einem quasi mittelmeerischen Corso in diesem ›Volksvermehrungspark‹, wie er unter uns fast Halbstarken bald hieß. Hier war der Instinkt gefragt, der richtige Riecher – in erster Linie der von Rudi, der aufgrund seiner speziellen Bobachtungsgabe einigermaßen sicher wußte, wo und wann sich bei welchem weiblichen Wesen welche Spielräume eröffnen würden. Von unserem am originalen Waldrand gelegenen Kontrollposten setzte er sich zur Pirsch in den tiefer liegenden Park ab, um sich nach seiner Rückkehr in Andeutungen zu ergehen – nicht zu glauben, raunte er dann, daß der Abend da unten noch so schön geworden wäre. Schön wie was, hatte ich gefragt – schön wie das mit der in der roten Samtjacke, sagte er und rückte nach und nach genießerisch grienend damit heraus, wie es auf einer Parkbank zu gemeinsamen Handlungen gekommen wäre. Du hast mit ihr auf einer harten hölzernen Parkbank gefickt? Das war schon rein physisch unvorstellbar für einen Ahnungslosen, der in der Hinsicht bisher nicht einmal im Himmelbett etwas zustande gebracht hätte, ein Streichelbubi, dessen Phantasie für untenrum nicht reichte. Rudi wollte das ändern und versprach, sich für mich einzusetzen, morgen oder übermorgen, mal sehn, wir könnten alle drei zusammen mit der Samtjacke in unsere Waldbutze gehn … In unser Versteck, eine durch kleine Rodungen gewonnene Buschhütte, unter deren Blätterdach wir uns zurückzogen, um zu rauchen oder einander die aus dem blonden Flaum neu wachsenden, an der Spitze bereits schwärzlichen Sackhaare zu zeigen – bisher ohne weibliche Begleitung. So eine wie sie in der roten Samtjacke, eine Sechzehn- oder schon Siebzehnjährige mit den Formen einer erwachsenen Frau, sogar entwickelter als manche unserer Mütter. Sie trottete mit uns in einer kilometerlangen, schweigsamen Prozession durch die grünen Tunnelgänge immer enger werdender Waldwege … und oben auf dem Höllen-Berg angekommen, ging

Rudi natürlich als erster mit ihr in die hinterste, mit Moosen und Gras ausgelegte Butze. Den zufrieden grienenden Gesichtsausdruck bei seiner Rückkehr Minuten später kannte ich schon – nicht die geringste Spur Besorgnis darin, die auf Probleme hätte schließen lassen. Als nächster verschwand Pitze im langen Gang durchs dichte Buschwerk, bis von ihm weder etwas zu hören noch zu sehen war. Auch er kam Minuten später allein zurück, wobei er den noch angeschwollenen Schwanz zwischen seinen Fingern hielt und einige letzte Tropfen zur Seite schnippte – dieser knubbelgesichtige Angeber zeigte sein längst erwachsenes Ding bei jeder Gelegenheit, womöglich als Ausgleich für sein Aussehen und sonstige Mängel. Dann wendete er sich zu mir und sagte nur: Nun du. Ich hielt meine Zigarette kurz hoch – erst noch aufrauchen. Rudi nickte herüber und Pitze sagte noch mal: Und nun du.

Jahre später erzählte ich Leiser diese Geschichte von Rudi, Pitze und dem Mädchen in der roten Samtjacke. Zu der Zeit schrieb er ausschließlich Gedichte und reagierte oft mit pseudogehobenen Sinnsprüchen: Es wohnt Genuß in dunkler Waldesgrüne … Ja schon, aber die Frage war, welcher Genuß? Als ich an dem betreffenden Nachmittag die hintere Buschbutze betrat und die dort hockende Frauengestalt sah, als mir ihre weiße Haut, der unter der Achsel aus dem Turnhemd quellende, volle Busen, ja, der gesamte weibliche Körper bereits zum Berühren nahe schien, als weiteren Handlungen außer der von mir befürchteten Unbeholfenheit nichts mehr im Weg gestanden hätte, da passierte etwas, das die Situation grundlegend veränderte – im selben Augenblick war ein junger Fuchs aus dem Unterholz getreten und hatte sich zu uns gestellt.

Ach wie süß, hatte Leiser gesagt.
Einerseits ja, sagte ich, andererseits wiederum nicht – denn der Fuchs blieb einfach stehen und nahm mich fest in den Blick.

Auge in Auge verharrten er und ich wie festgezaubert auf der Stelle, einer im Bann des anderen, ohne die geringste Bewegung, den leisesten Laut – eine Begegnung der höheren Art, ein Moment der andächtigen Zugewandheit, der äußersten Anspannung in der Ruhe. Zehn, oder zwanzig Sekunden standen wir beieinander wie die Figuren eines arrangierten Bildes, eines lebensgroßen Krippenspiels. Eine halbe Ewigkeit lang geschah nichts, bis das leuchtend schöne, präsente Tier mit einem schnell ausgeführten, weniger als einen Wimpernschlag dauernden Abflug unser Zusammensein beendete und völlig geräuschlos wieder im Unterholz verschwand.

Danach löste sich die Schreckstarre erst langsam. Das Mädchen hatte sich vom Mooslager erhoben, ihre Bluse gerichtet und wollte nicht länger an diesem Platz bleiben. Zurückgekehrt zu den anderen und nach wie vor sehr aufgeregt, beschrieben wir unser Erlebnis Dutzende Male in allen Einzelheiten – anderes Erwähnenswertes passierte an diesem Tag nicht mehr.

Wenn das mal keinen Schatten auf deinen sexuellen Lebenslauf geworfen hat, hatte Leiser gesagt – so kurz vorm Ziel die eigene Premiere zu verpassen …

Leiser erzählte noch, er habe bei Jünger gelesen, was Jünger bei Brehm gelesen habe, als der über Füchse berichtete, genauer gesagt, über ein von ihm betreutes Pärchen von Füchsen oder Wüstenfüchsen, das in seinem etwas abgelegenen

Käfig selten von den Wärtern besucht wurde. Jedesmal, wenn das geschah, gebärdeten die Tierchen sich unsinnig vor Freude und gerieten tänzelnd und springend zuletzt so in Aufregung, daß sie sich begatteten.

Damals wollte mir nicht in den Kopf, daß eine körperlich quasi erwachsene Frau sich ohne Bedingungen für ein paar grüne Jungs hingelegt hatte – allen voran unser Rudi, ein Lehrling mit hübscher Haartolle, aber einen Kopf kleiner als sie. Was war's denn, das ein weibliches Wesen zur Hingabe bewog? Das blieb auch im späteren Leben oft genug ein Rätsel und zog in schwierigen Phasen jede Menge Theoriehuberei nach sich.

Im Grunde genommen ist es ganz einfach, so hatte Leiser die anhand des Brehmschen Fuchs-Pärchens von Jünger gewonnene Erkenntnis erläutert – jeder Tanz, jede Freude überhaupt ist spiegelbildlich, ist eine Vorstufe der Vereinigung.

Die Clique blieb nur einen Sommer lang zusammen, der Fritze wurde, Gerüchten zufolge, zu mehreren Jahren Knast verurteilt, das Mädchen mit der roten Samtjacke ging andere Wege. Eine Weile haderte ich noch damit, daß die Duplizität zweier gleichzeitiger Naturereignisse an jenem Nachmittag in der Waldbutze unser näheres Kennenlernen verhindert hatte. Sie gehörte zu den Flüchtlingen aus östlichen Reichsgebieten, die mein Vater ›Inakellas‹ nannte, was weniger auf einen Indianerstamm als auf den Dialekt dieser Leute anspielte, die Sätze wie ›ich gehe in den Keller‹ ihrer Herkunft entsprechend schlesisch aussprachen. Wenn ich in späteren Zeiten an dieses Kindheitsdorf zurückdachte, dann mit der Tendenz zu beschönigenden, nostalgischen Erinnerungen, die ihre Entstehungsgeschichte nicht ergründeten und um schmerzliche Erkenntnisse einen Bogen machten. Weder als junger noch als älterer Mann brachte ich es fertig, irgend jemandem in aller Ehrlichkeit von meiner Familie zu erzählen, von den Lebensbedingungen zwischen Gewalt und Hilflosigkeit, den Ambivalenzen zu Hause, der frühen Auflösung. Nein, keine Lust auf Bekenntnisse vom Flüchtlingsdasein, von Armseligkeiten, Demütigungen, zu kleinen Wohnungen und langen Hinfälligkeiten, vom zerrissenen Zusammenhang – nein, gar keine Lust, von der eigenen Geschichte zu sprechen, von der verschwundenen Mutter und der gebliebenen Stiefmutter, die sich nach dem Tod des Vaters schnell wieder verheiratete, was ihr meine tiefste Verachtung bis zu ihrem Ende in einer Nervenheilanstalt einbrachte. Nein, keine Bitten um Vergebung, wenn hinter jeder Erinnerung schon die nächste Erinnerung lauerte, und hinter jeder eingestandenen die nächste mögliche Schuld. Tatsächlich fing das Leben erst mit Siebzehn an. Erst von dem Zeitpunkt an zählte es. Mit Siebzehn war ich allein und frei, die Pastorale im Wald endlich in Richtung großer Städte verlassen zu können – im Zeichen von Flucht und Eroberung.

Der Mann im Nebenzimmer hackte neuerdings Holz auf seinem Balkon und spielte dazu einige selten zu hörende, instrumentale Stücke im Sound der sogenannten Hawaigitarren, einer so gut wie ausgestorbenen amerikanischen Musik. Auch diese Melodien kannte ich ausnahmslos, die Namen der Bands und Titel jedoch nicht. Nach vier Wochen war die laufende Periode der Beschallung von nebenan wieder vorbei.

◆

Wie alte Vertraute hatten wir im schummrigen, von altmodischen Stores heruntergedimmten Halbdunkel des Wohnzimmers gesessen und am Kaffeetisch geredet – Frau Richter bester Laune, wieder in ihrem gemusterten, ländlich zeitlosen Schürzenkleid, die versprochenen Fotos meiner Familie vor sich hingestreut, ich mit großer, nochmals gesteigerter Neugier, da es in diesem Gespräch in erster Linie um mein Zur-Welt-Kommen gehen würde.

Nachmittags war Ihre Mutter hier auf dem Hof mit einem farbigen Mann aufgetaucht … mit einem Schwarzen, hatte Frau Richter zu Beginn gesagt und nach meiner verständnislosen Rückfrage – was für ein Schwarzer? – hinzugefügt, ein GI, ein amerikanischer Soldat.

So ein schwarzer Mann sei etwas beunruhigend für die Flüchtlinge aus dem Osten gewesen … zumal er fortan alle paar Tage auf den Hof gekommen sei, um nach »seinem Baby« zu schauen – ihre damalige Irritation durch diesen Besucher senkte noch heute kurz die Stimmlage der alten Frau. An solchen Stellen des Gesprächs knetete und rieb sie ihre Hände, als ränge sie mit sich, ob weitere, womöglich unangenehme Dinge gesagt werden sollten oder besser nicht. Tatsächlich bekam ich an diesem verregneten Tag von Frau Richter zu hören, unter welchen Umständen sich der Beginn meines Lebens wirklich vollzogen hatte. Sie waren in vieler Hinsicht anders als bisher von mir angenommen. Fast sechzig Jahre alte Gewißheiten wurden binnen zwei, drei Stunden bei Kaffee und Kuchen korrigiert – mit zunehmend gruseligen Effekten.

Anfangs war es mir noch leichtgefallen, den Richterschen Erzählungen zu folgen und sich die Situation vorzustellen, in der meine Mutter, zierlich, rothaarig, wie Vaters spätere Frauen, den in Decken gewickelten Säugling aus dem Krankenhaus trug, um dann als anrührende Flüchtlingsikone hilfsbedürftig auf der Straße zu stehen. Gar nicht so einfach, am Tage nach meiner Geburt in der Innenstadt von Erfurt ein Taxi zu kriegen – das Ende des Zweiten Weltkriegs lag ja erst einen Monat zurück. Ein amerikanischer Sieger-Soldat, der mit einem allein genutzten Taxi zufällig an der Klinik vorbeifuhr, ließ anhalten und bot Mutter und Kind eine Mitfahrgelegenheit, die schließlich mit dem Einrollen in Richters Bauernhof endete – mein erstes Auftauchen in der Öffentlichkeit, und das erste Zuhause, in das ich nun heimkam, um es mit sechzigjähriger Verspätung zu besichtigen.

Neu geboren und schon als Tramper unterwegs, sagte ich.
Sie müssen wissen, sagte Frau Richter, daß die meisten der hergeflüchteten, aus Schlesien stammenden Kinder und Frauen noch nie zuvor einen lebenden Schwarzen gesehen hatten.
Er war mein erster Freund in diesem Leben, ein Mann von der Straße, ein schwarzer Amerikaner, ja, die Westorientierung, schon so früh.
Diese GIs war'n damals sehr kinderlieb, richtig närrisch mit den Babys, sagte Frau Richter und begann eine Klage über die Gegenwart.

Heut macht man daraus Probleme, sagte sie, man schürt hier eine Angst vor Fremdem, die Gewalt, dieses Rassistische, für das ich gar kein Verständnis habe ... zu viele junge Leute, speziell hier in Möbisburg, auf den Höfen ihrer Nachbarschaft, die sich Glatzen scheren lassen und dauernd Rabbatz machen … der Sohn vom Bauern zwei Häuser weiter hat vergangene Woche mit zweihundert dieser Konsorten seinen 25. Geburtstag gefeiert … und zwei Dutzend Peterwagen mußten kommen, ohne ernstlich etwas ausrichten zu können gegen die laute Musik, das Gegröle, die das ganze Dorf verrückt machende Party auf den Weiden des Vaters, Betreten für Polizisten verboten …

Aber sich diese Freiheiten zu nehmen, wär auch nichts anderes als westorientiert …

Mir gefiel nahezu alles, was die alte, mir immer sympathischer werdende Frau sagte. Wenn ich ihre Abschweifungen und Nebenbemerkungen richtig verstand, dann waren die durchlebten Regime und Gesellschaftsformen für sie abstoßend, lächerlich bis peinlich und bestenfalls gerade hinnehmbar, wie gegenwärtig, in dieser Reihenfolge. In der Nazizeit arbeitete sie als Dispatcher bei der Reichsbahn und hätte gern irgendwas explodieren lassen, wenn die Salonwagen von Hitler oder Göring stundenlang auf ihren Erfurter Hauptbahnhofsgleisen abgestellt wurden, um die weitere Route und den Fahrplan zu verschleiern.

Unauffällig bewacht, die Fenster war'n zugezogen, erzählte sie, nichts rührte sich in und an den Wagen … aber ich wußte, daß die da drinsaßen und warten mußten …, '43, '44, in großer Angst vorm Volk … nach 'ner halben Ewigkeit kriegten wir den Anruf, dann konnten sie abfahren.
Da kamen die Nazibonzen ja nur langsam voran, sagte ich.
Nach dem Krieg hab ich weiter bei der Reichsbahn gearbeitet, später im Gemeindebüro … bei den Genossen, auch

keine großen Leuchten, die haben das Dorf auf den Kopf gestellt mit ihren Schiebereien und ihrer Rankünе … den Hof gaben wir nach einigen Jahren ganz auf, kein einziges Feld mehr, keine Tiere … Sehn Sie das Foto hier, in dem Stall standen früher vierzig Kühe, wurde später ein Wohnhaus draus, für unsere Tochter …

Vor dem Stall stand mein Vater.
Mein Vater, so jung, so gutgelaunt.
Er liebte das Landleben, was natürlich die Nähe zu Bauern und Kühen einschloß, dachte ich mit dem Foto in der Hand, eine damals eher ungewöhnliche Neigung für einen industriellen Büroangestellten. Auf dem nächsten Bild hielt er eine Angel ins Wasser, und mir fiel ein, daß er mich kleinen Jungen sonntags in die Kirche schickte, um selbst in den Tiefen der Nordharzer Wälder zu verschwinden – auf meine kindlichen Nörgeleien gegen den religiösen Zwangsdienst antwortete er mit der immergleichen Formel: Der Wald ist meine Kirche. Einer seiner Freunde betrieb in der hinter unserem Dorf beginnenden, leicht bergigen Naturlandschaft einen almartigen, von Kühen überlaufenen Bauernhof, Kochs Wiese genannt. Dort lernte ich bei meinen feiertäglichen Besuchen als Fünfjähriger das Hammelreiten, eine später nicht weiter ausgebaute, doch zirkusreife Nummer. Und die Erwachsenen sangen dazu – deutsche Volksweisen, voller Inbrunst und mit enormer Ausdauer.
Hier Ihr Vater mit den beiden Töchtern, sagte Frau Richter und gab mir weitere Fotos.
Sie singen, sie lachen, sie strahlen mich alle drei zusammen an wie nie in meinem Leben – das pure Glück im schwarzweißen sechsmalsechs Kleinbildformat.
Die drei sangen oft im Hof … das Wolgalied mochte ihr Vater besonders gern.

Wieso denn das Wolgalied?
Ja, aber zum Glück hat er ja dem Osten den Rücken gekehrt in Richtung Westen. Von seiner Arbeitsstelle drüben im Braunschweigischen kam er jedes Wochenende zu seiner Familie hierher auf den Hof …
Und das führte zu Problemen?
Erst mal nicht, sagte Frau Richter, Sie sehn doch die große Fröhlichkeit auf den Fotos … jedenfalls war's so bis zu Ihrer Geburt … die Schwestern gingen hier bis zum Schluß täglich zur Schule –
– das wußt ich gar nicht, diese Ordnung im Kriegschaos –
– ja, die lebten gern hier, immer lustig, jedenfalls ging's so bis … ja … bis es zu diesem Streit kam, dem zwischen dem Vater und ihrer Mutter.

Die Frau, die mich einige Monate später geboren hat, steht mit ihren beiden Töchtern auf der steinernen Treppe des Wohngebäudes. Sie trägt ein Schürzenkleid, dessen Stoff und Schnitt dem von Frau Richter heute ähnelt. Sie wirkt am wenigsten fröhlich und macht den Eindruck, als sei sie nicht gern auf dieses Bild gekommen.

Ohne genau zu wissen, warum, tat sie mir einen Moment lang leid, bevor mir klarwurde, daß ich zum ersten Mal bewußt ein Foto meiner leiblichen Mutter betrachtete – in den Familienalben und sonstigen Unterlagen des väterlichen Haushalts war von ihr nichts zu finden gewesen. So also hatte sie noch relativ jung ausgesehen, dachte ich, mochte dieses Foto dann aber doch nicht länger ankucken als die anderen … Oberflächlich war sie mir im Kleinkindalter ja beschrieben worden, als mich der Herr Papa darüber aufgeklärt hatte, daß die mit uns lebende Frau, die sich um mich kümmerte, nicht meine Mutter sei, dagegen wäre eine andere Frau meine Mutter, die sich jedoch nicht um mich kümmern würde. Ein erstes ernstes Gespräch, das ein Vater mit seinem vierjährigen Sohn führte, und eine meiner frühesten Erinnerungen überhaupt: Wie ich als kleiner, dicklicher Mops mit prinzlich langem Lockenhaar auf einer Fußbank saß und nach seiner etwas unsicher herausgebrachten Erklärung minutenlang mit verkniffener Miene vor mich hinstierte, um dann sinngemäß zu sagen, ich würde die hier vorhandene Frau weiterhin Mutter nennen – der Einfachheit halber vermutlich oder aus Gewohnheit. Oder aus frühkindlicher Raffinesse, mit der sich einer seine Stiefmutter gewogen macht, um sie später emotional ausbeuten zu können. Oder eben doch aus Anerkennung, weil diese Frau sich täglich kümmerte. Wie anders dagegen erlebte ich die einzige Begegnung mit der Frau, die mich geboren hat, als Zwölfjähriger in einem Braunschweiger Hotel, anläßlich eines ihrerseits betriebenen Versuchs der Kontaktaufnahme. Aber wer kam da aus der Gummibaumecke des Hotelfoyers auf mich zu getrippelt? Wer legte damals die Arme um mich und wurde von mir reflexartig brav ebenso in die Arme genommen? Bis die Frage hochkam, wem ich eigentlich diese gefühllose Situation verdankte? Weg, bloß raus hier, hatte sich der Sohn in jener Szene gewünscht, diese mir unbekannte Frau als schwer verspätet eintreffende Mutter ging mich nichts an. Da gab's keinen Sinn für Ähnlichkeiten, keine Zeichen von werweißwoher, keinen erschnupperbaren Geruch, gar nichts Inneres, nur steinerne Bedrückung und das Gefühl, eine halbe Stunde lang den Atem flachhalten zu müssen.

Unser einziges Treffen verlief nahezu sprachlos und vollkommen nutzlos, erzählte ich Frau Richter, schon ewig her, ein halbes Jahrhundert … damals hatte mir mein Vater die Entscheidung überlassen, allein in ihr Hotel zu gehen … sie war

sehr verunsichert und ängstlich, wahrscheinlich aus schlechtem Gewissen heraus.
Schlechtes Gewissen ist schlechtes Wissen, sagte Frau Richter, auch hier war Ihre Mutter zuletzt ziemlich niedergeschlagen, was nach der Geburt nicht besser wurde.

Sie kramte weiter in dem Dutzend Fotos – allesamt aus dem Herbst '44, zwei oder drei zeigten meine Mutter noch ohne sichtbare Schwangerschaftszeichen. Später, nach der Entbindung, hatten die alten Richters sie nicht länger in der Scheune schlafen lassen und ihr und dem Neugeborenen das eigene Schlafzimmer im Wohnhaus gegeben. Das eigene Schlafzimmer Wildfremden überlassen! Eine geradezu unglaubliche Solidarität, zu der manche Deutsche noch vor sechzig Jahren in der Lage waren … unvorstellbar und im nachhinein noch beschämend für einen durchschnittlichen bundesrepublikanischen Dauer-Egoisten … An dieser Stelle wäre es richtig gewesen, die achtzigjährige Tochter der alten Richters nochmals zu umarmen.

Dabei war sie nicht die einzige Wöchnerin ohne den Kindsvater an ihrer Seite, sagte Frau Richter – mein Ehemann kehrte auch erst viel später aus der Gefangenschaft nach Hause zurück … mit nur noch einem Bein … ja, der Krieg … war schwer für uns …
Kam mein Vater denn nicht mehr an den Wochenenden?
Doch, schon. Aber ihre Mutter war trotzdem am Boden zerstört, vor allem dann, wenn sie wie praktisch jeden Tag von der Wahrsagerin zurückkam, der besten Freundin …
… was wollte sie denn bei der Wahrsagerin?
Na was? Sich die Karten legen lassen, das Tarot.
Um etwas über die Zukunft zu erfahren?
Nein, über die Gegenwart.

Was war ihr denn nicht klar?
Sie war beunruhigt, der Mann nun schon seit Monaten 250 Kilometer entfernt, in einer anderen Zone und man weiß ja nie ... hier zögerte Frau Richter, bevor sie weitersprach – aber die Karten, die wissen immer was ... die Konstellation der Symbole war eindeutig, das Tarot sagte, daß ihr Ehemann dort an seinem Arbeitsort eine andere Frau gefunden hatte, eine Geliebte ... eine angesichts der Kartenlage eindeutige, unanzweifelbare Angelegenheit, hätte die Wahrsagerin erklärt.

Wie idiotisch, sagte ich, woher wollte die Frau das denn wissen?
In Kriegszeiten sind die Leute noch abergläubischer als sonst.

Offenbar war bei der Kartenlegerei jeden Tag das gleiche herausgekommen, so daß sich die Stimmung der soeben erst Niedergekommenen zunehmend verdüsterte. Frau Richter hatte immer wieder versucht, ihr die wahrgesagten Betrugsgeschichten auszureden, an ihre Vernunft zu appellieren und der Verzweifelten Trost zu spenden. Nach einigen Tagen kam ihr die, wie sie glaubte, vor weiterem Kummer bewahrende Idee eines Lehrstücks, das die Wahrsagerin auf die Probe stellen und ihre Glaubwürdigkeit schwer erschüttern, wenn nicht zerstören sollte. Sie begleitete meine Mutter auf dem morgendlichen Weg zum Orakel, nahm ihren Ehering ab und ließ auch für sich ein Tarot legen – über das Schicksal ihres angeblich kriegsverschollenen, von ihr herbeigesehnten Verlobten.

Machen Sie sich keine Sorgen, hätte die Wahrsagerin verlauten lassen, ihr Verlobter käme in nicht allzu langer Zeit unversehrt heim und alles würde gut.

Na, Sie haben ja Einfälle, sagte ich.
Aber diese Bloßstellung änderte für Ihre Mutter gar nichts, sagte Frau Richter, sie glaubte der Wahrsagerin weiterhin, obwohl sie meinen bereits seit Monaten zurückgekehrten, beinamputierten Ehemann noch Minuten vorher auf dem Hof gesehen hatte.

Die Folgen dieses, wie Frau Richter es nannte, Irrglaubens waren verheerend. Zunächst hatte ich ihr noch distanziert zugehört, als erzählte sie eine dieser interessanten Geschichten aus Kriegszeiten, von denen es so unendlich viele gibt – meine gelegentlichen Zwischenfragen hörten sich an wie die eines an einer Story arbeitenden Reporters. Doch je länger die Erzählung dauerte, desto mehr verdeutlichten sich die mir bisher nur grob bekannten Abläufe. Meine Version der eigenen Geschichte war offensichtlich falsch. Bis zu diesem Nachmittag hatte ich angenommen, mindestens acht bis zehn Monate in Erfurt verbracht zu haben, bevor sich die Eltern trennten. Einer weiteren Annahme zufolge war die Mutter danach mit ihren beiden Töchtern zurück ins heimatliche Elsaß-Lothringen gezogen, was der Vater für sich aus nachkriegspolitischen Gründen als zu riskant ausschließen mußte. Die Junggaullisten, sagte er mir einmal, würden jeden deutschen Rückkehrer schon am Bahnhofsplatz an die Laterne hängen, egal ob – wie er – ohne persönliche Schuld oder mit einer Sündenspur aus den vier Jahren Annektierung und Besatzung. Doch weder von ihm noch von sonstwem war mir erklärt worden, was letztlich zur Trennung der Eheleute geführt hatte. Das gemeinsame Baby wäre jedenfalls danach dem Vater überlassen worden, da die Mutter es nicht auf die gefährliche Zugreise durchs Nachkriegschaos hätte mitnehmen wollen – eine laue, unglaubwürdige Erklärung. Meines Wissens kam es sechs, sieben Jahre später zur Scheidung, gefolgt von Sorgerechtsprozessen, Widersprüchen, neuen Urteilen. Schließlich bekam der Vater das Sorgerecht und dazu noch ein pädagogisches Druckmittel in die Hand. Wenn sein kleiner Junge sich mal daneben benahm, konnte er damit drohen, ihn zur Strafe demnächst zu seiner bösen Mutter zu schicken – ohnehin verfiel er jedesmal wenn es um sie ging, in wüsteste, mir rätselhafte Beschimpfungen. Auf meine Frage, warum er seine Ex-Ehefrau so verteufeln würde, vertröstete er mich: Wenn du älter bist, wirst du's erfahren.

Möglicherweise wurde sie von ihm tatsächlich betrogen, sagte ich zu Frau Richter, er hat mir mal die Werksbaracken gezeigt, in denen er '44 untergebracht war, dort wohnten auch Frauen, Flüchtlingsfrauen, wer weiß, was nachts in der Baracke …

… Gott ja, während des Krieges ist da so einiges passiert, sagte sie, das ahnten nicht nur die Wahrsagerinnen …

… warum nicht, die Liebe in Baracken, diese Baracken gab's in der Gegend auch später noch überall … Anfang der Fünfziger lebten wir in einer Art Edelbaracke, einem schönen Holzhaus mit gemauertem Fundament am Waldesrand, nicht nur im Werksgebiet, auch übers Dorf verteilt standen weniger schöne Baracken, überall dieselben flachen Holzbaracken, wie nach irgendeiner DIN-Norm hergestellt und aufgereiht, grau oder rostrot bemalte, in sandige Straßen gestellte oder idyllisch im Wald versteckte Baracken, etwas unpassend Lagerartiges für diese naturhafte, bäuerliche Gegend, auch die Hälfte der Gebäude unseres Gymnasiums in der Kreisstadt bestand aus ihnen, Baracka povera für alle, für Fremdarbeiter gebaut und weitergegeben ans Volk, an Flüchtlinge oder Gymnasiasten der Unterstufe, Baracken, in denen alle Dialekte des Landes gesprochen wurden und ein paar ausländische auch – und manchmal standen sie in Flammen, nachts … ein Alptraum, der einen kleinen Jungen noch Wochen danach aus dem Schlaf riß und ihn schreiend durch die Zimmer der eigenen Holzbaracke laufen ließ …

Aber hier sehen Sie und Ihr Vater ganz froh aus, sagte Frau Richter, ein lachender Endvierziger mit dreijährigem Söhnchen an der Hand – auf einem weiteren Schwarzweißbild einer mir selbst längst verlustig gegangenenen Serie – dieses Foto hat er damals hierhergeschickt … wie er uns überhaupt ständig weiter informierte über Ihr aktuelles Gewicht, Ihre wieder um Zentimeter gewachsene Größe und wie's in der Schule lief.

Ein paar Jahre später heiratete er die Frau, die sich schon länger um uns kümmerte, eine Holländerin, deren Ehemann sich in den wirren Zeiten verdrückt hatte …
… ja, die Frau … Daniel … ja, Johanna Daniel, der Vater schrieb von ihr … seiner neuen Gattin, Mitte Vierzig, jung und spritzig …
… als sie heirateten, war ich zehn oder schon elf … die Dorfjungs lasen das Aufgebot der Gemeindeverwaltung und hänselten mich … ey, ey, ey, deine Eltern heiraten … bald darauf wurde er krank und starb vier Jahre später, Herzprobleme.
Er hat so schöne Briefe geschrieben, sagte Frau Richter und zeigte auf ihren gut gefüllten Bücherschrank – die stecken da irgendwo zwischen den Seiten, ich kann sie bloß nicht finden …
… Schade, die würd ich gerne lesen – er schrieb unglaublich viele Briefe …
… Ja, wundervolle Briefe, trotz allem, was er durchmachen mußte, auch mit Ihrer Mutter, damals …
… die Trennungsgeschichte?
Ja, im Sommer 1945, kurz nach Ihrer Geburt … ein Drama

war's. Eines Tages verschwindet Ihre Mutter früh morgens, fährt in dieses Dorf bei Braunschweig, geht zu dem Haus, in dem der Vater mittlerweile ein Zimmer bewohnt und gibt dort das Baby ab … Sie wollte nicht mal auf seine Heimkehr von der Arbeit warten und drückte der Haushälterin das Bündel in die Hand, einen Säugling, keine vier Wochen alt – am Abend war sie dann wieder hier auf dem Hof.

Das gibt's doch nicht.

Morgens hin, mit dem Abendzug zurück, so war's.

Davon hör ich zum ersten Mal, sagte ich und mußte mich zusammenreißen, um einen sofort hochschießenden Tränenschub so gerade noch zurückhalten zu können – Wahnsinn, was für ein Wahnsinn.

Vielleicht wollte Ihr Vater Ihnen die Geschichte ersparen.

Sie hat mich einfach so abgegeben, vier Wochen alt und weggegeben?

Sie war völlig durcheinander.

Wegen des dämlichen Geredes einer Wahrsagerin?

Einige Tage nach dem Weggeben tat ihr die Sache leid und sie wollte ihr Baby zurückhaben, traute sich aber nicht, dorthin zu fahren … Statt dessen beauftragte sie einen Erfurter Rechtsanwalt, der Anträge stellte, Briefe und Telegramme an Ihren Vater schickte …

… Und?

Der Vater hat den beiden was gepfiffen – er hätte sich an den Kleinen gewöhnt und würde ihn nie wieder hergeben, schrieb er, es gäbe genug Hilfe, Kollegen, Familien, Freunde, die tagsüber auf das Baby aufpaßten, und wenn's für'n paar Stunden die Gemüsehändlerin wäre …

… ja, die erinnere ich dunkel, eine enorm korpulente Frau mit einem Obst- und Gemüseladen … im Einkaufszentrum des Dorfes, alles Baracken natürlich, ihre kleine Bude füllte sie fast allein aus …

… als das alles nichts fruchtete, bemühte sich Ihre Mutter auf die Schnelle um einen Gerichtsbeschluß – sie suchte hier nach Leuten, die bezeugen sollten, daß ihr Ehemann ein böser Mann und schlechter Vater wäre …
… das ist ja unglaublich …
… auch meine Mutter und ich sollten das schriftlich bestätigen, das haben wir aber nicht getan, so daß sie schließlich das Vorhaben, ihr Baby zurückzuholen, aufgab und kurz darauf mit ihren Töchtern abreiste …
… auch davon habe ich nichts gewußt, absolut nichts.
Nie wieder etwas von ihr gehört, sagte Frau Richter und ging in die Küche, um neuen Kaffee zu machen.

Was sie mir bis dahin erzählt hatte, zog einen ersten komplexen Wirrwarr an Gedanken nach sich. Die neue Version meines Lebensbeginns brachte mich durcheinander – was für eine Herzlosigkeit, der Säugling als Racheobjekt, welch irrationale Handlungsweise einer Frau, die sich verletzt fühlte, möglicherweise jedoch nur dem Geschwätz einer Wahrsagerin aufsaß. Ein Drama mit welchen Folgen? Konnte die mütterliche Zurückweisung, die als Baby erfahrene, frühe Ablehnung, den Verlauf eines Lebens entscheidend bestimmen? Hatte mich das Schicksal in Person des eventuell leichtfertigen Vaters, der postnatal depressiven Mutter vom Start weg mit einem üblen Handicap auf die Bahn geschickt? Handelte es sich bei mir vielleicht um einen von Anfang an Zukurzgekommenen, einen in puncto Spiegelneuronen und Mitgefühl früh aus der Balance Geratenen? Um ein spätes Opfer des Zweiten Weltkriegs gar – um einen vom Verlust der Mutter schwer Betroffenen, über sechzig Jahre lang? Der nun die Chance sah, eine ihn entlastende Rechtfertigung seines Lebens zusammenzubasteln und die Schuld am längst selbsteingestandenen Empathiemangel seiner Vier-Wochen-Mama anzuhängen? Dem in stagnierenden Zeiten des Herumgehockes die ihn ebenfalls entlastende wie deprimierende Erkenntnis des Doktor Freud in den Sinn kam – der Sohn, den seine Mutter liebt, ist ein Eroberer? Oder spielte das alles nur eine geringe oder vielleicht gar keine Rolle?

Eine der Tatsachen über das Ende des Zweiten Weltkriegs wurde mir auf dem Richterschen Hof von einer Zeitzeugin noch einmal klargemacht – in der Stadt Erfurt und ihrem Umland wechselte die Besatzungsmacht binnen weniger Wochen. Der im Nachbardorf stationierte amerikanische Soldat, der meine Mutter und mich im Taxi vom Krankenhaus mitgenommen hatte, tauchte von einem Tag auf den anderen nicht mehr auf, um nach mir zu sehen. So verlor ich durch eine militär- und weltpolitische Maßnahme der Siegernationen im Alter von drei, vier Wochen bereits meinen ersten Freund, einen schwarzen GI aus Amerika.

Im Gegenzug kamen die Russen ins Dorf, erzählte Frau Richter. Die Soldaten schauten sich auch den Hof und die Flüchtlinge genau an. Einer der Rotarmisten hatte ihr zufolge Gefallen an mir gefunden und mich mit hochgestemmten Armen immer wieder in die Luft geworfen: Was für ein schöner kleiner Iwan, rief er dabei – unser schöner kleiner Iwan, er lebe hoch, hoch, hoch.

◆

Am Vormittag hatte Ella angerufen. Ob es mir wohl gelänge, mal kurz aus der egozentrischen Verpuppung herauszuschlüpfen, fragte sie – und ob mir bei meinen ständigen Tauchgängen in die Vergangenheit aufgefallen wäre, um was für einen Tag es sich heute handelte? Etwa ein besonderes Datum, fragte ich. Ja, vielleicht – unser Einjähriges, denn heute kennen wir uns seit genau einem Jahr. Käme das nicht auf die Berechnungsweise an? Zählte die Zeit vom Tag der ersten hin- und hergegangenen Blicke, vom Moment des ersten Wortes oder ab der ersten gemeinsam verbrachten Nacht? Ein Jahr heute, meinte sie – abzüglich der letzten Woche, in der wir uns ja nicht gesehen hätten. Wir vertagten alles Weitere auf den Abend. Erfreulicherweise spannte sich noch während des Telefonats meine Hose im Schritt – der leicht gereizte, angriffslustige Unterton in Ellas Stimme tat seine Wirkung.

Ein ganzes Jahr mit Ella – eine starke Leistung beiderseits, dachte ich, und das ohne einander besonders gut zu verstehen. Schon vergangen dieses schnelle Jahr, das Tage und Wochen kostende Verstimmungen, mehrere Beinahe- und tatsächliche Trennungen verkürzt hatten, wobei zwei, drei Kurzreisen es intensiver und versöhnlicher erscheinen ließen, als es war. Was die Qualität einer noch relativ frischen Beziehung angeht, sollte ohnehin niemand verlängerte Wochenend-Trips überschätzen – ein Paar, das nicht reisen kann, kann gar nichts. Vorbei also, das erste gemeinsame Jahr, ein Jahr, in dessen Alltag ich Ellas fürsorgliche Belagerung zuerst zeitweilig schätzte und später zeitweilig fürchtete, während sie unter meinen Rückzugstendenzen, meinem Hang zur solistischen Müßiggängerei von Anfang an zu leiden vorgab. Reine Routine, diese Verweigerung, wie sie es nannte, das eintrainierte Sich-Entziehen in eine nebulöse Bedürfnislosigkeit, die in Wahrheit ein munteres Herumhocken im Café Fler ermöglichte. Nur ein weiterer dieser Virtuosen der Distanz, hatte sie bald erkannt und vermutet, daß so einer den Widerspruch zwischen seiner Liebe zur Freiheit und der von ihm herbeigesehnten Einbindung in ein Paar wahrscheinlich niemals würde auflösen können.

Ella wollte das tägliche Zusammensein. Bereits nach einer Woche am Frühstückstisch hatte sie meine Bereitschaft erkundet, in einer unserer beider Wohnungen praktisch ab sofort zusammenzuleben – ein verdächtig schnelles, mir unverständliches Tempo für so eine, meiner Meinung nach Jahre der Überlegung brauchende Entscheidung. Als argumentative Hilfe beschwor sie immer wieder die Traumehe ihrer Schwester Elke, die mit ihrem Mann Peter vom Aufstehen bis zum Schlafengehen alles mögliche gemeinsam machte. Für mich eine Horrorvorstellung, so ein Philemon-und-Baucis-Leben, von dem ich mich einmal überzeugen konnte, als wir das seit etwa zwei Jahren verheiratete Paar in seinem Wohnort Oldenburg besuchten – die zwei Anfangfünfziger fuhren morgens zusammen zur Arbeit, kehrten nachmittags zusammen zurück und schnibbelten abends am Küchentisch beim Pärchen-Kochen Brett an Brett Gemüse mit nahezu synchronen Handbewegungen. Sie taten das nicht ohne entsprechende Theorie. Paare, die sich, so wie sie, erst spät im Leben gefunden hätten, müßten die entgangene Zeit aufholen und den verbleibenden Rest für ein besonders intensives, in konfliktfreier, inniger Zweisamkeit zu verbringendes Zusammensein nutzen.

Eine steile Talkshow-These, hatte ich auf der Rückreise zu Ella gesagt, verärgert über die auch auf mich zielende Provokation ihrer Verwandtschaft, die von meiner Zurückhaltung beim alltäglichen Paarlauf wußte. In Oldenburg ginge so etwas womöglich leichter, obwohl es meiner persönlichen Erfahrung widerspräche – da das versuchte Zusammenleben mit meiner Jugendliebe Susanne ebenfalls in Oldenburg stattgefunden hätte und bereits nach wenigen Monaten gescheitert wäre. Fast vier Jahrzehnte her, danach kam die lange WG-Phase, schließlich ein überzeugt singliges Wohnen. Ella hielt das Zusammenleben eines Paares für den Normalzustand. Vielleicht in Oldenburg, hatte ich dagegengehalten, aber wir lebten nicht in dieser Stadt und wären auch nicht Elke und Peter. Die Statistik fürs Berliner Leben sagte, siebenundsechzig Prozent wohnten im Einzelhaushalt, doch Ella sagte, das wär'n falsche Zahlen, zusammenzuleben sei das Natürlichste der Welt, da hätten wir eben zwei Meinungen – und meine würde sie nicht verstehen.

Die Vorstellung eines quasi symbiotischen Dauerzustandes, in dem alles und jedes abzustimmen, zu filtern, zu teilen und durchweg exklusiv mit einer Person zu erleben sei, kam mir wenig erstrebenswert vor. Das war die Meinung, die Ella nicht verstand. Sie verstand nicht, daß ich viel, sehr viel Zeit für den Eigenbedarf benötigte.

Wozu denn dieser sogenannte Eigenbedarf, hatte sie gefragt.

Für die notwendige Versenkung, erklärte ich.

Du verschwindest doch nur, um deine Angriffsfläche zu minimieren.

Es geht nicht gegen dich.

Das sagen die Ehemänner meiner Freundinnen auch, wenn

sie abends nach Hause kommen und in ihren Dachzimmern im Internet versacken.
Aber es ist keine Zurückweisung.
Warum diese viele Zeit für dich, hatte sie mit längst schrill gewordener Stimme gefragt – wozu?
Für die Selbstbetreuung.
Wozu, wozu, wozu?

Bei diesen regelmäßig wiederkehrenden Diskussionen geriet ich oft genug an den Rand des Erklärungsnotstandes. Was in der im Eigenbedarf verbrauchten Zeit passierte, war nur bedingt erzählenswert – in Filme reinkucken, Tabellen studieren, im Netz herumklicken, mal was lesen, denken, insbesondere denken, eine Primärtugend. Alles ehrenamtlich ausgeübt, in der schizzoiden Klemme zwischen dem überichigen Befehl des »Genieße doch!« und dem kulturellen Imperativ, dem Zwang zur Sublimierung – ein etwas quälerisches Patt, versteht sich. Eine neue Freundin mußte sich entscheiden, ob sie in mir einen austrainierten, hochmotivierten Konsumverzichtler sehen wollte, den inneren, analogen Bohèmien also, dessen Zeitfenster sich überdies langsam schloß – oder einen sich selbst zum Geistesmenschen erhebenden Geringverdiener mit undeutlich bleibendem Potential, der unter Umständen noch zum gemeinsamen Nestbau überredet werden konnte. Das hört sich geheimnisvoller an, als es war. Sein Rest-Mysterium sollte ein Mann jedoch schon noch behalten – selbstverständlich auch eine Frau … auch so eine wie Ella, die sich ja gern geheimnisvoll und verschwiegen gab, wenn es beispielsweise um ihre Vergangenheit ging. Insbesondere um ihre liebesgeschichtliche Vergangenheit, von der sie so wenig zu erzählen bereit war wie sonst allenfalls Heiratsschwindler.

Ein unruhiges Jahr lag hinter uns, ein Jahr der einander zugewendeten Handlungsweisen, die auch unvereinbare Signale enthielten – eine paradoxe Struktur, der Dauerzustand: kritisch. Nah dran am klassenübergreifenden Klassiker, kalauerte wer im Fler, Mann säuft, weil Frau schimpft, und Frau schimpft, weil Mann säuft. Ella schien tatsächlich eine Mindestmenge an Querelen zu benötigen. Im Streit hielt sie mir öfter vor, bei unserem Kennenlernen als sechzigjähriger Mann vielsagenderweise ohne Frau gewesen zu sein … und mittlerweile sei es ihr klar: Du brauchst auch keine – was du brauchst, ist Fickmaterial. Was konnte ein sexuell soeben Wiederbelebter auf solche Sottisen schon erwidern, wie reagieren auf diese Anwürfe einer kampfstarken Lysistrata – ihr Bauch und ihre Vagina gehörten schließlich ihr. Mißtöne wie diese häuften sich in jüngster Zeit – das Ironische, die von mir bevorzugte Ausdrucksart, war nicht Ellas tägliche Umgangssprache. Dagegen schockierte sie mich immer öfter mit ihrem unvermittelt ausbrechenden Zorn, der sie zu drastischen Aussprüchen verleitete. Schlug ich samstags ein mir nach meinem Sportnachmittag gut passendes, gemeinsames Spät-Abendessen vor, schlug sie bei bitterer Laune sofort zurück – jeden Samstag die gleiche diktatorische Festlegung, Kicken und Ficken, das ist dein Programm …

Darin läge eine gewisse Verläßlichkeit, hatte ich ihr erklärt, eine sichre Sache, um die sie manch andere Frau womöglich beneiden würde.
Du bist ein alter Macho, sagte sie.
Nur wenn es nicht anders geht, sagte ich.

Dann wieder ihre Geste, mit der flachen Hand ihren Venushügel zu tätscheln und mit fröhlich verzogener Miene zu sagen: Wir haben Glück, hier ist's passiert, ein Wunder.

Anfangs vermutete ich, sie würde das Obszöne ausspielen, um einen reizvollen Gegensatz zu ihrem sich meist ladylike zeigenden Auftreten herzustellen – nur eine meiner vielen Fehleinschätzungen. Dieses Wesen war tatsächlich einfach kompliziert. Was Ella anläßlich ihres, sich in meinen Augen auch bei Kleinigkeiten zu schnell aufbauenden Frustes wirklich ausdrücken wollte, erschloß sich nicht auf Anhieb – in den Momenten des Ärgers verlor sie komplett die Kontrolle, was zwangsläufig zu derben Reaktionen und wirren Äußerungen führen mußte. Trank ich an einem heißen Sommertag zwei Glas Alsterwasser oder rauchte drei Zigaretten, zeigte sich ihre Situation, ihre Zukunft schlagartig aussichtslos … als leidende Partnerin eines offenkundig Suchtkranken, eines vergeblich oft ermahnten Patienten ohne Einsicht in seine Krankheit. Hatte sie überhaupt nicht zugehört bei meinen wundersamen Heilungsgeschichten durch neue Medikamente? Sagten ihr Kanzler Schmidt und Ernst Jünger denn gar nichts? In ihren Augen war ein Einundsechzigjähriger, der noch rauchte, so gut wie tot und würde sie in nicht allzu ferner Zeit allein und mittellos zurücklassen. Neben der täglichen Antiraucherkampagne erzeugte sie ständig neue Muster der Klage, ohne daß ihr dabei ein gewisser Witz völlig abzusprechen war. Nach einer schön durchvögelten Nacht, morgens von Ella überflüssigerweise als Liebesnacht tituliert, nach einem lustig verlängerten Vormittag im Bett, drückte sie sich beim abschließenden Spaziergang zufrieden an mich und fragte mit dem elfenhaften Augenaufschlag einer Unersättlichen: Dürfte ich denn heut abend mit noch etwas rechnen – wäre eventuell noch etwas da? Also bitte – da hatte es mit der Ironie im Double Bind mal geklappt. An schlechteren Tagen dagegen tendierte sie zu einer eruptiven, meine wunden Punkte mitunter nicht völlig verfehlenden Boshaftigkeit von ganz eigenem Humor. Einer Art schwarzem Humor, der, was ich zu begreifen begann, aus den sie vermehrt beschäftigenden, doch noch uneingestandenen Gefühlen von Aussichtslosigkeit und Unterdrückung entstand.

Ein Jahr also vorbei, ein Datum, über das Ella sich ganz bestimmt heute abend noch kritisch auslassen würde – ihr Leben hat sich einfach zu weit von ihren Wunschvorstellungen entfernt. Und in mir dürfte sie inzwischen nur noch bedingt den Mann sehen, der ihre irgendwann durch wen oder was auch immer erschütterte Zuversicht wieder stärken und sie in eine möglichst komplette Existenz im unteren, doch ausreichend konsumfreudigen Mittelstand mitnehmen könnte.

Sie sprach des öfteren bitterlustig von ihren Glücksgriffen, die sie in jüngster Zeit mit Männern gemacht hätte, die allein wegen der Genußmittelabhängigkeit für sie kaum die richtigen sein konnten. Diese egoistischen Raucher saugten ihren Honig eben nicht ausschließlich aus den angebotenen weiblichen Wärmequellen. Auch der jetzige Mann ihrer Wahl, der den langen Weg vom Heroin zum Alsterwasser geschafft hatte, galt in Ellas Kosmos schlichtweg als Alkoholiker. Aus Abwehr im Wissen um ihre eigene Labilität? Aus zu großer Offenheit gegenüber Zeitgeist und Gesundheitspresse, die einer nichtrauchenden Nichtrinkerin den rundum verzichtbereiten Helden der Nüchternheit als Partner anempfahl? Wie sollte es nach derart tragikomischen Erkenntnissen weitergehen? Die interne Aufklärung eines Paares vollzog sich naturgemäß als schleichender Prozeß, in dem die frühen, vorschnellen Einschätzungen als nicht zutreffend revidiert werden mußten, um zu den nächsten, vorläufig als realitätsnäher erachteten Beurteilungen zu kommen. Wer also war ich in dem Zusammenhang, und wer war sie? Ein suchtgefährdeter

Einzelgänger, dessen Bewußtsein zu stark von der Vergangenheit beherrscht wurde? Eine von ungebremsten Emotionen getriebene Frau, bei der sich nur die Frage stellte, in welche Art Drama sie einen Mann hineinziehen würde?

Auf Leiser war über die Jahre insofern Verlaß, als ich ihn wie in unseren aktiven Freundschaftszeiten jederzeit anrufen konnte, wenn es in meinen Liebesbeziehungen prekäre Phasen oder mir sonstwie unverständliche Entwicklungen gab. Eine schöne Tradition, die wir beide in stundenlangen Telefonaten nach meinem Eindruck auch zu genießen wußten – und das nicht kurzschlüssig wie Männer in der Umkleide, sondern in Form eines ernsthaften Bemühens, im Rahmen unserer lebenslangen Praxis der erotischen Deutungen weitere Klarheiten zu gewinnen. Er lebte seit mehr als zwanzig Jahren mit ein und derselben Partnerin, seit etwa einem Jahrzehnt zusätzlich auch mit ein und derselben Geliebten, so daß er in einem wie auch immer getakteten Pendelverkehr sein wahres Ich zwischen zwei unterschiedlichen Frauen suchen und sich dabei die Illusion souveräner Männlichkeit erhalten konnte. Wie mein Großvater Ende des 19. Jahrhunderts, lautete mein einziger Kommentar dazu – ein wenig neidisch wegen des équilibré mental, das eine Ehefrau im ländlichen Bereich und eine Geliebte in der City auf Dauer bieten würde, wobei alle Beteiligten, wie Leiser erklärte, Bescheid wüßten und das Dreieck akzeptierten. Dennoch redete er selbst mit mir darüber nur verdeckt: Morgen bin ich in der Stadt, sagte er am Telefon, wenn du willst, können wir uns später treffen. Erst nach Jahren begriff ich, daß die Stadt die Geliebte meinte, von der er direkt zu unseren Verabredungen kam, weichgeknetet und doch mit stabilisiertem Ego. Weichgeknetet durch die Hände und Füße einer mir nichtssagenden, blonden Mittvierzigerin im Businesskostüm, die ich nur einmal gesehen hatte, bei einem seiner öffentlichen Auftritte. Daß es sich um die Geliebte handelte, verriet eine von mir beobachtete, wortlose Geste – auf dem Weg zum Podium kniff er der in der letzten Reihe sitzenden Frau kurz mit Daumen und Zeigefinger ins Nackenfleisch, während ich von gegenüber ihren reglos einverstandenen Gesichtsausdruck betrachtete.

Beschreib mir deine neue Freundin doch mal genauer, hatte Leiser am Telefon gesagt, nachdem Ella von mir öfter erwähnt worden war … Also beschrieb ich sie ihm: das Alter? – eine Mittvierzigerin, vom Typ? – reizvoll und schwierig, eine, wie gesagt, Blondine … eine Frau, die mich an eine große, Jahrzehnte zurückliegende Liebe erinnert, die belehrende, aber auch enttäuschende Liebe einer Frau, die ihrerseits an die damalige Schauspielerin Sydney Rome erinnerte … Wie die neue Freundin denn nun aussehen würde, wollte Leiser wissen … Ja, wie gesagt, blond mit einer heute etwas unzeitgemäßen Hochsteckfrisur, einem hübschen, stimmigen Gesicht, oft aufgehellt von virtuellem Optimismus, die Genvariante impulsiv, aggressiv und nomadisch … Der Busen eher klein, was sie bedauert, weil sie mich für 'nen Afficionado von Großbrüsten hält, was ich bejahen oder wegen einiger, mich mit hermaphroditischen Flachbrüsten extrem begeisternder Frauen meiner Vergangenheit genausogut verneinen könnte, weshalb ich dazu lieber gar nichts sage.
Und, fragte Leiser – was weiter?
Nun ja, auf den ersten Blick eine Lady, die anfangs zwei Wochen lang auch mittags im Abendkleid zum Rendezvous kam – und bei längerem Hinschauen eine Eisschwimmerin, die Kostüm und Seidenumhang ruckzuck ablegen und sich an beliebigen Stellen nackt ins winterliche Meer werfen kann … Eine Frau, für die es allein altersbedingt den Erlösungszirkus

Achtundsechzig nicht gegeben hat, die Drogen, die frühe Emanzipation nicht – sie kam bis hierher ohne all das durch und nicht weiter, alleinerziehend mit einem Kind, eine gelernte, in süddeutschen Stadttheatern bis zur Lustlosigkeit getriezte, schlußendlich verabschiedete Schauspielerin … seit fünf Jahren in Berlin, entlassen in ein Stück, daß sie so wenig kennt wie ihre neue Rolle …

Und da willst du wieder mal Regie führen? Eine rhetorische Frage, die Leiser mit Vergnügen gestellt hatte, um dann in etwa dieses Fazit zu ziehen: Offensichtlich keine Frau, der du noch mal deine Geschichten von anno Tobak erzählen kannst, von den Heldentaten im Underground, deinen 37 Trips und deinem bunten neunundsechziger Nachmittag in der Kommune Eins am Stutti …

Okay, okay, dachte ich – aber wer davon nichts verstand, verstand auch mich nicht. Und wer mich verstehen wollte, der mußte schon über einen dehnbaren Begriff vom Lauf des Lebens verfügen. Der bekam bei entsprechenden Fragen zunächst diese, von mir oft erzählte Kurzfassung für Small talk und Tresen zu hören: Mein Beitrag zur Kulturrevolution? Laß es mich so sagen – das Jahr 1968 brachte mir einen Haufen Geld, einen mörderischen Virus und ein gutes Gewissen … Oder anders ausgedrückt – der Untergrund war ungesund, die akkumulierten Werte teuer erworben und verwandelt in abstracta, meine Sühne, mein Gift, mein Kissen. Für den Fall, daß jemand meine Geschäftstüchtigkeit – ausgerechnet während dieser Zeit – monierte, hielt ich noch einen politisch korrekten Stoßseufzer bereit: Wenigstens einmal im Leben sollte jeder Mensch eine eigene Firma haben … eine wichtige Erfahrung, oder? Bisher hatte Ella jedoch für diesen Teil meiner Geschichte kein allzu großes Interesse gezeigt. Geschweige denn für den Virus, der mich bis kurz vor unserer Begegnung im Griff hatte …

Mir war schon klar, in welche Richtung es gehen würde – Liebe und Sex mit Sechzig in Realität und Fiktion … Ein zukunftsträchtiges, alles offenlassendes Thema, das mein sogenannter Psychotherapeut für sich noch nicht vertiefen wollte, wie er gesprächsweise befand, obwohl er in diesen Tagen in seinem spanischen Haus den 57. Geburtstag feierte – wegen seiner fürs Miteinander nicht ausreichenden Sensibilität wurde er im Café Fler neuerdings ›der Siebenstellige‹ genannt. Er hatte es geschafft, eine der ihm von mir vorgestellten, wenig aussichtsreich malenden Fler-Frauen mit einspeichelndem, testosteronwirrem Kunstgequatsche in ein Spätrestaurant zu manövieren, wobei er der schönen Pinselquälerin schon beim Aperitif den Appetit auf mehr verdarb … Daß einer im Café Fler verkehre, möge sie nicht zu Fehlschlüssen verleiten, erklärte er, um ihr umgehend seine Vermögenslage zu eröffnen, er sei ein richtig gut abgesicherter, wohlhabender Mann, und zwar im siebenstelligen Bereich. Seither mußte unsere Bekanntschaft ohne weitere Erklärungen im Einsilbigen auslaufen – gut, ein Schuß Sadismus unter Stammgästen, ihm den Grund dafür zu verschweigen. Ich bin sehr, sehr enttäuscht, sagte ich ihm nur – auch fachlich. Über das wenige, das ich ihm zuvor über die Beziehung mit Ella erzählte, hatte er wie ein Leserbriefonkel geurteilt: Es kann nicht gutgehen, wenn bei einem Paar jeder etwas anderes will.

Jeden Moment konnte Ella hier erscheinen … und sich sofort in meiner Küche ungebeten an den Abwasch machen, als sei sie gerade nach Hause gekommen – eine zur Gewohnheit gewordene Übersprungshandlung, unabhängig von der vorhandenen Masse Schmutzgeschirr; eine Tasse, ein Löffel in der Spüle genügten ihr, und irgend was Sauberes nochmals abwischen ging immer. Ich kommentierte das nicht. Sichere Vorhersagen über den Verlauf des Abends ließen sich von diesem freundlich lockeren Auftakt ohnehin nicht ableiten. Seltsam, dieses Küchenleben eines Möchtegern-Paares ... als Ella das erste Mal in den gut bestückten Kühlschrank gekuckt hatte, sagte sie schwer verwundert, so viele Essensvorräte bei einem alleinlebenden Mann wär'n nicht normal. Wieso denn, sagte ich, wie immer irritiert durch Vorhaltungen oder Anspielungen, von der Norm abzuweichen – ich muß mich eben selbst bemuttern. Zu spät kam Ella selten, und gar nicht selten kam sie zu früh, viel zu früh, mitunter eine Stunde vor der Zeit, um dann zu behaupten, wir wären jetzt und nicht eine Stunde später verabredet, sie wisse das ganz genau, so sei es vereinbart worden.

Reines Wunschdenken, erklärte ich ihr, in dem Moment, in dem wir uns am Telefon verabredeten, hätte sie sich in Gedanken auf sieben Uhr konzentriert – ausgesprochen aber wurde acht Uhr, und das von uns beiden.

Nein, sieben Uhr war abgemacht, erwiderte sie, um sieben sollte ich kommen.

Ich wußte ja, daß es keinen Grund für überraschende, stichprobenartige Kontrollakte gab, sie offenbar nicht.

Um acht warst du angemeldet.

Um sieben – bekanntlich altern die Ohren als erstes, und Zuhören war bisher sowieso nicht deine Stärke.

Selbst der beste Zuhörer kann sich mal verhören, sagte ich halbwegs ironisch, obwohl es mich durchaus beunruhigte, im Streit um die verabredete Uhrzeit ohne jeden Zweifel recht zu haben.

Bereits ein ganzes Jahr mit dieser Frau – und nach wie vor war bei jedem Zusammensein mit einem völlig überraschenden Stimmungsumschwung zu rechnen, mit einer unter Umständen radikalen Volte, die von der leichtesten Leichtigkeit eines Augenblicks unwillkürlich in das größtanzunehmende Mißbehagen im nächsten führte. Wenn auch ungern, erinnerte ich mich an die Situation, in der mir eine psychische Besonderheit Ellas zum ersten Mal bewußt geworden war – ungefähr zwei Monate nach dem Kennenlernen, gewöhnlich der früheste Zeitpunkt, zu dem anfänglich undeutliche Einschätzungen einer neuen Freundin deutlicheren zu weichen begannen. Eines schönen Spätsommernachmittags saßen wir zusammen mit dem jungen Paul in einer der Strandbars am Rand der halbtoten Spree, als etwas passierte, das mich fassungslos machte und in mir für Augenblicke die Ahnung eines kommenden Unglücks aufscheinen ließ. Dabei konnte die Situation gar nicht entspannter sein – so lange jedenfalls, bis sich einige Meter entfernt eine Frau aus ihrem Liegestuhl hochrappelte, die Kollegin Dorothea aus dem Kommentatorenpool. Vermutlich winkte ich ihr so einladend zu, daß sie sich kurz darauf an meine Seite des Tisches setzte, Ella und Paul saßen uns gegenüber.

Was in den folgenden zwanzig bis dreißig Minuten geschah, blieb auch nach Wochen wiederholt aufgenommener Diskussion ungeklärt.

In meiner Version unterhielt ich mich flott und intelligent mit Dorothea, einer allgemein geschätzten, in ihren Kommentaren traumwandlerisch sicher argumentierenden Autorin. Sie hatte ihren Stuhl etwas abseits vom Tisch hingestellt und mit meiner Begleitung nur Begrüßungsworte gewechselt, wonach das Gespräch zwischen uns beiden allein weiterlief. Wir sprachen über mögliche und eher unmögliche Themen fürs Radio, klatschten über die verantwortlichen Redakteure, lachten öfter, versteht sich. Ellas Version des Geschehens schien spannender zu sein und konnte von mir erst nach und nach zusammengepuzzelt werden. Natürlich hatte ich zwischendurch zu ihr rübergeschaut, sie wegen eventuell aufkommenden Ungemachs auch vorbeugend angelächelt – sie kuckte zurück wie auf einen in ihren Blick geratenen Fremden, den sie zu nichts ermuntern wollte. Eine Weile blätterte sie mit demonstrativem Interesse in einem Kinoprogrammheft, während sich ihre innere Anspannung in einer adrenalingespeisten Steigerungsdramaturgie vermutlich mehr und mehr verdichtete. Dabei schwieg sie ausdauernd, auch gegenüber Paul – ja, sie brachte diesen Dauerredner sogar zum Verstummen, weil sie sich unter und über dem Tisch näher an ihn heranschob und dem Anschein nach auf eine ihn mehr als nur absichtslos berührende Tuchfühlung ging. Ihr Heranrücken und das im Ansatz erkennbare Vorhaben, sich im nächsten Moment wie bei einem Geliebten oder Vertrauten anzulehnen, verunsicherten ihn. Seinem ernsten Gesicht war anzusehen, daß er noch rätselte, was oder wie ihm gerade geschah, welches Ziel Ella verfolgte und welche Zumutung oder Provokation das Bild bereits jetzt enthielt, das sie beide abgaben – minutenlang verharrte er in Duldung und wagte es nicht, seine Sitzposition zu verändern. Die mittlerweile offenkundige Bedrückung zwischen uns dreien am Tisch löste sich auch dann nicht auf, als Dorothea sich verabschiedete. Bald danach wechselte Paul, wahrscheinlich erleichtert, zu anderen entdeckten Bekannten in der Strandbar, Ella und ich brachen auf. Auf dem langen Weg zum Parkplatz schwieg sie weiterhin. Das darf nicht wahr sein, dachte ich – da war ja etwas Fürchterliches passiert.

Was ist los, hatte ich schließlich gefragt.

Keine Antwort zunächst – statt dessen traf mich von ihrer Seite zwei-, dreimal einer dieser die Welt nicht ganz verstehenden Huhnblicke.

Was ist hier los?
Das weißt du ganz genau, sagte Ella.
Wie ganz genau, was?
Du weißt es.

Es konnte nur mit der Anwesenheit Dorotheas zusammenhängen. Zunächst war mir der Gedanke nicht gekommen, in dieser Situation etwas anderes als eine alltägliche Begegnung zu sehen. Ein zufälliges Treffen mit einer, einfach gesagt, guten Kollegin – einer extrem hageren Mittvierzigerin, Brillenträgerin, Schnellsprecherin, ja gut, die Intelligenz gefiel mir an ihr …

Allein dieser hauchdünne Rock, hatte Ella dann gesagt, ein Fähnchen zwischen den Beinen …
Na ja, Dorothea ist eher der Jeanstyp …
Unmöglich, so kurz, anderthalb Handbreit überm Knie.
Den kannte ich schon, sagte ich, sie hat mich ja vor ein paar Wochen in diesem Rock besucht …
… was! Zu Hause besucht – da fällt mir gar nichts mehr ein.
Wir ham was besprochen, wir verstehen uns gut, eine Lieblingskollegin, danach gingen wir mit ihrem Freund essen.

Was für eine Verstimmung, dachte ich – Ella war Akademikerin, Geschäftsführerin in einem Luxusmöbelladen, zog mit Erfolg ein Kind groß, fuhr ihre alte Karre wie eine Ralleypilotin und dann so was.

Eine Frechheit, wie du deinen Fuß unter ihren Stuhl gestellt hast.
Welchen Fuß?
Den Fuß, den du unter ihrem Hintern lang und tief in den Sand gebohrt hast.
Ach, der Fuß … der mit dem kaputten Sprunggelenk, sagte ich ihr – der kränkelnde Fuß, wie du weißt, der muß hin und wieder ausgestreckt werden …

Um bei diesem Grad an Verstimmung überhaupt noch etwas sagen zu können, mußte ich zum Notvorrat an Floskeln greifen – die Frau wär doch nun gar nicht mein Typ, eine rein berufliche Bekannte, die in den entscheidenden Hirnzentren keine Reaktion auslösen würde bei mir, einem einfachen Mann, der immer schon am liebsten und aus Überzeugung monogam gelebt hätte … und den ohnehin seit zwei Jahren die solo durchgezogene, nach wie vor beunruhigende Virus-Therapie mehr als alles andere beschäftigte …
… oh ja, das ist mir klar, war sie dazwischengefahren, du hast immer schön monogam gelebt, mit einer Frau nach der anderen.

In ihren Augen hatte sich in der Strandbar ein hocherotischer Flirt bei gegenseitig größter Anziehung und anzunehmender Vorgeschichte abgespielt. Eine Idee, die sich nicht mehr wegargumentieren ließ – etwa damit, daß die Sonne geblendet hätte oder eine harmlose Geste, ein einverständiges Lächeln zwischen Dorothea und mir, fehlinterpretiert wäre. Ella beharrte auf ihrer Version. Sie entspräche ihrer Wahrnehmung und ihre Wahrnehmung wäre für sie die Wahrheit, genauso wahr jedenfalls wie das, was andere in derselben Situation wahrnehmen würden, basta. Auf dem Rückweg drehte sie ihren Autoradiopop sehr laut auf und warf beide Hände rhythmisch in die Luft, um daraus die von ihr nie besessene Rock-Energie zu ziehen – trotz meines vielfach geäußerten Wunsches, während unserer gemeinsamen Fahrten auf Musik zu verzichten.

Ein weiteres Problem waren die Tage zuvor für den Abend gekauften Theaterkarten, ein glücklicher Zufall, ›Wer hat Angst vor Virginia Woolf‹. Wobei Ella annahm, daß ich sie unter diesen Umständen keinesfalls ins Theater begleiten würde, was ich zu ihrer Überraschung aber doch tat. Das Schweigen blieb uns erhalten, vorher, in der Pause, nachher. Ich konnte also nicht sagen, daß es sich in Fragen der Attraktivität bei der Schauspielerin Harfouch für mich ähnlich verhielte wie mit Dorothea, obwohl sie mir bei aller intelligenten Krakeelerei im Laufe des Stückes zunehmend Hoffnungen auf ein weibliches Einlenken am späten Abend eines schrecklichen Tages machte – trügerische Hoffnungen.

Daß diese alte Flagge auf dem Schlauchboot der Erinnerung überhaupt noch weht, hatte Leiser zu der Geschichte mit Ella gesagt – die offene Eifersucht müßte doch in Zeiten von Alphamädchen und gelernten Feministinnen längst besiegt sein.
Einfach furchtbar, dieses ewige Mißtrauen – aber was kann ich dagegen schon tun?
Erklär ihr alles in ’nem schönen Brief, sagte Leiser – oder besser: schick ihr doch einfach dein polizeiliches Führungszeugnis.

Vor zehn Jahren hätte ich mich über Eifersucht noch gefreut und geglaubt, sie hielte die Welt zusammen und machte uns mit ihrer Unsicherheit zu sozialen Wesen, undsoweiter – in Wahrheit fesselte und entfremdete sie die Beteiligten, zwänge zumindest einem eine falsche Rücksichtnahme und damit die schleichende Entstellung seiner Persönlichkeit auf. Seit dem Vorfall in der Strandbar ließen sich meine Zweifel an Ella jedenfalls nicht mehr leichthin unterdrücken, Verstand und Gefühl gingen von da an häufiger getrennte Wege. An jenem Nachmittag war mir sogar zum ersten Mal der Begriff einer ›Irren‹ in den Sinn gekommen – als Gipfel der Verständnislosigkeit. Leiser hielt das für übertrieben und hatte mit seiner abschließenden Bemerkung wahrscheinlich nicht ganz unrecht.

Du bist jetzt fast 62 Jahre alt, sagte er, dein alter Virus ist wegtherapiert, eine neue Frau da – was solltest du denn noch mehr erwarten können …

Ja, was. Eine offene Frage, die sich jeden Tag aufs neue stellte.

◆

Wieder in diesem Wartezimmer, wieder in nervöser Erwartung der Blutwerte, war mir ein Leitsatz aus dem Vorbereitungsseminar für sich noch sträubende Therapie-Kandidaten eingefallen. Der junge, fast jugendliche Psychiater hatte diese so irreale wie unsterbliche Redewendung gleich mehrmals gebraucht … die vom Leben, das einem ein zweites Mal geschenkt würde … aber nur dem, der diese Therapie mutig durchzöge, versteht sich. Worauf baute so ein Medizinmann eigentlich bei dieser undurchdachten, ja, unwissenschaftlichen Formulierung? Auf seinen unbedingten Überzeugungswillen? Auf die Bereitschaft Erkrankter, an eine Wunderheilung zu glauben? Oder auf Fortschritte der medizinischen Forschung wie diese neue, nochmals verbesserte Interferon-Therapie? Den ersten Studien zufolge standen meine Heilungschancen bei circa dreizehn Prozent.

Wie viele Male hatte ich seither hier gesessen und auf den ausrangierten Arztschrank gestarrt, die neben dem Empfang stehende, olle Vitrine voll mit chirurgischen Bestekken, Schläuchen, Pinzetten, Scheren, Kratz-Krallen aus dem 19. Jahrhundert und sonstigem museumsreifem medizinischem Trödel, lose auf Glasplatten gestreut wie auf dem Flohmarkt – na ja, schon eine beklemmende Dekoration für eine hepatologische Schwerpunktpraxis. Ein Ort, wo eine Menge Leute ihre verschrumpelte Leber anschleppten, wo sie womöglich den Leichtsinn früherer Zeiten verfluchten und als Gedächtnisstütze jene alten, monströsen Spritzen wiedersahen – ein nostalgischer Schrecken, diese schönen Stücke mit den dicken Glaskanülen, den gewölbten Chromfassungen, die Cadillacs unter dem Spritzbesteck … Antiquitäten, die früher mal schwer in der Hand lagen … auch in der unbefugten … happiness was a warm gun … ach shit, a Scheißgun … »Gift« stand gedruckt auf zwei weißen Porzellantellerchen, die an winzigen Kordeln im Schrankregal hingen, sahen schön aus … perfekte Requisiten für einen Fixer-Kostümfilm, auch das kleine, durch Schnitzereien verzierte Holzkästchen mit der Reise-Apothekerwaage – die hätte Sweti, unserem Ästheten an der Nadel, damals bestimmt gefallen …

Die Liste der Nebenwirkungen von Interferon war unanständig lang – siebenundfünfzig Haupt-Nebenwirkungen, zweiundzwanzig Neben-Nebenwirkungen plus jede Menge zu erwartender Unannehmlichkeiten. Für die Dauer eines Jahres wurde in der Begleitbroschüre täglicher Kopfschmerz garantiert, Haarausfall als wahrscheinlich angezeigt, das Aufkommen von Depressionen als höchstwahrscheinlich – sogar die Möglichkeit, an Schizophrenie zu erkranken, blieb nicht unerwähnt. Dazu galt ein strafgesetzlich untermauertes, einjähriges Verbot von ungeschütztem Geschlechtsverkehr, wobei ein Hinweis die »Ehegatten und Partner« der Behandelten darauf vorbereitete, daß die sexuelle Aktivität unter Einfluß dieses Medikamentes ohnehin äußerst gering oder gar ganz ausfallen könnte. Die Liste endete mit der möglichen Nebenwirkung »spontanes Weinen«.

Wenn Sie die Therapie nicht machen, haben Sie noch zwei Jahre zu leben, hatte der junge Mann im Weißkittel gesagt. Zwei Jahre nur … da schaff ich ja kaum die sechzig …
Zwei Jahre noch, wenn Sie nichts unternehmen und so weiterleben wie bisher.

Beinahe hätte ich an jenem Nachmittag die Fassung verloren und das Psychiaterbürschchen am Schlips über den Schreibtisch zu mir rangezogen. Verärgert über die ohne genauen Einblick in die Krankenakte aufgestellte, provozierende Prognose war ich aufgesprungen – sofort weg hier, dachte ich, raus aus diesem Zimmer, raus aus dem psychiatrischen Interferon-Therapie-Begleitseminar, raus aus der ganzen Geschichte. Mit so einem erpresserischen Bluff konnte mich niemand zu einer unangenehmen Behandlung überreden. Keine Lust auf die Pillenwerferei, die täglich neun Tabletten, die wöchentlichen Injektionen in die Bauchfalte, selber auszuführen, igitt, am Schreibtisch, in der Küche oder sonstwo. Ein Jahr lang durch die klinische Vorhölle gehen, um etwas mehr Lebenszeit herauszukitzeln? Ein Katastrophenjahr wegstecken in der Hoffnung auf mehr als nur zwei weitere, halbwegs erträgliche Jahre? Rechnete sich das? Was für ein Deal! Was für ein Pokerspiel mit dem Schicksal, mit dem Virus!

Aber weiterleben wie bisher kam auch nicht in Frage ... Ein wochenlanges Herumgeeiere, ein inneres Probehandeln, ohnehin eine meiner Lieblingsbeschäftigungen – sollte ich oder sollte ich lieber nicht, oder sollte ich doch ... Am Ende zeigte das ärztliche Menetekel Wirkung – die Behandlung begann. Und dies hier sollte der hoffentlich letzte Besuch in dieser Praxis sein ...

Fünf, sechs Leute waren vor mir dran, eine halbe Stunde dauerte es, eher eine dreiviertel oder mehr, bevor ich reingehen konnte zur Ärztin, das abschließende Testergebnis abholen. Falls der zurückgekehrte Virus wieder in meinen Blutbahnen schwamm, käme der Nachweis ›HCV-Antikörper positiv‹ einem Todesurteil gleich – oder? Oder nicht. Oder doch. Wer konnte das so genau wissen? Nicht einmal das Labor, mit seinen geschickten Diagnosen: HCV-Antikörper nicht mehr nachweisbar, so ein Ergebnis ließe ja alles offen. Frau Doktor wird auf den Bildschirm kucken, die Zahlen vorlesen, alles in Ordnung sagen, finito ... Und draußen in der Rezeption würde ich den Helferinnen mit strahlendem Gesicht verkünden: Auf Wiedersehen, ihr Vampirchen, auf Wiedersehen für immer! Wie diese junge pummelige Frau neulich, die aus dem Sprechzimmer kam, eine Becker-Faust machte und über den Empfangstresen brüllte: SIEG! Und noch 'ne Faust über'n Tresen streckte, und nochmal rief: SIEG! Alles klar, geheilt die Frau, die Helferinnen lachten, Schwein gehabt, das Leben konnte weitergehen.

Und bei mir? Ginge es weiter? ... keine Ahnung, kein klares Gefühl, zu viele Störsignale in der Problemzone unterm Gürtel, rechts, links, in der Mitte, die herausgespürten Piekser der Endlichkeit, das dauernde Gegrummel in den Organen ... der Schiß, mein Lieber, klar, die blanke Angst ... ein permanenter Begleiter, der fürchterliche Schiß, seit ich, den reparierten Computer unterm Arm, die Karl-Marx-Straße runtergelaufen war und für 'n Augenblick in ein unbekanntes schwarzes Loch, in einen ungewollten Fünfhundertstel-Sekundenschlaf, gefallen war, ein kurzer Wischer nur im Oberstübchen, und doch eine Ohrfeige von höchster Instanz, ein Wink vom Ende der Fahnenstange. Neun Millionen Viren in einem Blutstropfen wurden gemessen ... etwas Unvorstellbares, Unfaßbares – neun Millionen Viren in nur einem einzigen Tropfen Blut?

Sie haben Glück, hatte die Ärztin damals gesagt.
Weil ich hier noch sitze?
Weil soeben ein neues Medikament zugelassen wurde, Ihre

Chance für eine Therapie mit dem gentechnisch hergestellten Interferon.
Nie davon gehört – Interferon, Interferon ... Klingt wie ein neues Bahn-Unternehmen, oder ein windiger Geldanlage-Fonds.
Und ich würde Ihnen dringend zuraten. Das ist ein Protein, ein fürs Immunsystem nötiger Eiweißkörper. Sie besitzen es bereits, jeder Mensch hat es.
Warum dann noch nehmen?
Sie brauchen mehr davon, bei Ihrer milliardenfachen Viruslast, erklärte sie, zum Aufbau der T-Helfer-Zellen, der Freßzellen, der Killerzellen; um das Fortschreiten der Hepatitis C zu verhindern, muß das Immunssystem gestärkt werden – Interferon ist die einzige Behandlungsmöglichkeit, die einzige Chance, was anderes gibt es nicht.

Schwer gewöhnungsbedürftig, diese erste Diagnose, die ersten Zahlen, eine Horrorbotschaft. Da hatte es mich also doch noch erwischt, die Leber von Narben übersät, das Blut durchseucht, der Sauerstoff darin limitiert. Doch vollkommen neu war die Problematik nun auch wieder nicht. Die Wochen und Monate, die ich wegen der Therapie mit mir gerungen hatte, waren ja von mir genutzt worden. Erst mal eingelesen in das Thema, rumgehorcht bei alten Bekannten, viele schlimme Sachen gehört: eine Hammer-Therapie, hieß es, jeder zweite bräche sie nach wenigen Wochen ab. Den entscheidenden Anstoß hatte dann etwas ganz anderes gegeben – ein Zufallstelefonat mit einem Kollegen vom Funk, seine bisher unerwähnte, uneheliche Tochter war in der Drogenszene am Ostbahnhof vom Virus erwischt worden und meisterte ihre gerade begonnene Therapie problemlos.

Wat det Mädel kann, det kannste ooch, dachte ich, also bitte, mach'et, fang an, sofort. Dreiundzwanzig war das Töchterchen, genauso alt wie ich – damals, bei der Infektion, als der Virus uns umhaute, einen nach dem anderen, uns von Kopf bis Fuß gelb färbte und mich für zwei Monate ins Tropen-Krankenhaus einsperrte ... in der gefängnisartig gesicherten Quarantäne-Station.

Seit den frühen siebziger Jahren kannten wir uns schon, mein Virus und ich, er der einzige, der alle Wandlungen, Umzüge und Liebesdesaster mitgemacht hatte, der offenbar das ganze Leben lang bei mir bleiben wollte – wir zwei als untrennbare Blutsbrüder. Allerdings hatte ich ihn erst kürzlich zum ersten Mal gesehen. Bei einem Vortrag, als sein vergrößertes Bild aus dem Leberpapst-Laptop auf die Leinwand gebeamt wurde – von der Optik her ein Mittelding zwischen Raumkapsel und embryonalem Seepferdchen, ein Lebewesen also und alter Hase der Evolution, seit abermillionen Jahren auf der Welt und entsprechend gerissen. Ein As und ein Aas – der Ha-Ce-Vau konnte die Membran einer menschlichen Zelle durchbohren und wußte stets genau, wo er hinwollte, wo er seine Erbinformation ablegen mußte, eine Gattung mit verdammt langem Atem.

Bei der chronischen Hepatitis C kann es dreißig und mehr Jahre dauern, bis der Verlauf ungünstig wird und womöglich übergeht in die Zirrhose, die Verhärtung der Leber, hatte die Ärztin gesagt. Sie haben viel zu hohe Eisenwerte, beispielsweise.
Ja, weiß ich doch längst – ein Mann aus Eisen sitzt hier, gestählt im Feuer der Jahrzehnte ...
Auf den Leberlappen sind etliche Knoten zu erkennen – das könnte auf eine Mottenfraßnekrose hindeuten.
Eine was?

Er war gekippt, der Organismus, beim Gang über die Karl-Marx-Straße, die Sonne schien, Vierzehnuhrzehn, Vierzehnuhrfünfzehn, ein kurzer Taumel – und offenbar schlagartig kursierten zu viele von seiner Sorte, diesem HCV-Genotyp Ib, dem indischen Eindringling, der sich da unten in der Leber lange verbarrikadiert hatte wie in einer Container-Burg. Bis die Flut eben losbrach, die Sache eskalierte … immer weniger körpereigene eiweiße Killer gegen immer mehr vitale, fremde Lebewesen. Da half kein Aussitzen mehr, keine Selbstlügen, kein Gejammer – warum bloß, warum mir, warum diese Quittung nach so langer Zeit.

Die Antwort war nicht schwergefallen: Weil alles mit allem zusammenhängt, weil jede irgendwann einmal begangene Tat registriert ist, weil sie irgendwann später ihre Bedeutung, ihre Konsequenzen entfalten wird – denn da ist tatsächlich keine Stelle, die dich nicht sieht.

Dreißig Jahre lang hatte ich gedacht, da passiert nichts, mich relativ sicher gefühlt … Und dann kehrte die Vergangenheit zurück, als Knoten in der Retro-Schleife – ja, ihr Töchterchen vom Ostbahnhof, alles kehrte irgendwann einmal wieder, die 70er, die 80er, die Moden, die Drogen, die Verführungen, und eines späteren Tages auch die verfluchten Langzeitwirkungen. Die Ärztin brauchte mir nur ins Gesicht oder auf die Hände zu kucken.

Die spinnennetzartig zusammengezogen Falten in der Mitte der Wangen, das sind die sogenannten Lebersternchen, hatte sie gesagt, dazu weitere Zeichen wie die auffälligen Rötungen auf den Handinnenflächen, die vergrößerten Monde der Fingernägel …
War'n mir noch gar nicht aufgefallen, diese großen, hellen

Halbmonde, enorm hochgewachsen, auf fast ein Drittel des Fingernagels, seltsam …
Sie sind krank, sagte die Ärztin, sogar schwerkrank.

Nach jedem Termin bei ihr lief ich stundenlang durch die Stadt, auf kilometerweiten Angstmärschen, wie benommen, unfähig, klar zu denken oder irgend etwas zu tun. Das Fahrrad geschoben, mit toten Augen in Schaufenster, in Läden geschaut: Doch was noch anfangen mit neuen Schuhen, Büchern oder einem Sakko? Dem morgigen Tag? Dem Lächeln einer Frau? Au, au. Es schien, als hätte sich das Leben gedreht, weggedreht, und eine andere, letzte Dimension würde sich auftun – die Mottenfraßnekrose, was für ein Wort, ein Wort für Lyriker, die gern mit dem Pschyrembel arbeiten. Und die Lebersternchen gingen auf, leuchteten hell über Las-Vegas-Mitte, du kriegtest die Kurve nicht mehr, oh, shit, a-ddios … Könnten auch poetischen Mehrwert abwerfen, diese krähenfüßigen Brandmarken verlöschender Lebensglut mitten im Gesicht … Absolut erschreckend blieb dagegen die Vorstellung von neun Millionen kreglen Viren in jedem Milliliter eigenen Safts – muntere Viecher, die in den Adern fließende Zellen und Blutkörperchen wie Hooligans anrempelten, ihnen den Sauerstoff wegsoffen und mich fertigmachen wollten.

Aber warum sollte der Virus einen umbringen? Den Baum fällen, in dem er sitzt? Du bist doch sein Wirtstier, erklarte mir Nirmegh, der buddhistische Medizin-Barmann abends am Café-Tresen, also braucht der dich noch …

Der Ha-Ce-Vau war ja nicht der Ebola und nicht Ha-I-Vau, sein verbrecherischer Bruder, ein sogenannter Retro-Virus auch er, weil unterwegs in der RNS, der Ribu … Ri-bo-nukle-in-säure. Der Ha-I-Vau, der schlimmste von allen, tarnt sich beim Eintritt ins Immunsystem mit der dort gültigen Polizieiuniform, ein tödlicher Bluff wie im Krimi oder im Mittleren Osten. Zwei Sorten Killerzellen, verschieden im Bau, gleich im Aussehen, die bösen beißen die guten, diese Saubermänner des Organismus ratzbatz weg und können, falls doch einmal erkannt, im selben Moment ihre biochemische Matrix verändern, sie aufs neue verschlüsseln und sich wie ein Regenwurm in mehrere voll funktionsfähige Teile entkoppeln – so agiert ein Doppelagent des Grauens, der HIV, unschlagbar.

Dagegen ließ es sich mit dem HCV ganz gut leben. Wir hatten uns arrangiert, wohnten im selben Leib, die Killerzellen behielten die Oberhand – na ja, so lange eben, bis sie weniger und schwächer wurden, bis zu dem vor einem Jahr erkannten, syndromischen Immundefizit. Erst dann erreichte der Virus sein Ziel wie ein ferngesteuerter, unausweichlich anfliegender Pfeil, der Jahrzehnte zuvor abgeschossen worden war, in einer längst versunkenen Zeit, im Chaos der Profilierungskämpfe, der Verführbarkeiten, der Irrungen und Wirrungen … auf der Reise in ein bonbonfarbenes Land, another land …

Wohin sollte die Reise damals eigentlich gehen? hatte die Ärztin gefragt.

Gar nicht so einfach, einer Frau aus der ehemaligen DDR den komplizierten 68er-Kram zu erklären, diese unendlich ergiebige Kurzgeschichte, deren historische Pointen die Ossis am wenigsten verstehen konnten – schließlich wollten sie drüben den erzwungenen Sozialismus schon wieder loswerden, als im Westen noch für eine quasi-sozialistische Revolution gekämpft wurde. Schwer, so jemandem diese experimentelle Zeit zu verklickern, den Aufbruch zu allen möglichen neuen Ufern, den unbedingten Ungehorsam einer ganzen Generation, die auf der Schaumkrone einer Welle ritt … Unter der Woche Streit mit der Obrigkeit, am Wochenende Festivals, die Stones und Hendrix vor Augen, in der Gruga-Halle oder auf Fehmarn, real, Frau Doktor, nicht als Dekadenzfilmchen im DDR-TV – dazu Hoffmannsche Pillen und feine Kräuter aus den herumgehenden Lederbeuteln der Blumenkinder.

Schön war die Zeit, Frau Doktor, hatte ich gesagt, es hat einen mitgerissen.
Das reicht noch nicht als Erklärung für Ihre Infektion, hatte die Ärztin gesagt.
Eine Jugendsünde, nichts anderes, so unvermeidlich wie dämlich, diese verfluchte Sehnsucht nach Wahrheiten, der Übermut damals, das Spiel mit allen Feuern …
… also Drogen, sagte sie, Spontaninfektion durch den Gebrauch von Drogen, das muß hier in den Akten notiert werden.
Es ging halt hoch her und tief runter, sagte ich, der Underground war kein Kindergeburtstag – auch wenn's manchmal danach aussah.
Haben Sie vom Hergang dieser Feier nicht eine etwas genauere Vorstellung?

Seit dem ersten Termin hier hatte ich mich bemüht, ihr durch Kenntnisse und dialogreife Bonmots sprachlich aufzufallen – so wie ich es in Gesprächen mit anderen Ärzten auch versuchte – in der leisen Hoffnung auf bessere Behandlung. Sie blieb dagegen immer streng sachlich, keine kritischen Bemerkungen, keine moralischen Anspielungen. Niemals sagte sie das, was sie dachte, aber ich glaubte es zu hören – auch sie sprach mit der metallischen Vorwurfsstimme mancher Frauen, wie jene meiner Freundin Régine, der ich die Leberentzündung kurz vorm Ausbruch hatte beichten müssen … wo ich schon genauso stockend über das Thema redete wie fünfunddreißig Jahre später in dieser Praxis, damals schon wie heute absolut geläutert und weit weg, ganz weit weg von Drogen, aber nach wie vor mit dem gleichen schlechten Gewissen, dem gleichen Herumgedruckse aus Angst vor der Reaktion, dem womöglich aggressiven Ton, den unwiderlegbaren Argumenten … Du kannst mir erzählen, was du willst – aber so richtig verstanden hab ich die Sache noch immer nicht. Was eigentlich hat dich dazu gebracht, so etwas zu tun? Warst du ein Idiot? Ein postpubertärer Schlaumeier, der bei jeder Mutprobe mitmachen muß, um nur nicht als Langweiler zu gelten? Das sind doch keine vernünftigen Begründungen, Frust, Enttäuschung über die Verlogenheit deiner Freunde, über den Verlust von Utopien, naiven Utopien dazu. Wie konntest du ernsthaft annehmen, deinen Weltekel durch Drogen in prompte Zufriedenheit zu verwandeln? Wie konntest du glauben, ausgerechnet mit Opiaten den Vollbesitz aller Kräfte zu erlangen? Einzig so die Intensivierung allen Geschehens zu erreichen, die Konzentration ins höchstmögliche Stadium zu steigern? Intensiverer, besserer Sex, sagst du? Nur Liebe macht guten Sex besser – verstehst du! Deine Drückerei war hirnrissig, Freundchen, eine Verfälschung jeglichen menschlichen Maßes, ein schweres Vergehen – und der Virus bedeutet nichts anderes als die Rache der Natur, die lange, lebenslange Strafe für die überheblichen, nadelfeinen Manipulationen, die dilettantische Verarztung von Gesunden.

Und Jahre, Jahrzehnte nach den Räuschen gaben die Stammgäste hier ihr durcheinandergeratenes, rebellisches Blut ab …

Sie schluckten stecknadelkopfkleine Kameras fürs Video aus dem Bauch, warfen einen Haufen teurer Sachen in den Rachen, holten sich ihre Monatsspritzen für zu Haus und standen wie einst mit verräterischen Plastiktüten in der U-Bahn. Sie haderten mit der Therapie, die sie Woche für Woche ausknockte, die sie umhaute wie eine schwere, nicht enden wollende Dauer-Grippe, sie rundum mit künstlich erzeugten Schmerzen versorgte, dem permanenten Kopfweh wie nach versoffenen Nächten. Versaute Tage, Tage des kraftlosen, lebertranigen Abarbeitens – ein Labour-Day nach dem anderen, erzählte ich Sprachgewitzten, der Leber-Day, ein Kampftag gegen die Elemente. Da war nichts zu machen gegen die erweiterten Blutgefäße, die an die Hirnhaut drücken, nix zu machen gegen die zwei Folterknechte, den Rigor und den Pruritus, die Muskelsperre und den lästigen Juckreiz – und erst recht nicht gegen das Ritual des Montagsschusses, wobei nach Ewigkeiten wieder mal eine Spritze in der Hand lag.

Widerlich, 48 Montage lang. Da waren die Erinnerungen ganz von selbst hochgekommen, diese Geschichten eines früheren Lebens, das er für vergangen, vergeben und vergessen hielt – und nun durfte er sich noch mal klarmachen, wie dumm er mit zwanzig war, beeindruckbar von Drogen, Gerüchten, Gurus wie Sweti, verführbar von immer mehr unbekannten, harten Stoffen, die reine Selbstzerstörung. Eine Weltsekunde lang ließ sich leicht glauben, das Zeugs erweitere den Horizont, mache freundlicher, schärfe die Wahrnehmung, verschärfe den Sex, der noch nicht Sex genannt, sondern metaphernreich umschrieben wurde: Lucy in the Sky with Diamonds … Tatsächlich half das Zeug eine Weile bei der Weltbewältigung, sortierte eine Zeitlang Gesichter in gute und böse, hob Grenzen zwischen DU und ICH auf – ein angekiffter, frühreifer Zynismus verzerrte die Realität und entwertete sie … verwandelte sie eine dauerbelachte Satire ... Auch bei den harten Sachen dachte anfangs niemand an die Folgen, an die limitierte Belastbarkeit des Organismus ... oder daran, eine ihn auf ewig von anderen unterscheidende, bleibende Prägung zu erhalten und sich von den Möglichkeiten einer eigenen, unvergifteten Zukunft zu entfernen. Was damals für ein paar Saisons die willkommene Steigerung des Lebensgefühls bewirkte, zog lange nach Absetzen der Drogen in späteren, abstinenten Zeiten eine irreversible Entdynamisierung und physische Schlaffheit nach sich – oder, noch verheerender, eine ebensowenig aufhebbare, dauerhafte Geringschätzung des gewöhnlichen Lebens, über deren Ursachen gerätselt werden durfte.

Neugier war's, göttliche Neugier – außerdem mußte man das Angebot der Darmstädter GIs oder die Mitbringsel befreundeter Amsterdambesucher doch wenigstens mal ausprobieren. Was sonst hätte ich der Hepatologin sagen können ... ihre Vorstellungen wurden letztlich von den hier aufkreuzenden, elenden Gestalten geprägt, den süchtigen Kindern vom Ostbahnhof ... War alles anders bei uns Vorgängern, Frau Doktor, wir hielten uns für den rebellischen Drogen-Flügel der Bewegung, für einen Wahrheitssuchtrupp, eine Pionierabteilung der Weltrevolution, wichtig für den allgemeinen Bewußtwerdungsprozeß ... In jeder linken Siebzigerjahre-WG gab's mindestens einen von unserer Sorte, von der unkommerziellen und unkriminellen ersten Dope-Generation, gute Leute, Grafiker, Musiker, Künstlerkandidaten, Charakterköpfe mit meterlangen Haaren, Querköpfe, Wirrköpfe, Shit-Köpfe, total anstrengend für andere mit ihrem ... Pioniergeist, ihren sensibilistischen Redeschüben, den sonderbaren Wahrnehmungen. Damals lotete die psychedelische Avantgarde die biochemischen Möglichkeiten aus, getreu der Devise, dem radikalen Drei-Schritte-Modell, tune-in, turn-on, drop out, ja, raus aus den gesellschaftlichen Zwängen, raus-tropfen aus dem Schwachsinnszusammenhang, raus-gehn aus der bis dahin bekannten »Realität«. Wer, Frau Doktor, wer wollte da an später denken? An 33, 34 Jahre später?

Aber jetzt hat Sie die Realität wieder eingeholt, hatte die Ärztin gesagt und mir den Ausdruck des Blutbilds rübergeschoben.

Eine Episode nur, ein kurzzeitiger Ausnahmezustand, erklärte ich ihr, frei nach dem Motto ... er drückte nur einen Sommer lang ... ein Sommer der Erkenntnis, doch am Ende lauerte die banale blöde Vernunft. Dafür hätte es die Spritze eigentlich nicht gebraucht ... Aber bitte, Frau Doktor, es ist nun mal passiert.

Leider ist Ihr Virustyp der hartnäckigste von allen, sagte sie – und Sie tragen ihn überdies schon sehr, sehr lange Zeit.
Die Infektion stammt aus dem Jahr 1968, um genau zu sein, aus einigen bewegten Nächten im Sehnsuchtsmonat August.
Bei einer so langen Zeitspanne dürfte es keine allzu großen Hoffnungen geben, daß der Virus durch die Therapie komplett verschwindet.

Was hätte ich ihr noch erzählen sollen, in meiner knappen Sprechstundenviertelstunde, welche Begründungen geben für dieses seltsame Hobby, seine erregenden Anfänge, die übers Jahr zu Anfängen vom Ende wurden? Was ihr erzählen vom erdigen Geruch köchelnder Opiumsuppe, dem ersten Zähneklappern, vom Speedball, dem original Cocktail-Rezept von William Burroughs, diesem raffinierten Mix aus Morphin und Amphetamin, der einem die perfekt ausgeglichene Stimmung garantierte … – gab's alles längst in Romanen nachzulesen, Frau Doktor, natürlich nicht in ihrer Junge-Pioniere-Bibliothek in Marzahn. Wozu ihr etwas erzählen vom legendären Flash, der beim Einschießen der Substanz den Körper für Sekunden durchrüttelte, ein vibrierendes Loszittern, als ginge es im Sputnik in den Orbit. Sie würde nichts verstehen, und andere auch nicht, keiner würde nachvollziehen können, was wir taten, warum wir Freunde zusammen lange auf dem Fußboden liegenblieben, nur das Allernötigste redeten, was zugleich auch das wahrste Wahre war – stoned wie gewünscht, in einer niemals wieder erlebten, seelenberuhigten Runde, in der Gemütsverfassung alter Chinesen, realitätsvergessen, selbstvergessen entschwebt in eine Lichtjahre entfernte Ferne, in die Ereignislosigkeit, the Other World, eins mit allem und allen, besänftigt und zufrieden in diesem Ambiente aus schmuddligen Matratzen, wackligen Tischchen und unbedeutender Musik.

Was die Ärztin nicht gesagt hatte: Und jetzt, du kleiner, gnadenloser Fixerfaschist, wird dir die Rechnung für dieses angeblich bescheidene Vergnügen präsentiert, jetzt begreifst du die Konsequenzen, jetzt wird abkassiert, so wie bei jeder Exklusiv-Nummer im Westen irgendwann abkassiert wird, zuzüglich Steuern.

Jedesmal aufs neue seltsam, das Schweigen im Wartezimmer, dieses unveränderliche Verhaltensmuster einer Verzweiflungsgemeinschaft, die sich bestimmt manches zu sagen gehabt hätte, aber lieber die Hepatitis-Chat-Rooms im Internet bevölkerte. Der reine Wahrnehmungssport, bei jedem Termin zwischen normalen Leberkranken und Junkies zu unterscheiden, einfache Fälle wie den Mittvierziger gegenüber auszukucken – Typ harter Kerl in weichem Leder, ein Abgrundforscher im Selbstversuch, mit Brilli im Ohr und dem leicht erholten Gesicht eines noch nicht allzu lange von der Nadel Gegangenen … Was könnte sein Motiv fürs Drücken gewesen sein? Welche Lücke hatte er schließen wollen? Vielleicht die des zu früh von der Mutterbrust entfernten, verstoßenen Kindes? Keine Leidensmiene wie bei den älteren türkisch-arabischen Frauen hier, eher eine Spur ungläubigen Aufatmens war bei ihm zu sehen, einem schon wieder rest-forschen Space-Cowboy an der rettenden Interferon-Tanke – zur Verärgerung von Frau Doktor hatte ich ihre Praxis einmal so genannt. Der gestiefelte Ledermann legte die Vermutung nahe, daß er die eigentliche Lehre der Drogen begriffen hatte, die Empfehlung zu einer Art Rückzug nämlich – auch von ihnen selbst …

Jeder Ärztin, jeder in meine Nähe kommenden Sozialarbeiterin konnte ich das glaubhaft erklären – Heroin, nein danke, einmal im Leben und nie wieder, und tatsächlich war's das letzte Mal, daß mir harter Stoff in die Hände kam … wobei ich mich eher opferte, als es zu genießen. Für eine Frau natürlich, eine vom plötzlichen Heroininteresse erfaßte Zwanzigjährige aus dem Freundeskreis, die sich allein nicht an das Zeug herantraute und Beistand zum Absichern des Gesamtvorgangs brauchte. Der war auch nötig gewesen, wie sich zeigen sollte … wir fielen einfach um, an moderatere Drogen gewohnt, sackten wir beide im Moment des Heroin-Schusses zu Boden, drückten uns sterbensängstlich aneinander und wimmerten ewig lang dem Abflauen der paralysierenden Wirkung entgegen, unfähig aufzustehen, unfähig irgend etwas zu tun – zu stark der Stoff, zu hoch die Dosis. An diesem Abend blieb sie ausnahmsweise ungeküßt, die gute Gudrun, Tochter eines Oberfernmelderats, aber nicht irgendeines, sondern desjenigen, der in der Oberpostdirektion Hamburg die Genehmigungen fürs Abhören der Telefone verantwortete, der eine ständig aktualisierte Liste mit Namen führte, für die sich einige der Jungs aus meinem Freundeskreis interessierten. Es lebte sich ja ruhiger, wenn die Betroffenen Bescheid wußten. Also zählte ich bei Besuchen in ihrem Appartement die Namen der akut Verunsicherten auf, sie wiederum trug diese Namen im elterlichen Heim vor und der seiner Tochter jeden Wunsch erfüllende Vater sagte nichts, nickte nur still und deutlich, wenn ihm einer der Genannten von seinem Schreibtisch her bekannt vorkam. Eine für alle akzeptable Technik, die einigen Leuten einigen Ärger ersparte ... Und der zweite Grund, mich für die Sessions mit Gudrun zu opfern – bis zu diesem Heroinabend, der meinen generellen Abschied von harten Drogen und den entsprechenden Teilen des Bekanntenkreises einleitete. Was nicht hieß, dem Gefühl heroiner Abgeschlagenheit entkommen zu sein ... denn über Jahrzehnte wurde das geschwächte Ich Tag für Tag von einer immergleichen, spezifischen Mattigkeit befallen, von einer nicht meßbaren, aber existierenden Minderung der Energien in seiner Wirkung eingeschränkt ... Vielleicht hatte dieses Handicap zur Lebensform einer sogenannten verbummelten Existenz geführt, zu einer biochemisch begründbaren Spielart der Leistungsverweigerung ... nicht aus charakterlichen oder weltanschaulichen oder frühkindlichen Gründen, nein, verursacht von einem Virus – mithin von mangelnder Entgiftung.

Längst überflüssig also, mit dem Auftischen solch alter Geschichten renommieren zu wollen ... Überflüssig auch, darauf zu bestehen, daß eine die rebellische Persönlichkeit zierende, lebenslang sichtbare Narbe zurückgeblieben sei – wenn nicht vom bewaffneten Kampf, dann doch wenigstens vom

Ritt auf der Rasierklinge in Richtung eines anderen Extremismus. Die einen wurden aus ihrem sozialistischen Utopia vertrieben, die anderen aus dem künstlichen Paradies – nach dem Aufwachen blieb beiden ein Kater. Was nicht verhinderte, daß es einem angesichts der vielen verreckten, wirklich bedeutenden Gestalten der damaligen Bewegungen gelegentlich als peinlich aufstoßen konnte, überhaupt noch am Leben zu sein …

Halt Schwein gehabt, das war mir klar, als ich in die Materie einstieg, mit einer ungeahnten Gründlichkeit einstieg. Über Monate lag der alte Pschyrembel am Bett, 280. Auflage, ein Klotz von Buch, in dem man mit größtem Vergnügen Verdacht schöpfen konnte auf die Anzeichen aller nur erdenklichen Krankheiten … und obendrein den Übergang zur weiterführenden Literatur finden würde. Die Thieme-Bücher lagen auf dem Nachttischchen, die wichtigsten Periodika wie Lancet, nature, das feine New England Journal of Medicine, dazu der Harrison's, der bedeutendste aller Gesundheitsführer, 4200 Seiten stark, im Jahr 2002 erstmals auf deutsch … okay, wurde in Auszügen gelesen, wieder und wieder das Kapitel 297, Chronic Hepatitis – höchst erstaunlich, dieses Interesse, die ungeheure Lebensbejahung, auf den letzten Drücker kam eine ganz neue Abteilung in den Kopf, Belletristik raus, Fachliteratur rein.

Du bist eben doch ein Hypochonder, hatte Leiser gesagt – irgendwann findet jeder sein Thema.

Und wie nennt man die Leute, die das Rauchen und den Alkohol aufgegeben haben? So wie du, seit 1987, soweit ich mich erinnere.

Ein Jahr war mit der Jagd auf den Virus vergangen, ein Jahr mit der Suche nach Klarheit, mit dem Studium hunderter Statistiken ... Tatsächlich bestand Medizin im wesentlichen aus Statistik, schwer zu entziffern, doch viel emotionsgeladener als Fußball-Tabellen. Jedes Zwicken und Zirpen der Organe wollte richtig gedeutet, die Interferon-Schlacht strategisch kontrolliert sein – keiner kennt den eigenen Körper. Wer wüßte denn, was Blut ist, was Blut alles tut, wer hat auch nur einen Schimmer von der biochemischen Koordinierung der Organ-Funktionen? Was passiert mit dem Schluck Wasser, dem Stück Brot im Bauch? Metabol, anabol, rein und raus, und dazwischen äußerst komplizierte Vorgänge ... Der große Wissensdurst hätte eigentlich schon früher kommen können, nicht erst, wenn es einem an den Kragen geht.

Übertreiben Sie nicht, hatte die Ärztin gesagt, so wie's bei Ihrem Befund aussieht, liegt die Sterblichkeitsrate bei 50 Prozent innerhalb von fünf Jahren.

Siebzehn Prozent der Raucher kriegten diese oder jene schwere Krankheit, elf Prozent der Infarktopfer könnten noch leben, wenn sie die richtige Telefonnummer gewählt hätten – und für mich also fünfzig Prozent Tod binnen fünf Jahren, eine reelle Chance, fifty-fifty ...

Mitglied der Deutschen Leberhilfe e.V. war ich bereits, auch häufiger Gast bei der Medizinischen Gesellschaft und ihren hauptseminarhaften Vortragsveranstaltungen – ganz zu schweigen von den textärmeren, aber üppig gesponserten Dinner-Buffets der Pharma-Industrie. Kein Problem, auf die Teilnehmerlisten brav den Doktor vor meinen Namen zu malen – wie einst auf gefälschte Rezepte. Beim Sektempfangstalk mit dem Leberpapst reichten meine Kenntnisse für mindestens sieben Minuten. Und meistens vertraten wir ähnliche Meinungen, auch in der Stammzellenproblematik, denn nur auf gentechnischem Weg ließe sich die Membran der Leberzellen so verstärken, daß die Viren, der HIV, der HCV oder sonst einer, dort nicht mehr hineinkämen, nicht mehr durch das dünne, die Zelle ummantelnde Häutchen eindringen könnten ins Innere. Unsinnig jedoch, anschließend selbst Vorträge zu halten für alle im Café Fler, die es gar nicht so genau wissen wollten, sich aber bei diesen Themen auch nicht verschlossen zeigen mochten – angesichts grassierender Medizin-Magazinitis, des wie krankhaft ausgebrochenen Gesundheitsimperativs, der täglich wachsenden Zahl der Gebote und Verbote. AIDS erklären zu wollen, am Tresen, lächerlich, die Wirkungsweise von Interferon beschreiben zu wollen, von – genau gesagt – pegyliertem Interferon alpha zwei a, vollkommen lächerlich. Bei den Hausphilosophen konnt ich's noch versuchen, den anderen beschrieb ich es so: Meine Leber und meine Blutgefäße werden ein Jahr lang mit ATA saubergescheuert.

Die Leber organisiert in jedem Augenblick des Daseins rund hunderttausend Funktionen, hatte die Ärztin gesagt, auch dann, wenn Sie hier völlig ruhig auf Ihrem Stuhl sitzen …
… ja klar, Frau Doktor, ich sitz hier wie im Korsett, mit zuviel Lipiden, der nur intermediaten Peroxidation, schon über Monate.

Sie schätzte es gar nicht, wenn ich zuviel mitarbeitete, die Dinge erklärte, zusammenreimte: Erythrozyten, Leukozyten, Thrombozyten, Groß Ziethen und Klein Ziethen.

Schon gut, sagte sie dann, aber meine Zeit ist begrenzt. Transaminasen, Polymerasen, Metastasen, Fibrose, Schlaubergerdose, Nekrose, Zirrhose …

… Sie wissen ja über alles Bescheid …
… und mache neuerdings große Entdeckungen wie die der Milz, ein fast vergessenes, kaum diskutiertes Organ …
… ist für die Behandlung unwichtig …
… ein Friedhof für tote rote Blutkörperchen, die im rasanten Fluß der Venen und Arterien unfallartig zusammengerasselt sind, sagte ich – in der Milz kompostieren wir Zellen mit Dellen.

Nein, sie schätzte es nicht, wenn ich Rätsel weiter verrätselte und mir die Immunantworten selber gab, den Kopf voller Studien – überraschend fleißig dabei Taiwan, auch Spanien, die USA sowieso, die rechneten sogar den Verdienstausfall pro Therapie-Woche aus, 156 Dollar Miese, alle Fakten abzusaugen aus Schaubildern, Tabellen und sonstigen Verwirrungsangeboten. Denn falls die Leber tatsächlich nach dem Plan Gottes geschaffen worden ist, hat ihn dabei nicht die Sorge geleitet, sie so zu machen, daß Ärzte und Patienten sie begreifen. Mit ihrer Hilfe stärkt zum Beispiel ein einzelner, naheliegenderweise durchschnittlich ausgeführter Akt das Immunsystem um glatte 30 Prozent! Das wäre also die wahre Funktion des Orgasmus – er sorgt für mehr Sicherheit im Stoffwechsel! Eine Stunde lang sausen vom sexuellen Höhepunkt erzeugte, zusätzliche Killer-Heerscharen los, um die älteren, virusinfizierten Körperzellen zum Selbstmord zu zwingen. Gar nicht auszudenken, was mit HCV-Kranken passiert, die keinen Orgasmus haben! Da drängte sich die Vorstellung auf, einen Krankenschein für zehn Einheiten von diesem Überlebensmittel zu verlangen – wie sonst, Frau Doktor, sollte denn ein depressiver, von zig therapeutischen Nebenwirkungen um seine Ausstrahlung gebrachter Single zu seinem Immunschutz kommen. Doch drei Tage später verriet das nächste Gesundheitsmagazin, daß Fallschirmspringen viel effektiver sei, schon ein einziger Sprung ließe die Killerzellen im Blut um 250 Prozent steigen! Drei Sprünge pro Woche müßten demnach reichen, um die Mottenfraßnekrose im Luftkampf zu besiegen – bei Risiken und Nebenwirkungen fragen Sie …

Für den Sprung aus den Wolken dürfte es ein paar Jahre zu spät sein, hatte die Ärztin gesagt.
Im Augenblick wär's sogar für beide Methoden zu spät – dank des Libidokillers Interferon, siehe Tabelle drei der Nebenwirkungen …

Für vieles dürfte es zu spät gewesen sein. Daran änderten auch die verbesserten Kenntnisse nichts – jedem Wissen fehlte letztlich ein Detail, eine entscheidende Information. Vor vierzig Jahren brauchte nur ein weitgereistes Kerlchen aufzutauchen, das einen unbekannten Virus mitbrachte – ein Junkie-Veteran, der damals schon aussah wie nach zwölf Monaten Interferon, ein schlapper, von Indiens Sonne ausgebleichter Giftzwerg mit einem über Jahre gewachsenen, happigen Handelsdefizit aus mindestens 156 Dollar Miesen jede Woche.

– Der Virus stirbt nicht beim Auskochen der Spritzen, erklärte Frau Doktor, er stirbt erst bei circa 200 Grad …
… ja genau, das war das Detail, das dem damaligen Wissen unseres Drogengurus fehlte …
… dank dieser Widerstandsfähigkeit konnte das Tierchen die Hölle der Evolution überleben …
… und zwar in mir überleben, hatte ich gesagt, gar nicht auszudenken, wie 's Leben ohne diese Tierchen gelaufen wäre, vielleicht ein Sitz im Bundestag, vielleicht in 'ner fetten Chefetage, im eigenen, freistehenden Haus – womöglich wär ich

nach Paris gegangen, oder einer geworden, der keine Angst vor dem Entschluß gehabt hätte, sich mit Haaren bis zum Arsch als Hippie weltweit rumzutreiben und Bücher zu schreiben … Ohne diese Tierchen im Blut hätte ich vielleicht ins normale Leben gefunden, um ganz bürgerlich Régine zu heiraten und später einfach nur ein teils guter, teils schlechter Mensch zu sein … Möglich aber auch, daß ich wie andere von achtundsechzig bei ungebremstem Tatendrang im Knast gelandet wäre, im Untergrund verschwunden, oder längst im Sarg.

Tatsache blieb, daß der Virus mich in das seitenverkehrte Leben eines Tagesmüden und Nachtwachen hineinmanövriert hatte, mich fürsorglich belagerte und anderen aus meinen Augen verräterisch zublinzelte … Seht her, ich bin's, Virus, der Giftige, der Königsparasit, sitz schon ewig im Nakken dieses Mannes, also traut ihm nicht, er steht unter Einfluß …

Verdammt paranoid, dachte ich, dieses Gegreine aus Ängsten, verspäteten Erkenntnissen und Rechtfertigungen, das sich während der Therapie partout nicht unterdrücken ließ. Erst recht nicht nach der jüngsten, von Harrison gestützten Entdeckung … Der eigene Körper war der Täter! Er multiplizierte den einmal gemachten Fehler ins Unendliche … Sah eigentlich stabil aus, in der Vergrößerung, so eine Leberzelle, ähnelte von der Form her einem Reiskorn, in das einzudringen der Virus mühelos schaffte – Fehler Nummer eins. Ein genetischer Fehler, da die Membran, das Schutzhäutchen drumrum so dünn war, daß er einschlüpfen und im Inneren seine Erbinformation wie ein Kuckucksei ablegen konnte. Und dann passierte der zweite, unerklärliche Fehler, denn in der Zelle begann eine Art Denkprozeß:

Kuck an, da bringt mir jemand Arbeit … Die mir hier vorgelegte Erbinformation ist ein Auftrag, ein Plan, den ich auszuführen habe und daher dieses Ding jetzt bauen, den Virus herstellen muß, tagein, tagaus, Millionen davon wie am Fließband …

Ende des Termins, da ging er wieder mal hin, mein Schwerpunktpraxengenosse, unser Space-Cowboy, seine Interferon-Tüte in der Hand. Draufgedruckt der Produktname ›Pegasys‹, daneben das Logo mit dem sich aufbäumenden Hengst, einem kräftigen Schimmel und gnadenlos optimistischen Werbe-Symbol für die zu machende Pferdekur … Offenbar steckte der Cowboy noch mittendrin in der Therapie und trug seine Monatsration nach Hause, ein nicht gerade billiges Mißvergnügen, die 180-Milligramm-Dosis kam auf achthundertsoundsoviel Euro – damals in Amsterdam kostete das Opiumplättchen zehn Gulden, nett verpackt in leicht öligem Rasierklingenpapier.

Eine Plage mit ungewissem Ausgang war's, Tabletten schlukken, für 'nen knappen Tausender monatlich jeden Montag die wäßrige Flüssigkeit in den Bauch drücken, ganz brav, gemäß dem Kleingedruckten auf der Trage-Tüte – ›Auch an schweren Tagen Ihr Ziel vor Augen: Ich will gesund werden!‹ Die Werbung perfekt, der Markt riesig, allein in USA und Westeuropa dürften Millionen Interferon-Kunden dort abgeholt werden, wo der Virus sie hinbugsierte. Ein gefundenes Fressen für diese Pegasys-Verkäufer, ein Coup für die Aktionäre … und der gar nicht abwegige Gedanke, mich ein weiteres Mal für das Opfer, das Versuchskaninchen einer Drogenmafia zu halten. So gesehen ein doppeltes Nullsummenspiel … denn die dreißig- oder vierzigtausend Mark, die meine kurze, von der Virusinfektion beendete Suchtphase einst gekostet hatte, wurden dreieinhalb Jahrzehnte später ein zweites Mal fällig ... Mit nur einem kleinen Unterschied – das erste Mal wurde ein Haufen Geld an eine illegale Drogenmafia gezahlt, das zweite Mal hingegen an eine legale, gesellschaftlich sanktionierte ... eine, die beim Pillenandrehen angstfreier und schamloser hinlangen konnte als die seinerzeit wie Kriminelle verfolgten, halbwegs fair handelnden Giftzwerge.

Dank Interferon jedoch fraßen die Motten jetzt langsamer, das Jahr der Quälerei konnte nur gut gewesen sein ... oder enttäuschend. Denn was sollte diese Glücksbotschaft heißen, HCV-Antikörper nicht mehr nachweisbar? Nicht mehr nachweisbar, aber noch da? Der Virus versteckt unter der Kniescheibe oder in einem netten, unauffälligen Ödem hinterm Ohr? Als virtueller Code für immer in den Organismus versenkt, wie manche meinten, und jederzeit wieder abrufbar, wie andere sagten? Eine zermürbende Ungewißheit – doch andere Menschen wußten genausowenig, wie es gerade um sie bestellt war, was wann und warum zu welcher finalen Katastrophe führen würde.

Nirgends paßte er besser, dieser alte Kierkegaard-Satz vom Leben, das vorwärts gelebt und rückwärts begriffen werde ... Denn woher hätt ich mit zwanzig wissen sollen, wie sehr mir vier Jahrzehnte später noch immer an diesem Leben gelegen sein würde ... Mea culpa, dachte ich, tausend Mal mea culpa.

Nach einer Stunde des Wartens hatte Frau Doktor mich ins Sprechzimmer gerufen – einen nach wie vor irritierend himmelsnahen, rundum verglasten Raum, in dem sie wie in einer Kanzel acht Stock hoch über der Friedrichstraße arbeitete, hinter ihrem Stuhlrücken der betonierte Abgrund. Einmal mehr saß ich ihr am Schreibtisch gegenüber, sah in die Häuserschlucht hinunter und überspielte meine Panik mit irgendeinem süffigen Bonmot aus trockenem Mund …

Die Zahlen der letzten, entscheidenden Untersuchungen des Labors sind erfreulich stabil, erklärte sie – selbstverständlich können Sie auch wieder Alkohol trinken … in Maßen.

Abends im Café Fler freute sich mein junger Spezie Paul über das Untersuchungsergebnis – stimmt also doch, hatte er gesagt, man lebt nur zweimal. Am Tresen sitzend, warf ich mit gespitzten Fingern die restlichen Tabletten einzeln in den meterweit entfernten Abfallkorb – jeder Treffer ein von meinem Nebenmann mitbejohlter Akt der Befreiung. Allerdings nur so lange, bis mir der Preis der überteuerten Pillen und die damit verbundene Verpflichtung einfiel, angebrochene Schachteln nach Ende der Therapie in die Schwerpunktpraxis zurückzubringen.

◆

Ella saß, im Gehen begriffen, noch neben mir auf der Couch, als ziemlich überraschend Katja angerufen hatte – das war seit fünf, sechs Jahren nicht mehr passiert, kaum verwunderlich bei unseren getrennten Lebenswelten. Sie kam sofort auf den Anlaß ihres Anrufs: Dizzi ist tot, von einem Auto überrollt, als Fußgänger auf einer Landstraße … Unser Dizzi … ach du Schande … hatte ich mit einer kaum mehr gebräuchlichen Redewendung geantwortet – irritiert durch momenthaft in meinem Kopf aufscheinende Bilder des Verstorbenen als junger Mann. Katja beschrieb die genauen Umstände, während mir auffiel, daß sich die Nachrichten über den Tod früherer Freunde neuerdings häuften … was die guten alten Verbindungen der Freundesfreunde mitunter wiederbelebte. Auch wenn die gemeinsamen Zeiten bereits ewig zurücklagen, blieben einstige Weggenossen und ganze Cliquen so vertraut, als wären es Familienmitglieder – sie bezeugten vergangene Lebensabschnitte wie Jahresringe in der Baumrinde. An einem dunklen Herbstabend totgefahren, ein Unfall also … auf dem Land, upstate New York, wo er nahe Buffalo seit Jahren lebte. Wir sprachen noch eine Weile über den Dizzi unserer Hamburg-Berliner Zeiten, ehe Katja das Thema wechselte und fragte: Bist du eigentlich zur Zeit liiert? Na ja, schon … jemand kümmert sich, antwortete ich, allerdings im Grenzbereich meiner Ambiguitätstoleranz, du weißt, was ich mein. Ella versuchte offenbar, den Sinn und die dahinterstehende Absicht dieser verrätselt klingenden Aussagen zu ergründen, mit leerem Blick. Nach dem Telefonat fragte sie sofort, wer das gewesen sei.

Katja, die Frau, durch die ich damals nach Berlin gekommen bin ...
Ah ja, diese Katja ... treu und anhänglich ... noch heute ... eine Frau, die dich vor fast drei Jahrzehnten hierhergelockt hat ...
... da gab's auch einige andere Gründe ... die Steuer und noch ein paar Leute war'n hinter mir her ...
... früher hast du jedenfalls noch was getan für die Liebe ...
... und ein paar Monate später war Schluß mit uns in Berlin
... wir könnten längst unser silbernes Trennungsjubiläum feiern ...
... und jetzt ging's um den Termin der Feierlichkeiten – oder?
Nein, ein alter Freund ist gestorben, Dizzi.
Seltsamer Name – wer war das?
Wir haben mal zusammen gewohnt, anfangs in Berlin, Bamberger Straße, ein damals bekannter Maler in Deutschland, was in USA immerhin für den Job eines Zeitungsillustrators reichte, für kleine Bildchen, lustige Federzeichnungen in den Jogger-Blättern wie dem road-runner, in der TIMES und später in der High Times, fünfzig Dollar das Stück ... ja, der arme Dizzi, jahrelang am Limit in New York City ...
Bestimmt eine harte Zeit, sagte Ella, noch unentschlossen, ob sie bei der Geschichte einsteigen sollte oder nicht.
Und der Slivovitz war teuer in Tribecca, im Prescott's oder im Barnabas.

Ich erzählte ihr von den Besuchen bei ihm in Manhattan, wo sich in einem kleineren Wolkenkratzer an der John Ecke Wall Street versprengte Undergroundler niedergelassen hatten, vom 10. Stock an noch mal zehn aufwärts, darunter lief der Normalbetrieb von Firmen, Reiseagenten, Uhrmachern, et cetera. Wie die anderen Künstlerfreaks lebte er in einem der ehemaligen Bürozimmer, mit Waschbecken, machte seine kleinen Zeichnungen, und ich kuckte wieder mal stundenlang zu – voller Rundum-Bewunderung für den kreativen Akt eines erfolgreich Ausgewanderten … denn wer alles wollte nicht Anfang der Achtziger nach New York gegangen sein … Dizzi schaffte es, ihm gelang es, alle sechs Wochen dort neue Kunden zu finden, weil er nach der ersten Honorarabrechnung regelmäßig aus dem Blatt flog – ungeachtet seiner hochgelobten Qualitäten, ohne Greencard kannte die Buchhaltung kein Pardon. Später hat er sich da rausgearbeitet, begann Science-fiction-Bücher zu illustrieren und bald auch mit höherem Ertrag selbst zu schreiben und zu zeichnen, die Entdeckung einer Marktlücke, Science-fiction-Romane für Kinder …

Er hat sogar den einen oder anderen Bestseller gelandet, sagte ich, danach konnte er sich's offenbar leisten, aufs Land zu ziehen, nach fünfzehn Jahren New York City ab in die ewige Sommerfrische mit neuer Frau und deren Söhnen, schrieb er in einem Brief, ein Aufatmen.
Bestseller mit Kinder-Science-fiction?
Warum nicht? Er bekam Preise, auch von reinen Kinderjurys. Ideen braucht der Mensch.

Ohne es gewollt oder gar als spezielle Spitze gegen sie beabsichtigt zu haben, war ich mit dieser Bemerkung ins aktuelle Zentrum von Ellas problematischer Wunschwelt gestoßen. Seit Wochen redete sie von ihrem Plan, einen Bestseller zu schreiben – angeregt vom Sensationserfolg einer schwäbischen oder bayrischen Hausfrau mit einem massenhaft verkauften, hundertseitigen Kleinstkrimi. Sie meinte das, wie mir nach und nach klarwurde, vollkommen ernst, während mir diese lottohaften Sehnsüchte, die Phantasien von der leichten

Million, schon immer verhaßt waren. Besonders dann, wenn jemand den Antagonismus von Geld und Kunst ignorierte und sich selbstbenebelnd vorgaukeln ließ, das Unmögliche könnte ohne größere Anstrengung erreicht werden.

Na bitte, es geht doch, sagte Ella.
Ja, bei Dizzi, sagte ich, ein organisch gewachsener Erfolg.
Das können auch andere schaffen, du kannst es, ich kann's.
Dann fang doch an.
Du wirst's schon noch sehen, sagte Ella. Sie zog den Mantel an und schob mit maliziösem Lächeln ein Borderline-Bein in meinen Schritt – da bin ich ganz sicher, mein Lieber, du bist einfach immer nur negativ.
Du träumst die Träume anderer, sagte ich und küßte ihren Hals – das können wir alles noch mal in Ruhe durchsprechen.

Wieder allein, fiel mir auf, daß ich häufiger bestimmte vergangene oder auch gegenwärtige Verhältnisse und Geschehnisse gegenüber Ella mit umständlichen Umschreibungen erklärte. Wahrscheinlich aus Rücksicht auf ihre unberechenbaren Reaktionen – ein Zufallstreffen mit Bekannten von mir streßte sie augenblicklich, im Falle einer Ex-Freundin genügte bereits ein Anruf oder eine bloße Erwähnung, um bei Ella Anspannungen und bizarre Äußerungen zu erzeugen. Ihre übers Jahr deutlicher gewordenen, großen Ängste, in Unterlegenheit zu geraten, beschränkten sich nicht auf gerade stattfindende, alltägliche Situationen. Oft genug unterstellte sie mir begehrliche Blicke, die während unserer Begrüßungsumarmung von mir zur anderen Straßenseite geschickt worden seien – unmöglich bei meiner schwächelnden Sehkraft, dort drüben Mann oder Frau auch nur zu unterscheiden … Von mir unerkannt, ging dort einmal unsere Caféhaus-Friseuse vorbei, was zu einer dramatischen, geradezu unbegreiflichen Szene führte ... also schön, hatte Ella gefühlspathetisch wie in einem ZDF-Fernsehfilm gesagt, dann gebe ich dich eben in andere, gute Hände ... Überall lauerten Gefahren für Ellas équilibre mental, ob auf der Straße, im Café oder in der Vergangenheit – sie befand sich offenbar im Land der unbegrenzten Bedrohungen. Katja und du, hatte sie vor einigen Tagen mit Blick auf meine im Bad aufgehängte Wäsche erklärt – das wär's gewesen, ein ideales Paar ... allein dieses Fußball-T-Shirt hier, das sie dir geschenkt hat, das sagt alles ...

Mit paranoidem Instinkt hatte sie zuvor nach der Herkunft ausgerechnet dieses älteren, etwas ungewöhnlichen T-Shirts gefragt, das ich gern beim Sport trug; ein langsam verbleichendes, von einem Künstler zu irgendeiner Fußball-WM entworfenes Hemd, darauf ein Ball, ein etwa auf Höhe der Gürtellinie sitzender Dürer-Polke-Hase und das horizontal wie vertikal gedruckte, unter Ballsportlern bekannte Wort »Flankengott« ... Selbst lange nach der Trennung ein schönes Geburtstagsgeschenk für einen Mittfünfziger, von Ella mit untermalend zuckendem Becken als vom Bild- und Wortsinn her leicht zu übertragende Hommage gedeutet: der Dürer-Rammler, der Schriftzug Flankengott, die Flanken, also Lenden, natürlich deine und dazu Gott, alles klar.

Eine abstruse Interpretation, wie ich fand, die Logik paradox, ein wieder mal unauflösbares Bündel widersprüchlicher Signale, dazu der süßsaure Irrwitz, noch in einer längst vergangenen Ex-Freundin des Geliebten eine Rivalin zu erkennen ... Dabei gäbe es für die liebe Katja den geringsten Grund, meinen Lenden durch ein symbolisches Geschenk zu huldigen ...

Ihr Anruf, die unverändert weiche Stimme, die Erzählungen über Dizzi – das alles erinnerte mich an unsere gemeinsame Zeit. Zu Beginn ein wüstes Chaos, vielversprechend für ein Paar, solange wir noch zwischen den Städten pendelten und verschiedene weibliche und männliche Konkurrenz Druck auf uns ausübte … kein einfacher Anfang, besonders für mich. Die modeldünne Katja hatte diesen KingKong-Hang zu kräftigen, großen Männern und konnte sich kraft ihrer Intelligenz und Schönheit die stabilsten Typen zurechtlegen … Wie den noch nicht ganz trennungsbereiten Larsen, den athletischen, fast blindwütig in sie verliebten Anwalt Ecki, der während meiner Abwesenheit öfters besoffen im Schlafanzug mit der Frühmaschine aus Hannover in Tegel einflog, und – ärgerlicherweise – auch den langschwänzigen Bayern-Peter, ganz frisch nach Berlin gezogen und Zapfer hinterm Tresen des »Zwiebelfischs«, dessen Umsatz während seiner Dienststunden trotz Überfüllung um sechshundert Mark vom gewohnten Betrag absank; keiner konnte sein unschuldig-totes Buster-Keaton-Gesicht so überzeugend hinhalten und dem wütend-rätselnden Kneipenbesitzer erklären, daß ausgerechnet während seiner Schicht nicht mehr los gewesen wäre – Abnickeln hieß das Fachwort für diese Form doppelten Kassemachens.

Als Dizzi nach New York ging, mußten Katja und ich zwangsläufig nach einer Bleibe suchen … nach einer gemeinsamen am besten, auf meinen insistierenden Vorschlag hin … Eine schwierige Suche begann, mehrmals sogar zusammen mit zwei-, dreihundert Konkurrenten bei Besichtigungsterminen in Charlottenburg, alles vergebens, bis der Unfalltod eines jungen Lastwagenfahrers uns eine Vierzimmeraltbauwohnung in Schöneberg zuspielte; seine Ehefrau, erklärte der Makler, hätte darin nicht eine Nacht ohne ihren Mann verbringen können und wäre samt Baby noch am Unglückstag verschwunden. Es sollte sehr lange dauern, bis mir klar wurde, weshalb der Einzug in dieses Haus uns in eine schreckliche Lage brachte, warum die neue, schließlich gewollte Situation mich in einer Hinsicht geradezu paralysierte … Die tragische Entwicklung begann, als ich, mit der letzten Fuhre Habseligkeiten aus Hamburg kommend, die erste Nacht in der von Katja bereits etwas hergerichteten Wohnung verbrachte – eine Nacht, in der ich mich vor Bauchweh tatsächlich krümmte. Im Transit-Restaurant hatte mir ein Kellner auf der Toilette eine kostbare DDR-Spezialität angedreht: eine Halbliter-Flasche Wachteleierlikör, auf der gruseligen Alleinfahrt ausgetrunken, dann mit Leibschmerz flachgelegen und somit fürs erste unberührbar geworden.

Von dem Tag an, an dem wir diese Wohnung bezogen, sollten wir niemals mehr zusammen schlafen – und doch weiterhin ein Paar bleiben, einander verständnisvoll zugetan …

Also lagen wir da, jeder für sich attraktiv, beide doof auf die Matratzen gedrückt, ein junges Paar, aufgrund eines mysteriösen, wie herbeigehexten Gehemmtseins vom Sex befreit. Wir lagen da und rätselten, ohne die rechten Worte zu finden, ohne uns den Zustand annähernd erklären zu können und ohne Chance, je wieder in den Sex hineinzukommen … Nacht für Nacht lagen wir wach auf einem ausreichend großen Bett, demselben Bett, auf dem ich mit Régine ganz andere Zeiten erlebt hatte – diese verdammte Zweimalzweimeter-Spielwiese, vor Jahren einem Gangster unter Protestgeschrei seiner Frau in deren schußlöcherreichem Schlafzimmer abgekauft und doch ein Möbelstück, das beim Umzug besser in Hamburg geblieben wäre … Traurige Nächte, versteht sich, mit einem furchtbaren Erwachen für ein Paar, dessen leidenschaftliche Kennenlernphase erst vor kurzem vergangen war und das sich unversehens in einer Josefsehe wiederfand – unfähig und ahnungslos der veränderten Situation ausgeliefert. Der vermeintliche Verschulder, der Irre, der Zärtlichkeiten verunmöglichte, mußte seine Partnerin jeden Morgen mit Worten trösten, sie mit immer unglaubwürdigeren Versprechungen vertrösten, das sei alles vorübergehend, die Gewöhnung ans Zusammenleben dauere eben, die Zeit würde dies schreckliche Problem irgendwann lösen, die blockierten Gefühle wieder befreien … Denn die guten Gefühle füreinander schienen unverändert, die Tage, das Lachen leicht, die Abende sorglos, aber so ging für mich der Sex nicht. Daher blieben die Nächte ohne Berührung, wochenlang, monatelang.

Das Unglaubliche war, daß keine Feindseligkeiten, keine Streitereien entstanden – gut, bis auf einmal, als Katja voller Vorsorge zwanzig Zentner Brikett für die uns Berlinanfängern ungewohnten, monströsen Kachelöfen bestellte, ohne daß wir über einen Keller verfügten; die Kohlenmänner ächzten krächzend aus der siebten Sohle und ließen sich nicht wegschicken. Die in Flur und Berliner Zimmer rasch wachsenden Brikett-Stapel lösten bei mir einen von Kiepe zu Kiepe heftiger werdenden Wutanfall aus; voraussehbar, daß wir die nächsten Monate zwischen Kohlebergen würden leben müssen. An der eigentlichen Kalamität änderte das nichts. Das Enthaltsamkeitsproblem überstieg jedoch nach wie vor unser Erklärungsvermögen – eins der schlimmstmöglichen Probleme, dachte ich damals, eins, das womöglich tiefer reichte als die Sprache selbst. Das bedeutete nicht, daß es keine Weiterentwicklung gegeben hätte. Wir richteten uns ein, strichen die Wände in dunklen, erdfarbenen Tönen neu, die Gardinen für die hohen Fenster wurden von mir aus blauen, exakt zugeschnittenen Plastik-Müllsäcken ordentlich zusammengeklebt oder -getackert – in Katjas Augen vielleicht einen Tick übertrieben, zu eng am No-Future-Zeitgeist. Auch ihre Mutter fand an den Gardinen wenig Gefallen, als sie aus Westdeutschland angereist kam und bei der Einrichtung Schlimmeres verhüten wollte; morgens schaute sie sich verunsichert in der Küche um, während die Sonne hereinschien und den karg möblierten Raum in ein magisch-türkises, mülltütenblaues Licht tauchte. Meine (konsumkritischen) Gestaltungsideen waren der Hamburger Bürgersfrau so noch nicht ›untergekommen‹, wie sie sagte – aber, mein Gott, wenn ihr's mögt.

Sie mochte die Gardinen jedenfalls nicht. Und was sie überhaupt nicht mochte, waren das Bad und die Toiletten, deren Säuberung – zugegebenermaßen – Nachbesserungen vertragen konnte, wenn jemand nur tief genug hineinblickte. Als sie sich dann hinkniete, um mit einer Rasierklinge in der Kloschüssel herumzufuhrwerken und den Urinstein mit umständlichsten Säbeleien aus dem Abflußrohr zu entfernen, ging mir das zwar zu weit, jedoch ohne daß ich entschieden dagegen protestiert hätte. Katjas Mutter war eine geborene ›von und zu Reuth‹, die den ihr dynastisch zustehenden Titel Baronin nach der Heirat mit einem ›Bürgerlichen‹ abgelegt hatte. Nach Abklingen der ersten Peinlichkeitsgefühle kuckte ich ihrem angestrengten Gekratze vom Flur aus eine Weile zu und dachte, eigentlich unglaublich, daß sich eine Frau wie sie hier so reinhängte ... – ihr blaublütiger Arm steckte bis zur Schulter in meinem Klo. Welch ein Wandel, welch große gesellschaftliche Veränderung, ein sozialer Fortschritt gar – eine Adlige machte die Drecksarbeit für einen jungen Mann aus dem Volke! Vielleicht ein postrevolutionärer Bonus für mich ganz persönlich ... zehn Jahre nach Achtundsechzig gewährt ...

Für unser damaliges Zusammenleben brachte Katjas Herkunft allerdings auch Nachteile mit sich. Ihre Mutter hatte auf dem elterlichen Gut in Ostpreußen weder kochen gelernt noch selbst kochen müssen und daher später ihrer eigenen Familie am liebsten Dosenkost vorgesetzt – mit der natürlichen Folge, daß bei ihrer Tochter eine ärgerliche Kochstörung zurückgeblieben war. Jeden Abend ins Restaurant zu gehen, wurde nach ein paar Wochen selbst in den sich kommunistisch gebenden Pizzerien zu teuer. Und weil Katja ihre Ungeschicklichkeit am Herd nicht abzulegen vermochte, ging die Aufgabe, für unser Essen zu sorgen, umgehend auf mich über – ich mußte also kochen lernen, und das von der Pieke auf, mit zunächst drei nur geliehenen Pfannen und Töpfen. Ein neuer Mittelpunkt unseres Zusammenlebens entstand. Froh, Gutes für Katja tun zu können, fragte ich mich in Sachen Kochkunst durch und kreierte im Nu neun verschiedene Gerichte; die beste Freundin meiner Ex Régine führte ein Altersheim und diktierte mir in mehreren Ferngesprächen einige urdeutsche Rezepte – eine zunächst leicht sedierende Küche, die dann allmählich verschärft wurde.

Vollkommen klar jedoch, daß mehr geschehen mußte, daß intellektuelle Späße und die kontinuierlich verbesserte Kocherei nicht genügten, um auf Dauer ein befriedigendes Pärchenleben zu führen … Ohnehin war's in der Situation schwer für mich, zwischen heimischer Pflicht und dem Seinstaumel draußen das psychische Gleichgewicht, die emotionale Balance zu halten … schwer offenbar auch für andere. Wenn ich, noch gerädert von der wieder durchgrübelten Nacht, gegen elf Uhr zum Zeitungshändler ging, schleppte sich mein Altersgenosse Iggy Pop auf der anderen Straßenseite den leicht ansteigenden Weg hoch … der kleine Kämpfer mußte sich seinen Heimweg mit beiden Händen von Haus zu Haus ertasten … an der Ecke, wo wir neuerdings lebten, in Schöneberg, in der Langenscheidtstraße, unweit Dudenstraße, einer Nachschlaggegend also. Bereits nach wenigen Tagen in der neuen, gemeinsamen Wohnung war jeder für sich zum Schlafen in eins der jeweils am Ende der langen Flure liegenden Zimmer gezogen; Katjas Trauertelefonate und das leise Weinen in mancher Nacht dennoch weiterhin hören zu können, quälte mich. War gerade ein gutes Jahr her, der Beginn unserer verliebten Jagd, als Katja – wenn mich nicht alles täuschte – in meinen schwarz zugehängten, stockdunklen Räumen das feine finale Zittern überkommen hatte … um nun eine sonst eher älteren Eheleuten drohende Problematik erleben zu müssen. Doch sie wußte, daß ich sie mit meinem, mir selbst rätselhaften Verhalten nicht mutwillig verletzen wollte, sondern selbst darunter litt.

Auch der nächtliche Bücherfluß hatte sich bald in einen männlichen Arm mit Traven, Lowry, Onetti und einen weiblichen mit Bachmann, Barnes und de Beauvoir geteilt – vor Katjas Bestellung eines Emma-Abos bäumte ich mich ein letztes Mal auf, vergeblich. Schwer zu sagen, ob sich meine sexuelle Blockade wegen der feministischen Tendenzen jener Wochen und Monaten überempfindlicher- oder eher unerfindlicherweise noch verfestigte … Trotz des für einen Dreißigjährigen ungewöhnlichen Handicaps wollte ich nicht, daß meiner Freundin etwas vorenthalten sein sollte – auch nicht das von mir kaum mehr hervorgerufene Gefühl, begehrt zu sein. Das Begehrtwerden gehört ja quasi zu den Menschenrechten: Die meisten brauchen dieses Gefühl doch deshalb, weil sie für besser gehalten werden wollen, als sie in Wirklichkeit sind … Möglich, daß ich ganz gern Schriftsteller oder Philosoph gewesen wäre, während Katja, die alle bestärkende Optimistin, nicht schöner und klüger sein konnte, als sie war. Das sahen andere Männer auch so.

Wenn ich später an diese Zeit zurückdachte, dann stets mit einem Anflug seltsamer Befriedigung … Angetrieben vom schlechten Gewissen gegenüber Katja, wurde damals mein Handeln, mein Denken zunehmend großzügiger, weicher – keine Rückfälle mehr in überholtes Verhalten, bloß nicht als theatralischer 68er auftrumpfen, statt dessen Verzicht üben; ganz langsam wurde ich vom Satyr, der bisher alles schnell gewollt und gleich bekommen hatte, zum Sehnenden, der auf unbestimmte Zeit warten mußte. Passenderweise las ich Claudels Roman »Der seidene Schuh«, worin zwei Liebende auf zwei Schiffen um die Welt fahren und nur einmal im Jahr einen Blick aufeinander werfen können. Es brauchte Geduld, bis sich alles fügen würde … Zu der Zeit waren wir selten allein, unsere Wohnung wurde offener, immer mehr Männer besuchten uns. Daß wir weiterhin als Paar galten, verunsicherte sie anfangs, doch nach und nach wurden sie bestimmter in ihren Vorstellungen – sie alle wollten Katja näher kennenlernen, sich mit ihr verabreden oder wiederkommen, möglichst bald. Zweifellos interessante Jungs, überwiegend aus dem Kunstbereich, der Hartmann, ein überaus sanft auftretender Filmemacher, angeblich schon in Reichweite der Fördertöpfe, der Dieter, ein bildender Künstler, der winzige Mikromikrofone schluckte und zunächst uns beide donnernde Konzerte aus seinem Magen hören ließ, dazu noch ein stets schweigsam dasitzender Lyriker und der beratende Kunsthistoriker Ulrich, der die Minne-Chancen aller Beteiligten anspielungsreich einordnete. Katjas Bekanntenkreis wuchs täglich, noch mehr Einladungen wurden ausgesprochen, Treffen verabredet … und dann hockten sie in meiner ehemals psychedelischen, violetten Sitzecke, unterhielten sich in Erwartung des einen oder anderen Winks von der Schönheit des Hauses. Die Frage, ob jemand bei Katja vorankam, stellte sich mir nicht – falls ja, wäre es nicht zu verhindern gewesen … ein Spiel mit dem Schicksal eben, aus der Not entstanden und wenig aussichtsreich für die Mitspieler, wie es schien … Andererseits konnten wir beide nicht ewig darauf warten, daß aus unserer trockenen Tragödie eine Komödie mit lustigem Ende werden würde … Also gab ich den guten Gastgeber, bewirtete die Jungs, kochte für sie eine einfache Pasta oder, schon aufwendiger, Spaghetti alla puttanesca, die sich bei der Übertragung aus Dieters Bauch nach sizilianischer Tarantella anhörten. Wobei ich ohne große Bedenken auch mal ein Dinner für zwei in Katjas Zimmer servierte und mich dann zurückzog … ohne genau zu wissen, wer hier von mir gefüttert wurde – ein neuer, gemeinsamer Freund oder ein bereits mehr als ermutigter Nebenbuhler …

Der Schlaukopf Ulrich hatte unsere Beziehung einigermaßen durchschaut und fürs erste literarisch gedeutet: Ihr seid die Schöneberger Antwort auf Sartre und Beauvoir.

Aber seitenverkehrt, hatte ich erwidert – in dem Fall wär ich nämlich die Beauvoir, der, moralisch geknebelt, leer ausgehende und dennoch alles arrangierende Part …

Während dieser Phase hatte ich öfter den Eindruck, daß mich besonders die männlichen unserer Bekannten insgeheim bewunderten. Auch wenn sie nicht an die Idee einer offenen Zweierbeziehung glaubten, an den Gefühlspakt ohne gegenseitigen Besitzanspruch, ohne Rollenverhalten und Bevormundung und all das, so würdigten sie doch, wie ich diese schwierige Situation handhabte. Bei allen lag ja stets die Theorie mit im Bett … jedes Paar diskutierte die verschiedenen Beziehungsmuster. Und in jedem Kopf mußte vor allem der fundamentale Widerspruch zwischen verantwortlichem Zusammenleben und individuellem Egoismus, zwischen ewiger Liebe bei gleichzeitiger Freiheit aufgelöst werden – ein für mich zeitlebens so gut wie unlösbarer Konflikt.

Warum aber die anfangs leidenschaftliche Geschichte mit Katja in diesem geschwisterlichen Zusammenleben enden mußte, wurde mir erst Jahre später bewußt. Von dem Moment an nämlich, als wir beide in die gemeinsame Wohnung eingezogen waren, mußte mir die innere wie räumliche Trennung von Régine endgültig klargeworden sein … eine zeitverzögert kommende, melancholisierende Erkenntnis, in deren Folge gleich zwei Frauen verlorengingen. Und nochmal Jahre später begriff ich, daß ich diese und andere Trennungen offensichtlich durch ein sublimes Zerstörungsprogramm selbst herbeigezwungen hatte, daß ich aus verschiedenen Gründen verlassen werden wollte …

Von diesem gescheiterten Versuch, sich mit einer Frau in die Zweisamkeit einzumieten, hatte ich Ella schon etwas erzählt – inzwischen lag die Geschichte mehr als dreißig Jahre zurück. Seinerzeit zögerten wir die Trennung so lange hinaus, bis schließlich äußere Umstände den entscheidenden Anstoß zur Auflösung der mißlichen Situation gaben. Eines Morgens bekam Katja einen Brief mit der Nachricht, daß sie ihr zweijähriges Stipendium in Cleveland/Ohio sofort antreten könnte.

◆

Während des Flugs nach Zürich hatte ich über den bevorstehenden Empfang der Veranstaltungsteilnehmer nachgedacht und spontan entschieden, im allerwahrscheinlichen Falle unseres Vorgestelltwerdens dem Terroristen nicht die Hand zu geben – eine weniger überzeugende als eher hilflose Geste, der Versuch einer Stimmenthaltung. Sie rührte offenbar aus meiner über die Jahre unklaren, ja paradoxen Haltung, linke Gewalt weder kalt bürgerlich ablehnen noch im Sinne eines archaischen Gerechtigkeitsempfindens annehmen zu können. Den Mann selbst kannte ich nur von Bildern länger zurückliegender Talk-Shows, der sogenannte Karl May der Rote-Armee-Fraktion, seit Jahren wieder frei und mir nach den vor einiger Zeit herbeigezappten Fernsehaugenblikken eher unsympathisch in Erinnerung – ein Unding, so ein talkender Terrorist, der die Omertà bricht und sich am Sonntagabend mit eben den Leuten mal so richtig ausquatscht, die früher auf seiner Abschußliste gestanden hätten. Die mit seiner Person verknüpften RAF-Probleme waren ja nach wie vor im kollektiven Bewußtseinsstrom präsent wie Schadstoffe in den Flüssen. Für die Mehrheit als zu vernachlässigende, ausgekühlte Geschichte, für eine Minderheit als Diskussionsgrundlage und mittelprächtige Einnahmequelle.

Nu hab dich mal nicht so, hatte Ella beim Abschied gesagt – ihr dürft euch ruhig die Hände reichen, du und dieser Terrorist seid euch gar nicht so unähnlich, zwei Männer, die viel Böses tun und glauben, auf diese Weise etwas Gutes zu erreichen … Nur ein weiterer ihrer hinkenden Vergleiche, wie ich fand – nein, nein, sagte sie, mit deinen Unterstellungen, deinen ständigen Provokationen willst du doch nichts anderes, als bei mir positive Gefühle erzeugen … Eine irgendwie unpassende, falschgesetzte Analogie, die mir noch in den Ohren klingelte, eine für Ella typische Bemerkung … diesmal vermutlich aus Verärgerung darüber, daß ich diese Reise allein machen würde.

Die Leute hatten mich für fünfhundert Euro eingekauft, für das zweitägige Projekt der Bodensee-Universität – ›Wo wären wir heute, wenn es 1968 nicht gegeben hätte?‹ Natürlich blödsinnig, wie alle Was-wäre-wenn-nicht-Fragen, ein akademischer Zaubertrick vermutlich, der das Datum aushebeln und die immer wieder aufflackernde, angejahrte Deutungsschlacht unterlaufen sollte, um sie nach gängiger Interessenlage aufs neue zu beginnen. Wobei dahinter auch die Absicht stecken konnte, die Bedeutung der komplexen Sache zu verkleinern, um sie demnächst unter den Tisch fallen zu lassen … Achtundsechzig darf nicht sterben, notierte ich auf einen Spickzettel, das wär 'ne gute Aussage, das hatte Humor, das bot Assoziationsräume und stieß mich trotzdem wieder auf das unauflösbare, schizoide Patt in meinem Kopf, den lebensbegleitenden Widerspruch – grundsätzliche Veränderungen der Verhältnisse mußten damals wie heute sein, doch mit Gewalt, ohne die 's nicht geht, nein. Völlig klar, daß diese Einladung bei mir Verwirrung auslöste, mich hatte es ja zu diesem titelgebenden Zeitpunkt wirklich gegeben, auch wenn ich die damit verbundenen Gewaltakte seinerzeit im selben Moment verdrängte, in dem sie bekannt wurden … Und daher auch keine feuchten Hände bekam, wenn sich am Tresen meiner Stammkneipe irgendein Aushilfsfahrer der RAF für eine Weile unter versteckt und offen bewundernden Blicken niederließ, ehe er dann schließlich doch nach Saudi-Arabien türmen mußte.

Umgeben von entspannten Linienflugreisenden las ich nochmals in meinen Notizen, um weitere markante Schlüsselsätze herauszuschmecken, gegebenenfalls zu memorieren und auswendig zu lernen – ein durchaus verachtungswürdiges Geschäft, ein Anschlußgeschäft sozusagen, in dem die feinsten Formulierungen des einst rauhesten Geschehens, seine im nachhinein hartethische Verkunstung so wie der medienschnittige Zitatenprunk gehandelt wurden ... Gelegenheitsarbeiten auch für einst tatsächlich beteiligte Aktivisten, wie die Website der RAF überraschenderweise verriet, wo sich einige ehemalige Mitglieder nach der Strafverbüßung die Freiheit nahmen, als ihren Beruf Buchautor oder Dokumentarfilmer anzugeben und sich so aufs neue, wiederum wenig bescheiden, ins gesellschaftliche Gefüge einzugliedern.
Über meinen Mitdiskutanten erfuhr ich im Netz, daß er neben seinen gruppendienlichen Tätigkeiten in Frankfurt eine Suchtphase durchstehen mußte, die sich zeitlich mit der meinigen deckte, so um 1970, zwei experimentelle, harte Jahre, versteht sich. Unter Umständen waren wir uns sogar mal über den Weg gelaufen, beim Spätkauf in Kölner Kneipen oder in Darmstadt, genauer im Jugenheimer Forst, in der Fixermühle am rauschenden Bach, wo sich im halbdunklen Gemäuer eigentlich jeder Junkie des südwestlichen Ballungsraums phasenweise ausruhte, wo jeder Frankfurter dieser noch raren, gespenstischen Spezies tagelang selig versackte. Auch wenn wir beide milieuähnlich gelebt haben sollten, dürften wir uns 35 Jahre später wohl kaum wiedererkennen, würden brüderliche Gefühle nicht aufkommen. Die Veranstalter wußten von dieser delikaten Parallele zweier ihrer Diskutanten ohnehin nichts.

Bei der Ankunft in Zürich stellte sich heraus, daß aus der gleichen Berlin-Maschine ein weiterer Teilnehmer erwartet wurde – der Projekt-68-Leiter, ein Dozent namens Rudolph, holte uns ab, begleitet von einer deutsch-japanischen Studentin. Vielen Dank, sagte ich ihm, da haben Sie sich ja einen Haufen Vergangenheit eingeladen, eine ganze Handvoll Wahrheitssucher von vorgestern … und jeder von sehr unterschiedlicher Art, antwortete er. Ein gut erhaltener Endfünfziger, hierher verschlagen, doch mittlerweile an einem inneren Bodensee eingefriedet, wie er andeutete, und nach einer Odyssee durch die verschiedensten Institutionen endlich mit großer Handlungsfreiheit ausgestattet. Wir könnten uns ohne Eile noch ein paar Sachen auf der Schweizer Seite ansehen, schlug er vor, nachdem der Mitdiskutant uns komplettiert hatte. Ein mir sofort sympathischer, für altlinke Berliner Verhältnisse aufwendig gekleideter Endsechziger, dessen dreiteiliger Tweed-Woll-Anzug schwer nachvollziehbar geschnitten war, also irgendwie schief und teilweise auch gewickelt, das fracklange Sakko in den Schößen schräg überlappend, die Weste nicht parallel zur Gürtellinie geführt, sondern etwa im 45-Grad-Winkel linksseitig aufsteigend, dafür rechtsseitig tieferreichend, nach meinem Geschmack mindestens zwei Ticks zu gewagt. Es sah aus wie eine von Vivian Westwood erarbeitete Version der Garderobe von Sherlock Holmes. Wobei sich auf dem Weg zum Auto zeigte, daß diese insgesamt sehr stoffreiche, braun-beige gemusterte Kreation in ganz unterschiedliche Formen fallen konnte, bei wechselnder Perspektive sozusagen mehrere Anzüge aus einem herausbildete, was von der Körperhaltung des Trägers oder vom Auf- oder Zugeknöpftsein der verschiedenen Teile abhing – mitunter wurde auch die im Schritt uneuropäisch tief hängende Hose genauer erkennbar, eine nach muslimischem Muster also, doch eher moderat zitiert und nicht radikal in mehreren stoffreichen Schlaufen bis zu den Waden durchhängend. In Bewegung wirkte sein Three-Piece durchaus elegant.

Nach kurzer Autobahnfahrt spazierten wir in eine weiträumige Parkanlage, darin mehrere schloßartige Gebäude am hohen Ufer des Sees, perfekt modernisierte, völlig unbenutzte Wohntrakte, umgeben von englisch anmutender Gartenarchitektur, akkurat geschnittenen Hecken, Kieswegen, im Außenbereich allen zugänglich und bis auf zwei andere Touristen menschenleer an diesem warmen, sonnigen Montag im Mai. Das Areal gehörte der USB, wie Rudolph erklärte, ein Institut dieser Schweizer Bank für die Weiterbildung ihrer Leute – wird gar nicht gebraucht, sagte ich, die wissen eh schon alles. Anschließend gingen wir durch einen tiefer gelegenen, ufernahen Ortsteil von Kreuzlingen und schauten uns neben einigen aufwendig zu Edelrestaurants umfunktionierten, historischen Bürgerhäusern ein Verkaufszentrum für größere Yachten an – Dutzende in Hallen aus Stahl und Glas aufgebockte, imposant hohe Motoryachten, die am alten Dorfrand auf ihre Besitzer warteten. Der noch hunderte Meter entfernt im Morgendunst liegende Bodensee erschien meinen naturentwöhnten Augen wie eine Fata Morgana.

Während der kleinen Führung sprachen wir wenig über die Dinge, die wir hier sahen, und noch weniger über die Zusammenhänge, in denen sie gesehen werden konnten. Ich erwähnte nur kurz, daß mich nach Überschreiten der Rhein-Main-Linie das südlich deutsche oder gar Schweizer Wohlleben, der sichtbare, öffentliche wie private Reichtum noch jedesmal leicht schockierte – eine der Gefühlsbewegungen, die einem heutigen Osthälftenbewohner rein gar nichts nutzte. Die meiste Zeit redeten wir mal mehr, mal weniger ernst über die biographischen Stationen unserer Vergangenheit, wer wann wo und warum seine lebenswichtigen Anlaufpunkte angesteuert hatte und welche bekannten oder prominenten Akteure dabei angetroffen worden waren, die sich im nachhinein als

persönliche, schicksalhafte oder auch prestigebringende Einflußgrößen gut erwähnen ließen. Da fielen viele Namen, die jeder kannte, Namen der Vergangenheit, Berühmtheiten, Verstorbene mit Sonderstatus. Der Projektleiter brachte Adornoseminare und seine große Zeit als widerständiger Dozent ins Spiel, der Mitdiskutant hatte mit Holger Meins studiert und aktiv bei der Gründung der ersten antiautoritären Kinderläden mitgewirkt – interessante Laufbahnen in Wissenschaft und Kunst, das reine achtundsechziger Rebellentum, was auch für die noch erwarteten zwei ehemaligen SDS-Vorstände galt.
Solche Begegnungen verunsicherten mich immer wieder aufs neue. Welche Schmach für einen Generationsgenossen, nicht im Zentrum der studentischen Bewegung gewesen zu sein, welche Zurücksetzung, angesichts dieser von Anderen erlebten Exklusivität! Einmal Dutschke die Tasche getragen, ein, zwei Jahre mit späteren Fernsehphilosophen in der KPD-Aufbauorganisation um Flugblattexte gestritten, das wenigstens mußte es schon sein. Wer wie ich zu einer anderen Sphäre gehörte, wer in der bestenfalls semipolitischen Subkultur zu Hause war, der durfte später eher zuhören als mitreden.

Aber wir wollten unbedingt, daß Sie bei dieser Veranstaltung dabei sind, hatte dieser Rudolph mehrmals gesagt.

Auf mich aufmerksam geworden war er durch einen meiner rückblickenden Radio-Essays über die sogenannten Sattel-jahre, die Aufbruchszeiten von Pop, Gegenkultur und alldem einst Unangepaßten. Wahrscheinlich hatte Rudolph ein dort geschildertes Underground-Kollektiv gefallen, da es etwas quer zu den klischeehaften Vorstellungen der Studentenrebellion lag und seine dennoch revolutionäre Geschäftsidee als Firma auch umsetzen konnte – eine kaum kaschierte, autobiographisch grundierte Geschichte, in der eine als Hippies zeitgemäß agierende Freundesgruppe in der Musik- und Konzertwelt zu Geld kommt, viel Geld. Das erzählte sich leicht und wurde vom Sender – und offenbar auch Hörer – als wahrhaftig aufgenommen. Dabei war ich früher wie heute bestenfalls ein Schwellenwesen, weder hier noch da wirklich drin und obendrein zu schwach, zu ängstlich, um mich konsequent auszukoppeln und in eine radikal andere, aus dem angloamerikanischen Raum herübergewehte Existenzform zu wechseln. Der Skeptiker in mir wollte lieber keine Ur-Gemeinde gründen, auch keine Landkommune oder ein Inselparadies mit freier Liebe aufbauen und auf die profane Welt verzichten – mir hatte es an Entschiedenheit oder Traute gefehlt, bunte Klamotten und Haare bis zum Rücken zu tragen, Tambourin und Räucherstäbchen für alle und die Einführung von Glaskugeln als Währung zu fordern. Nein, nicht mal zum Hippie hatte es bei mir gereicht … eine – im nachhinein betrachtet – ohnehin nur bedingt akzeptable Lebensweise.

Tolle Sache, was Sie da beschrieben haben, hatte dieser Rudolph am Telefon gesagt – den schmerzlichen Prozeß von der Kommerzialisierung der Subkultur noch mal nachzuvollziehen …

Für ihn gehörte diese Nuance unbedingt in sein Projekt. Die Bodensee-Universität verfolgte eine sehr starke – wie er betonte – ökonomische Orientierung, und der Essay »Wie ich einmal der Kulturindustrie auf die Sprünge half« paßte da hervorragend … Etliche Portale und Blogs hatten den Radiotext zum Lesen ins Netz gestellt, so daß die Studenten seiner Meinung nach auf mehr Einzelheiten der hippiesken Erfolgsgeschichte ganz neugierig wären.

Es ging nicht um Gewinne, hatte ich gesagt, wir waren Beuysianer und keine Börsianer.

Dieser Rudolph wollte in mir einen Berufshippie sehen, einen Hippie a. D., der hier bitte schön unter Beibehaltung seiner Restideologie mitdiskutieren sollte.

Nachmittags vertrödelte ich an der Rezeption etwas Zeit in der Absicht, den gerade eingetroffenen Ex-Terroristen stiekum zu beobachten – bald über mich selbst verärgert wegen dieser Beschatterblicke nach einem unrühmlich Berühmten. Er stand auf dem Treppenabsatz vor dem Hoteleingang, den Reisetrolley noch neben sich, und trug einen hellbeigen Trenchcoat, den eine fortgeschrittene Korpulenz in der Körpermitte etwas ausbuchtete. Sein Kopf war verhältnismäßig klein und die Haare reichten nicht für eine Frisur. Kein schöner Mann, dachte ich, auch keiner, der mir in irgendeinem Sinne als interessant oder sympathisch vorgekommen wäre – vielmehr wie ein nivellierter Sechzigjähriger nach seiner bereits länger zurückliegenden Flucht in die Unauffälligkeit. Für so jemanden hätte er mich – vom Äußeren her – auch halten können, klar. Der Gedanke jedoch, daß dieser Senior mit seiner Desperado-Fraktion einst eine starke Fern-Wirkung auf mich und Teile meiner Generation ausgeübt hatte, erschien angesichts seiner jetzigen Präsenz in jeder Hinsicht bizarr. Er und seine Leute gehörten zweifellos zu den mir aufgezwungenen, problematischen Phänomenen der Geschichte.

Durch die Glastüren war zu sehen, wie die Gastgeber ihn in Empfang nahmen. Rudolph machte uns miteinander bekannt, stellte dabei mich mit wenigen und ihn ohne weitere Worte vor – in dieser etwas schludrigen Kulturbetriebsmanier, die davon ausgeht, daß die Beteiligten bereits vor der Vorstellung eine Vorstellung voneinander haben, was trotz möglicher Prominenz eines oder beider Personen ein erstes Gespräch erleichtert. Und dann passierte es eben, trotz meines Vorsatzes, es nicht zu tun, gaben wir uns für Sekundenbruchteile die Hand – na ja, nichts zu machen, ein Reflex halt, der auch in diesem speziellen Fall griff. Immerhin konnte ich's mir verkneifen, zu lächeln und zu sagen, angenehm Herr … wirklich nett, Sie kennenzulernen … ich hab schon viel von Ihnen gehört und gelesen. Das Gespräch tendierte eh gegen null, eine angespannte Situation, doch nicht befremdlicher als bei sonstigen Treffen ähnlicher Art, ein paar Sätze über das zu kühle Wetter, die Anreise, die letzten telefonischen Kontakte zwischen Veranstalter und Eingeladenem, versteht sich.

Was noch wäre später erwähnenswert? Sein wackliger, womöglich ängstlicher Blick, die gerötete, ungesunde Gesichtsfarbe, sein zarter, wie unwillig vorkommender Händedruck, mit der langen Zeit im Knast ging der Sinn für gewöhnliche Gesten wohl verloren – dennoch überraschend, so ein Patschhändchen bei einem ehemaligen RAF-Schrauber. Wovon ich nach dessen Abgang auch Rudolph erzählte, um überhaupt etwas über die Begegnung zu sagen, während der nicht einer der Gedanken ausgesprochen werden konnte, die ich gerade wirklich dachte. Eine unangenehme Diskrepanz, wie Rudolph einräumte, doch sie ließe sich durch Veranstaltungen wie die der Bodensee-Universität verringern. Ihm zufolge lief die Diskussion in Nordamerika zur Zeit besser, indem man versuchte, die Konflikte durch neue Formulierungen zu entschärfen – ab sofort sollte anstelle des Begriffs Terrorismus in der Öffentlichkeit das Synonym »Ein von Menschenhand verursachtes Unglück« verwendet werden.

Dann am Abend sehr junge Studenten, sehr wenig älteres Kulturpublikum, wohl an die zweihundert Zuhörer, als die Gesprächsteilnehmer an der Stirnseite des Raums Platz nahmen – zu meiner Linken der Präsident der Bodensee-Universität, zu meiner Rechten Peter von der RAF. So wollte es die von werweißwem ausgeknobelte Sitzordnung der Runde, einer länglichen Reihe mit den rechtzeitig eingetroffenen SDS-Sprechern, dem Kinderladen-Gründer, einem Historiker und dem Moderator Rudolph. Verdammt eng beinander saßen wir da, paßten nun doch auf ein Foto, der SDS, die RAF und ich … obwohl seinerzeit alle linken Gruppen die subkulturelle Szenerie samt Hippies verachtet hatten. Meine Nervosität wuchs mit jedem Statement der vor mir Befragten – von Haus aus allesamt podiumsgestählte Leute. Soweit ich mitbekam, wurde vom früheren SDS-Sprecher Thomas über die Situation des Vietnamkriegs, die vermufften Universitäten und die von älteren Nazis unterwanderten Gerichte und Behörden berichtet – und das so eindringlich, als müßten alle im Raum sofort etwas dagegen unternehmen. Die Pflicht eines Revolutionärs wäre das Machen der Revolution … die Unterstützung der Befreiung der Arbeiterklasse durch die Arbeiterklasse. Dem pflichtete zunächst jeder bei – damals in den Kellerrestaurants so wie heute in den Seminarräumen. Mit ihren quälend langen Redeflüssen, dachte ich, hatten Leute wie Thomas andere Leute in den siebziger Jahren agitiert und zum stummen Hockenbleiben gebracht – wo eigentlich nur der nächste Kick, der nächste Fick zählte, bevor die Kneipe Feierabend machte. Welchen Mittzwanziger jedoch interessierte die dichotomische Sicht der Arbeiterschaft auf die Gesellschaft? Wer scherte sich um den Zeitsinn der bereits schlafenden Unterschicht? Wer wollte denn um Mitternacht darüber reden, daß dem Proletariat das bürgerliche Denkmuster der aufgeschobenen Befriedigung, des Wartenkönnens auf späteren Gewinn, fremd zu sein schien? Ich nicht, nicht zu der Zeit. Für die absolut diskussionswürdigen Liebeskonflikte der einzelnen, für deren chaotischen Kopf voller Suff und Kino hatten die Poli-Trucks in ihren schwarzen Ledermänteln nur ein verächtliches Lächeln.

Und hier und jetzt, dreieinhalb Jahrzehnte später, dozierte der von weither eingeflogene Thomas noch einmal im selben Tonfall des Ambestenwissens ... Noch einmal verfiel er in den für mich fast traumatisch unterdrückerischen Gestus seiner moralischen Überlegenheit – ganz abgesehen von der Ironie, daß ich, über die Jahrzehnte gewandelt, die meisten der Erkenntnisse und Forderungen heute für ganz richtig hielt, so wie sie hier vom SDS wiederholt wurden. Eine prophetische Minderheit war'n die schon damals ... voller Verdienste ... wie die naturverliebten Blumenkinder auch, dachte ich, ohne Hippies kein Öko, kein sanfter Tourismus ... Bis meine Gedanken wieder davonliefen, weg aus der historischen Runde und zurück in die Gegenwart, in das neuerliche Beziehungsdrama mit einer Frau wie Ella, die von all den in mir rumorenden, quälend unvollendeten Erfahrungen nicht die geringste Ahnung hatte.

Aber welchen meiner früheren Irrtümer sollte ich hier mit fünf Minuten Redezeit verteidigen? Den radikalsten, als Totalverweigerer der materialistisch orientierten bürgerlichen Gesellschaft den Rücken zu kehren und so frei wie möglich von deren Konventionen zu leben? Den schönsten, der alle Macht den Drogen und dem freien Spiel der sexuellen Kräfte überlassen wollte? Oder den naivsten, eines Tages als Schriftsteller sein Leidkapital in einen Roman verwandeln zu können? Nach den ersten Wortmeldungen sah ich mich schon im peinlichen Schweigen eines überflüssigerweise Eingeladenen verkümmern … eines Sinn- und Unsinn-Verweigerers, der dem Publikum keine Erinnerungsplätzchen zu knabbern geben wollte, der nicht mal eine Maultrommel aus der Hosentasche ziehen konnte, um die Melodie von how many roads zu zuzeln … Da pfiff ein gealterter Kader wie der Thomas vom SDS sein historisches Lied wahrlich besser … wobei sich der noch ausreichende Schwung wahrscheinlich dem Selbstverständnis verdankte, wenigstens einmal im Leben auf der richtigen Seite gestanden zu haben. Um seine Rede zu illustrieren, holte er eine streichholzschachtelgroße Mao-Bibel hervor und präsentierte sie dem Saal – mit priesterlichen Schwenks in drei Richtungen, als sprühte er aus einer Attrappe geweihte Buchstabensuppe über die Köpfe.

Beim Statement des Hamburger Historikers hörte ich weg, bei der Gründungsgeschichte der Berliner Kinderläden hörte ich wieder zu – allerdings fahrig, wie oft bei vorbeirauschendem Panelgesang, wenn ein Satz mir so zu denken gab, daß ich die nächsten Sätze und manchmal die Kernaussagen einer ganzen Gesprächspassage nicht mitbekam. Peter von der RAF erzählte, wie er als Fünfzehnjähriger in der evangelischen Jugendgruppe zum ersten Mal Filme aus Konzentrationslagern gesehen und dadurch seine politische Richtung gefunden hätte – war ein Punkt für ihn, vermutete ich, im verlegenen, nervösen Ringen um Akzeptanz. Anfangs saß er zusammengesunken klein am Tisch und sprach mit brüchiger, schleppender Stimme, als wollte er nur versuchsweise etwas Unverfängliches beisteuern, um erst mal die Mehrheitsverhältnisse im Saal zu testen und rauszuspüren, wie's mit der Sympathie für ihn bestellt war. Er hatte bei solchen Diskussionen bestimmt nicht nur angenehme Erfahrungen gemacht. Und heute? Seine Frau managt ihn ganz zuverlässig, erzählte Rudolph.

Dann erzählte der Präsident von den großen Anti-Atomkraft-Demonstrationen, an denen er sich als Student selbstverständlich beteiligt hatte ... in den achtziger Jahren, was daran lag, daß er gerade erst 42 geworden war und daher nicht als 68er-Zeitgenosse in der Diskussionsrunde saß, sondern als Präsident. Mit seinem verbindlichen bis ranschmeißerischen Ton glaubte er womöglich, erwartbaren Unstimmigkeiten in der Runde von vornherein den Stachel zu nehmen ... was meine Sorgen kaum verringerte, hier unter Umständen etwas Falsches zu sagen oder im identifikatorischen Sinne blaß zu bleiben, wenn die Behauptung meiner Protestbereitschaft nicht scharf genug ausfiele. Denn inzwischen mußte jedem klar sein, daß in diesem Seminarraum der Bodensee-Universität eine Gruppe von Leuten diskutierte, die sich im gesellschaftspolitischen Sinne grundsätzlich dem Widerstand zurechnete, der Uni-Präsident eingeschlossen. Und unter dieser Voraussetzung mußte jedem ebenso klar sein, wem auf dem Podium in diesem Punkt der Nimbus der Unerreichbarkeit zukam. Das Publikum schaute von Anfang an auf den Mann, dessen Menschenhand einst Unglück verursachte.

Wie die meisten sich gerade kennenlernenden Raucher sprachen Peter und ich übers Rauchen, als wir in der Pause zum Rauchen vor die Tür gingen. Eine Studentin und zwei ihrer Kommilitonen begleiteten uns, mehr Raucher gab's nicht. Wie sich herausstellte, schauspielerten die drei in einem Bühnenstück der Theater-AG über die RAF. Logisch, daß sie meinen Mitdiskutanten nun wie eine sich nur mit Mühe zurückhaltende Fangemeinde bedrängten, um ihre Fragen loszuwerden. Ein dürrer, langhaariger Schmachthaken, vielleicht zwanzig Jahre alt, sollte den Baader spielen und wollte unbedingt etwas Unbekanntes, Privates, Charakterliches über die von ihm zu verkörpernde Figur wissen.

Ja, wie war der, sagte Peter und schaute in die aufs schönste neugierigen Gesichter, der war auch anders.
Erzählen Sie, bitte, erzählen Sie doch irgend etwas.
Nur eine kurze Geschichte, sagte Peter, wenn's denn der Theaterkunst dient.

Sie spielte in Köln, ziemlich am Anfang seiner Bekanntschaft mit der Gruppe.

Wir brauchten Geld für verschiedene Projekte, erzählte er, wollten in Köln 'ne Bank machen, zu fünft, glaub ich, und der Baader sagte vorher, wenn's weniger als zehn Mille bringt, dann haben wir Pech gehabt und hauen das hier sofort auf den Kopp ... und tatsächlich, es war'n nur knapp zehntausend, na ja, damit gingen wir in eine Bar, legten dem Wirt die Kohle hin, er solle die anderen Gäste rauswerfen, wir wollten in Ruhe allein unter uns feiern. Was dann ein bißchen ausuferte, und gerade als Baader in inniger Umarmung mit einem Garderobenständer tanzte, beschloß der Besitzer, Schluß zu machen und uns rauszuschmeißen ... eine idiotische Idee von dem Mann, denn einmal in Partylaune, konnte uns nichts davon abhalten, den Laden feierlich in seine Einzelteile zu zerlegen, bezahlt war's ja ... Aber erst richtig was zu lachen gab's am nächsten Morgen, als wir im Hotel die Zeitungen lasen, der Express schrieb »Rokkerbande zertrümmert Kölner Bar« ... ja, wunderbar, so Peter am Ende seiner Geschichte, das war Baader, immer konsequent, lustig und zart, alles andere ist ja bekannt.

Die drei Studenten waren begeistert, versteht sich.

Das mit dem Garderobenständer sollten wir unbedingt noch einbauen, sagte der Baader-Darsteller, das wird 'ne Superszene.

Die Zigarettenpause ist vorbei, sagte ich – gehn wir wieder rein.

Was ich seit Beginn des Abends befürchtet hatte, sollte nach und nach auch eintreten – das aus dem Publikum spürbar werdende Interesse galt überwiegend, wenn nicht ausschließlich dem Ex-Terroristen in unserer Mitte. Zuvor gelang es mir gerade noch, mein Achtundsechzig-Statement rüberzubringen und von der Hippiefirma zu erzählen, die entgegen ihrer Anfangsintention als sozialistisch angehauchtes Kollektiv mit elektronischen Lichtspielereien einen Haufen Geld machte – eine beispielhafte Geschichte über die später beweinte Kommerzialisierung des Undergrounds, ja, über die, verschärft formuliert, Kernfusion zwischen rebellischer Gegenkultur und der Kulturindustrie. Dabei wurden die Ideale zur toten Münze, was sich auch spektakulär anhörte, diese Story eines mit Millionen versüßten Scheiterns am eigenen Erfolg, doch für die Studenten einer technisch-ökonomisch ausgerichteten Universität schien das kein großes Unglück zu bedeuten. Wahrscheinlich hielten sie das für die Camouflage eines Wirtschaftstypen, der mit seinem schizoiden Hippie-Sozialismus hier nochmal hausieren ging, der aus seinem Haß aufs Kapital ein wenig Kapital schlagen wollte und seinen Fünfminutenvortrag mit einer ironisch-verwirrenden Pointe beendete.

Das Revolutionsjahr brachte unserem Land ein paar auch heute noch wichtige Dinge, sagte ich – 1968 wurde die Scheckkarte erfunden.
Aber nicht von uns, rief Thomas vom SDS dazwischen.

Der Heiterkeitsausbruch folgte prompt – peinlich, peinlich, wenn einem ein fein erlesenes Bonmot im offenen Mund verfaulte. An dem wegen des bisher humorlosen Verlaufs im Saal besonders intensiv ausfallenden Gelächter hatte ich minutenlang zu schlucken – schwer verärgert darüber, von den einst als scharfzüngig gefürchteten SDS-Leuten Jahrzehnte nach Auflösung ihres Vereins doch noch erwischt worden zu sein. So rauschten einige der nächsten Wortmeldungen an mir vorbei wie auch der weiche Einstieg, mit dem Peter auf die RAF zu sprechen kam. Über deren Taten wußten die meisten Teilnehmer hier ausreichend Bescheid – die älteren, nichtstudentischen jedenfalls, das Gros der Studenten sicher auch.

Peter schien die Zuhörer in seinen Bann zu ziehen, indem er mal leise, mal flüsternd suggestiv, dann wieder sachlich klingend erzählte und bald in aller Beiläufigkeit den Satz »... als ich meine erste Bombe baute ...« fallenließ – ein Satz, den in einer Diskussion nicht viele Leute sagen konnten, ein unglaublicher Satz, der Anfang eines Fortsetzungsromans, der für Minuten unter meiner Schädeldecke vibrierte. Wer so bildhaft mit dem unsterblichen Bedürfnis nach Anarchie spielte, wer die heimlichen Sehnsüchte nach Rebellentum so direkt ansprach, dem lag doch jedes Publikum zu Füßen – der Ex-Terrorist als langsam in Fahrt kommende Rampensau. Als du deine erste Bombe bautest, hätt ich ihm gerne gesagt, war mein romantischer Glaube an die verändernde Kraft der emanzipatorischen Bewegungen bereits erschüttert, weil Leute wie du, dessen Namen hier keiner ausspricht, für den Anfang vom Ende des fröhlichen Aufbruchs sorgten – okay, okay, es lief ja trotzdem alles weiter, trotz deiner Fraktion, diesem Pfahl im Fleisch der Hedonisten, die uns Generationsgenossen in schwerste Verdrückung brachte, zumindest ein paar Jahre lang ...

Abrücken von meinem rechten Nebenmann ging nicht. Also beugte ich mich ein wenig zum links von mir sitzenden Universitätspräsidenten hinüber, um ihm die kleine Ablenkung ins Ohr zu flüstern – ohne diesen Bombenbau hätten wir 'ne Hippiefraktion im Parlament und der Langhans säße im Schloß Bellevue.

Er flüsterte zurück, daß er nichts gegen ein bißchen langhaarigen Glamour habe, aber selbst lieber in Schlips und Kragen in die Uni käme – zehn Herrenanzüge im Schrank wär'n nun mal die problemloseste Art, sich zu kleiden.

Unser Ex-Terrorist erklärte mittlerweile einige Abläufe innerhalb der RAF, der Name Schleyer fiel, was mich wieder konzentrierter zuhören ließ. Demzufolge hatte sich die Gruppe erst nach langen Überlegungen und Recherchen – und keinesfalls aus schlicht hierarchischen, gar beliebigen Gründen – zur Entscheidung durchgerungen, den Arbeitgeberpräsidenten zu entführen. Ihr war bekannt geworden, daß der Mann im Auftrag der Nationalsozialisten während des Zweiten Weltkriegs in den besetzten osteuropäischen Ländern Arbeitskräfte für die Industrie im Reich beschaffen sollte – und zwar hochqualifizierte, in Rüstungsfabriken einsetzbare Facharbeiter. Der junge, bereits im Management tätige Herr hatte diese Aufgabe bestens gelöst und in kürzester Zeit die geforderte Anzahl von fünfzigtausend Menschen beigebracht. Sie arbeiteten bis zum Kriegsende im Reich. Laut Peters Erzählung wäre bei den Nachforschungen herausgekommen, daß nur wenige Hundert von ihnen wieder in ihre Heimat zurückgekehrt, die überwiegende Mehrheit aber spurlos verschwunden und höchstwahrscheinlich ums Leben gekommen war. Die Nachforschungen hätten weiterhin ergeben, daß die bundesdeutsche Justiz diese nicht ganz unbekannte

Tatsache weder zu untersuchen noch anzuklagen gedachte. Ganz im Gegenteil – der Schuldige am Verschwinden dieser knapp fünfzigtausend fungierte Mitte der siebziger Jahre unbescholten in einer hochrangigen gesellschaftlichen Position. Daß sein Verbrechen offenbar ungesühnt bleiben sollte, erklärte Peter, hätte die RAF-Mitglieder zutiefst empört und schließlich zu ihrem Entschluß gebracht.

Wem würde das nicht einleuchten, flüsterte ich meinem Nachbarn zur Linken zu.

Aber bitte, sagte Peter von der RAF, das bedeutet selbstverständlich nicht, daß wir das Recht gehabt hätten, in Form einer Selbstjustiz das zu tun, was wir getan haben.

Die Diskussion war etwas ermüdend gewesen, neue Aspekte hatten sich kaum ergeben. Die Fragen gingen nahezu ausnahmslos an Peter, einige der Antworten gab allerdings der Historiker, der besser zu wissen schien, an welchem Morgen welches wichtige Kassiber der Gruppe von wem auf welchem Weg durch den Knast zu wem geschickt wurde, um die und die Information zu übermitteln – an den wesentlichen Tatsachen änderte sein Forschungseifer nichts. Erst spät kam für Momente Unruhe auf, erzeugt durch einen Studenten in den hinteren Reihen. Der hatte Peter gefragt, welchen Rat er einem jungen Menschen geben könnte, der gerade vor der entscheidenden Gewissensfrage stünde, sich einer bewaffneten Widerstandszelle anzuschließen oder nicht. Peter sagte, abwarten und gut überlegen. Der leicht erregt wirkende, rotblonde Mann wurde – wenn ich das richtig gesehen hatte – von Kommilitonen und Offiziellen unter seinem schwachen Widerstand langsam, aber entschieden aus dem Saal gedrängt.

Unser einziger schwieriger Student, erklärte der Moderator nach Ende der Diskussion, der Junge hat psychische Probleme, er ist seit einiger Zeit in Behandlung.

Vor dem abschließenden Abendessen legte ich mich für eine Viertelstunde aufs Bett. Vom Gespräch angeregt, fiel mir eine Geliebte aus den hier diskutierten Jahren ein, eine hochdramatische Person, meine erste ernsthafte Liason nach der Trennung von Régine. Anfang der Siebziger, radikale, rasante Zeiten, Männlein und Weiblein gingen kneipenhart miteinander um … sie immer mittenmang, eine linksdrehende Bürgertochter, ein Unternehmerkind, das mit der Familie brach, um als Sozialarbeiterin und verwilderungsbereiter Nachtmensch zu agieren, zu agitieren. Neu im Leben unterwegs, nach Ende der monogam-häuslichen Régine-Periode, wurde mir diese Anfangzwanzigerin von einer soeben kennengelernten Clique quasi zugeordnet – ein gruppendynamischer Prozeß, eine Sitte, man mußte nur in eine Clique hineinkommen, um sich dort durchvögeln zu dürfen und damit ganz revolutionär die Welt zu verändern, die Welt dieser Clique jedenfalls. Ein Hamburger Jung namens Minski hatte mich da reingebracht, ein auffälliger Kerl, mit Felljacke und schlampig imitierter Hendrix-Frisur, der ständig mit leergetrunkenen Rumgläsern um sich warf … Mir unterstellte er offenbar finanztechnische Qualitäten und sagte gleich als erstes einen Baader-Satz: Komm, laß uns zusammen 'ne Bank machen. War eher surreal gemeint von ihm, aber ich war im Spiel, dank Gerd Minski, meinem Vorgänger bei ihr – einer grünäugigen Schönheit mit slawisch hohen Wangenknochen, die in der Kneipe spätestens nach dem dritten Wein mit beiden Händen ihre wunderbare brünette Haarpracht hochwuschelte und lautstark provozierend den Raum eroberte … Cosinus hieß die Kneipe, Doro hieß die Schöne, ja, auch Psycho-Doro, für mich die erste Frau, die mit Wein im Bauch ungeheuer dynamisch wurde und wie neu frisiert, gestylt, dolle politische Vorträge hielt. Übers Jahr wurde klar, daß meine Wenigkeit sie nicht über ihre alte Liebe hinwegbringen konnte. Aber warum eigentlich nicht, was hatte ein Gerd Minski, das mir fehlte? Was war an diesem anarchosprücheklopfenden, selbsternannten Studentenführer dran? Sie sollte mir mal erklären, was er denn getan hätte, um sie rumzukriegen, ihre Liebe zu verdienen – erzähl mir eine Geschichte, nenn mir einen Grund. War natürlich eine blödsinnige, paranoide Frage.

Eines Nachts, sagte sie nach einigem Überlegen, sind wir stundenlang besoffen mit seinem alten schwarzen BMW durch die Stadt gefahren und haben gegen Morgen vor so 'nem Tante-Emma-Laden 'nen frisch gelieferten Karton Milch geklaut.
Einen Karton frische Milch?
Ja, einen großen Karton mit 24 Tüten Milch.
Soviel Milch, sagte ich perplex, ist ja Wahnsinn.

Damals wurde die Suggestion von Gewalt und Anarchie zur Attitude ... und mir eher unangenehm, wie auch die ewigen nächtlichen Diskussionen dieser Themen. Die permanent aufgedrehte Doro schleppte mich an geheime Orte, wo auf überlaufenen Parties gerüchtweise der eine oder andere Terrorismuskandidat auftauchen sollte – schon etwas verletzend, ihre Sucherei nach den durch die Fahndungsplakate bekannten Jungs auf der Tanzfläche. Das passierte so um 1973 oder '74, doch vorm Kadi landete erst mal ich – verurteilt zu einem Monat Sozialdienst wegen dreier für Doro im Supermarkt geklauter Zigarettenschachteln. Und was passierte in den Jahren danach? Es war zum Weinen. Sie verpuppte sich – geradezu klassisch klischeehaft – zur Vorortszahnarztgattin mit abnehmender Lebensfreude, und er trug auf altgermanischen Things in der Lüneburger Heide Gedichte vor … Ja, der Minski, der wollte schon immer extrem sein und schwärmte drei Jahrzehnte nach dem Milchklau wieder für diesen Herrn Mahler – den ins Irrsinnige gewendeten Ex-Anwalt, den mein Mitdiskutant Peter von der RAF aus früheren Zusammenhängen kannte.

Beim Abendessen saßen wir beide wieder nebeneinander – die von werweißwelcher Tischregie plazierten Namenskärtchen wollten es so. Die um etliche Gäste auf zwei Dutzend Leute vergrößerte Tafelrunde schien in bester Stimmung zu sein, die Sitzordnung brachte einige Teilnehmer enger zusammen, andere womöglich gar nicht. In der intimen Situation war die seltsame Verlegenheit zwischen Peter und mir spürbar stärker als vorher, eine nach meinem Eindruck über gewöhnliche Begegnungen mit Fremden hinausgehende, vielleicht gegenseitige Irritation. Wir schauten uns zunächst gar nicht an, lasen die Menükarte, ohne sie anknüpfend zu kommentieren – die Rinderklößchensuppe mit rosa Pfeffer, das gefrostete Paprikamousse, das Bonbon vom Wiesenlamm und diverse Desserts hätten durchaus einen hartlinken Kommentar vertragen, selbst den lächerlichen ›Wieso-gibt's-denn-heut-kein-Eisbömbchen‹. Doch wir schwiegen und schlürften Suppe. Die uns beiden gegenübersitzenden, silberhaarigen Professorinnen kuckten sehr freundlich – nicht unbedingt zu mir, um genau zu sein. Jeder ihrer Blicke sagte, oh ja, wir kennen die Jahre, die ihr kennt, die verdammten, die süßen Jahre, ja, wir waren dabei in Berlin und in Frankfurt, wir verstehen euch nach wie vor, auch wenn wir schon lange am Bodensee leben. Die Namen der beiden Frauen hatte ich bei der Vorstellung nicht richtig verstanden.

Doch wie und worüber wäre ein Gespräch mit meinem Nebenmann zu beginnen gewesen? Ihm noch mal vorhalten, daß sein persönliches Handeln vor über dreißig Jahren mein persönliches Lebensgefühl empfindlich gestört hatte? Ihn schuldig sprechen dafür, daß mit den penetrant gesteuerten Bildern von zerschossenen Autos und tuchbedeckten Leichen die vormals kulturrevolutionäre, emanzipatorische Bewegung massiv bloßgestellt, gar ins Absurde gelenkt worden war? Ich hätte ihm erzählen können, daß ich dennoch wegen der Stammheimer Todesnachricht den ganzen Tag wie benommen war, und zwar so benommen, daß mir eine hohe Geldbuße aufgebrummt wurde – weil mir mein Fahrrad aus den Händen flog und während eines Disputs vor den Füßen einiger der an diesem Vormittag überall herumstänkernden Polizisten landete. Ich hätte ihm erzählen können, daß mein Freund Leiser einen kannte, der einen kannte, der was wußte über den Fememord Schmücker. Ich hätte ihm auch erzählen können, daß meine Gebrauchtbuchhandlung um die Ecke ganz aktuell eins ihrer großen Fenster mit älterer Terrorismus-Literatur dekoriert hatte – darunter eine interessante Broschüre, Armed Resistance in West-Germany, all papers of the baader-meinhof-fraction. Doch ein Small talk schien hier unangemessen – für diesen Tischgesellen fiel mir einfach keine passende Bemerkung ein.

War verdammt hart, sagte Peter dann so unvermittelt, als hätte er meine Gedanken gelesen – war alles verdammt hart.
Danach drehte er sich ein wenig zu mir rüber, um mit fast konspirativ gesenkter Stimme fortzufahren – zweiundzwanzig Jahre Knast, das können Sie sich kaum vorstellen.
Nur schwer, sagte ich, eigentlich gar nicht.
Und siebzehn davon in isolierter Einzelhaft.
Ja, hart.

Dreiundzwanzig Stunden allein in der Zelle und täglich eine Stunde Hofgang – auch allein.
Ja, das ist hart, sagte ich.

Natürlich hörte es sich furchtbar an, zumal er die Einzelhaft noch genauer in ihren Einzelheiten beschrieb. Aber es klang auch nach Beklagung eines Schicksals, was die eigene Schuld verringerte und Vorwurfsvolles gegen Unbekannt mitschwingen ließ. Womöglich war ihm nicht klar, daß seine Bombenbastelei moralisch durchaus gerechtfertigt gewesen sein könnte und ihn dennoch zugleich in voller Eigenverantwortung hatte schuldig werden lassen.

Nur zwei Stunden Sprechzeit im Monat.

Was sollte ich in einigen Minuten dazu sagen? Waren er und seine fünfzig Desperados überhaupt so wichtig fürs Achtundsechzigerganze? Er konnte nicht mal andeutungsweise so tun, als hätte er unverdient oder in höherer Mission im Knast gesessen. Jedes seiner Worte, jeder Satz, trug an kontrovers mitzudenkendem Zusatzgepäck – doch es kam nix Grundneues von ihm, keine weiteren Erklärungen, keine Enthüllungen über die Guerillagrößen. Neben mir saß ein unscheinbarer Mann, der sich für immer vom Terror losgesagt und dennoch für immer dafür einzustehen hatte, verfangen in der Täter-Opfer-Verstrickung – ein, trocken gesagt, seltener Unglücksmensch, der wahrscheinlich ahnte, daß er mit seinen Bomben ins neunzehnte Jahrhundert gehörte und ihn nichts und niemand mehr zur Ikone machen würde.

Unsere tischnachbarliche Unterhaltung lief eher schleppend, was den beiden Professorinnen von gegenüber Gelegenheit gab, mit dem doch irgendwie zentralen Gast ins Gespräch zu kommen. Der Abend mit ihm schien sie auf einen Schlag fast vierzig Jahre jünger zu machen. Bei Peters bisherigen Erzählungen hatten sie ihr Mitgefühl bereits des öfteren mit dezent wiederholtem Kopfnicken und zustimmendem Lächeln bekundet – ihr Empathievermögen lag wohl wesentlich über meinem, dem leider unterdurchschnittlichen, einem Handicap in allen möglichen Situationen. Die beiden Frauen sprachen sogar das von ihm in der Diskussion kurz erwähnte Rückenleiden an, das ihn seinerzeit angeblich zu den Drogen hatte greifen lassen, Ärzte oder Krankenhäuser aufzusuchen ging ja nicht. Ihr eigentliches Thema fanden sie dann in der Problematik der westdeutschen Erziehungsheime der fünfziger Jahre – womöglich berührte es die Arbeit in ihren Fachbereichen.

Gewalt, Quälereien, praktisch nahtlos übernommene Nazimethoden – tausende Kinder wurden in diesen Heimen traumatisiert, sagte eine Professorin.
Wer es schaffte, da rechtzeitig rauszukommen, sagte er, der mußte denen dankbar sein, die ihm dabei geholfen haben.
Verstehe, sagte ich, im Wissen darüber, worauf er anspielte – aber ich gehörte damals weniger zu den Sozialengagierten, eher zu den hedonistischen Mitläufern, dem letztlich größten der verschiedenen Flügel der 68er-Bewegung, erst der genialische Pop brachte die wild verwegenen und die moralisch korrekten Strömungen in eins.

Das wilde und das richtige Leben sind nicht deckungsgleich, sagte die andere Professorin, soziales Engagement ist entscheidend …
Peter nickte.
Ja, sagte ich.

Warum sollte ein schon ewig zwischen den Klassen und Schichten irrlichternder Einzelgänger hier weiter mitreden? Bei diesem Thema indifferent, inkompetent und daher störrisch, verlor ich die Lust an dem Gespräch. Zusätzlich abgelenkt durch Namensnennungen oder Satzfetzen von Dutschke- und Meinhof-Klatsch, die aus der Tiefe der Dinnergesellschaft teilweise hörbar zu mir drangen – keine Überraschung an diesem Abend, doch auch hier fehlte mir nicht nur das Expertenwissen.

Nach einer Weile wieder zu mir gewandt, erzählte Peter weiter vom Knast und sagte, Schreiben, in der Haft hab ich damit begonnen, das einzige, was einem dort hilft, ist das Schreiben.
Verstehe, sagte ich, nicht nur dort.

Mir fiel Wittgensteins Satz ein, die wichtigste Voraussetzung fürs Schreiben – so ungefähr – sei das Aushalten der Gefangenschaft im Zimmer … Doch ich erwähnte diese unter normalen Existenzbedingungen gewonnene und von mir geteilte Erkenntnis nicht. Sie ließ sich auf Peters Situation nicht übertragen.

Meinen ersten Roman hab ich da geschrieben, sagte er, über einen Jungen aus einfachen Verhältnissen, der in den Terrorismus gerät, später zweifelt … vor acht Jahren erschienen.
Oh, sagte ich, das ist mir leider entgangen …
… macht nichts, bin gerade dabei, meinen zweiten zu beenden, höchste Zeit, Termine stehen fest … aber die Arbeit zieht und zieht sich …
… ja, das kann ich mir vorstellen, Romane dauern …
… und die Termine drücken. Das Buch wird am 1. September erscheinen und der Drehbeginn für seine Verfilmung ist eine

Woche später, 'ne knappe Woche später, am 6. fangen sie an, der erste Drehtag steht fest.
Das geht aber fix.
Der Film soll im nächsten Frühjahr ins Kino kommen.
Ist 'ne gute Zeit jetzt für solche Stoffe …
… Aber noch nicht zu Ende gebracht, die Geschichte …
… Ja, verstehe …
… die Geschichte eines älteren Terroristen, der, nach zwanzig Jahren im Knast wieder in Freiheit, auf wahnsinnig viele Probleme stößt …
… Ja, klar, dem dürfte vieles Alltägliche unbekannt sein, die Scheckkarte beispielsweise …
… das hab ich gehört vorhin.

Die beiden Professorinnen übernahmen erneut das Gespräch – bald dabei auch Moderator Thomas, der seinen Platz nach dem Essen häufig wechselte, um mit möglichst vielen Beteiligten zu reden. Alle drei vermieden, die den ganzen Abend mitzudenkenden, gewalttätigen Vorkommnisse anzusprechen, die unter Peters erwiesener Mitwirkung geschehen waren – das wirklich Schlimme, Deprimierende, erklärte eine der Frauen einmal, sei die Art gewesen, wie der Staat am Ende mit den Mitgliedern der Fraktion umgegangen wäre. Und von der anderen Professorin kam die ziemlich umwerfende Feststellung: Jede Straftat ist schließlich eine verunglückte Problemlösung. Peter lächelte dem Satz mit wiegendem Kopf hinterher.

Unglaublich, dieser Kerl, dachte ich, ihm gelang, wovon wahrscheinlich die meisten Schriftsteller träumen – verfilmt zu werden, gleich mit dem ersten oder zweiten Roman! Thomas Leiser hatte sechs sehr gute Romane geschrieben – offenbar sechs geglückte, filmisch aber eher uninteressante Problemlösungen. Dank der bigotten Kulturindustrie, die längst Aufgeklärtes mit untauglichen Mitteln noch einmal aufzuklären vorgibt, hatte Peter von der RAF bei ihr offenbar bessere Chancen. Und was war mit mir? Welche verunglückten Problemlösungen waren mir geglückt? Ein paar harmlose Drogenkonflikte und nur eine gefahrvollere, beinahe schiefgegangene Geschichte im selben Sektor. Dazu einige schon Ewigkeiten zurückliegende Steuerhinterziehungen im fünfstelligen Bereich, weswegen sich mein Hamburger Steuerberater vorzeitig verabschiedet hatte – die von mir Jahr für Jahr vorgelegten Bilanzen mit den unglaubwürdig hohen Verlusten könnte er gegenüber dem Finanzamt Schlump nicht mehr verantworten. Am Ende war diese verunglückte Problemlösung einer der Gründe, nicht nur aus dem Zuständigkeitsbereich dieses Finanzamts zu verschwinden, sondern vorsichtshalber gleich ganz aus der Stadt.

Ein Haus in Italien, sagte Peter, wieder mir zugewandt – letztes Jahr hab ich ein Haus in Italien gekauft.
Na toll, sagte ich, ein Traum.
Nur ein kleines Haus, gar nicht so teuer, in der Toskana, bei Grosseto, keine zwanzig Kilometer bis zum Meer …
… kenn ich, die Gegend, dorthin hat's ja auch einige Politiker von der Toskana-Fraktion verschlagen, sehr schön …
… ein kleines Wohnhaus mit ein paar hundert Walnußbäumen auf dem Grundstück …
… da gibt's doch was zu ernten, ein Zentner Nüsse pro Baum …
… neinnein, die sind nicht gepflegt, alles ist ziemlich verwildert …
… wie schön …
… da wartet viel Arbeit in Haus und Garten, sagte er – nächste Woche geht's los, wir haben den ganzen Sommer Zeit …
… ja, traumhaft, sagte ich, einfach wunderbar.

Gab es einen Grund, an dieser Stelle mit dem Schicksal zu hadern? Sich über eigene Versäumnisse zu ärgern oder gar neidvoll einzuräumen, hier habe jemand seinen Lebensplan letztendlich besser verwirklicht? Nein, auf keinen Fall. Ich wollte schon immer jemand sein, den andere vertrauensvoll ansteuern, um ihm wichtige Dinge zu erzählen. Und hier war's mal wieder passiert. Währenddessen löste sich die Abendgesellschaft langsam auf, einige Gäste waren bereits gegangen, andere verzögerten ihren Aufbruch noch durch letzte Gespräche im Stehen. Die beiden Professorinnen hatten den langen Weg von der anderen Tischseite herüber zu unserem Platz gemacht, um sich zu verabschieden. Sie beugten sich hinunter zum sitzengebliebenen Peter, wobei eine der Frauen mit überraschend inniger Geste ihre Stirn momentelang an seine Schläfe lehnte, ehe die zweite dezent seine schmalen Schultern streichelte. Beide bedankten sich für sein Kommen und wünschten ihm alles erdenklich Gute – auch für seine zukünftige Arbeit. Schließlich drückten sich alle drei ausführlichst die Hände, eine mir günstig erscheinende Situation, mich ebenfalls zu verabschieden. Ich gab den Frauen und ihm die Hand, winkte noch einigen anderen im Raum zu und ging.

Minuten später mit hormonellem Überschuß im Kopf in meinem Doppelzimmer herumzustehen war mir an diesem Abend noch verhaßter als bei sonstigen Gelegenheiten. Ein adrenalingetriebenes, nachbereitendes Denken setzte ein, das einzelne Szenen der soeben vergangenen Veranstaltung wie beim Vor- und Rückspulen einer Videoaufzeichnung wieder und wieder ins Gedächtnis rief. Die übertrieben detaillierte, geradezu manisch masochistische Selbstbefragung, dieser verfluchte Pop im Kopf, wollte und wollte nicht enden – was war hier richtig, was falsch, was hatte ich gesagt, was hätte ich besser nicht gesagt, und was wäre hier heute unbedingt zu sagen gewesen? Nichts und niemand konnte einem dann mehr durch die Nacht helfen. Blieb nur die Möglichkeit, den Fernseher einzuschalten.

◆

Morgens beim Aufräumen in der Küche fand ich eine an den Rändern mit Bleistift beschriebene Zeitungsbeilagenseite »Museum für Naturkunde«, auf die Ella während unseres nächtlichen Streits Gesprächsfetzen notiert hatte. Viel war's nicht, einzelne Wörter, einige Halbsätze und Kritzeleien, eine Art Schirm, eine Pusteblume vielleicht, die Schrift in gerahmten Kästchen ... »Genug zu tun – du tust gar nichts – ich gehe die ganze Zeit auf dich ein – Klären – du hast mich hierhergeholt – alles faule Tricks – durch den ganzen Scheiß durchkommen – U-Bahn – Vergehen Wochen – du machst mich nur fertig.« Das Blatt auf den Kopf gestellt, folgten weitere Sätze: »Ich konnte nichts mehr ertragen – ich war alle – Du kannst Nähe aushalten – Überheblich Selbstüberhebung – Du hast jetzt genug geätzt – Textmengen«. Die Zitate ihr oder mir zuzuordnen war bei dieser Art Pärchensprache nicht so einfach. Bis auf einen Satz, von mir vor Stunden gesagt und jetzt wieder erinnert – »Das Verhältnis zwischen Tat und Gedanke ist: Dialektik.« Ein offenbar aus der Tiefe des Theoriefundus an schwierig gewordener Diskussionsstelle hochgekommener Satz, die noch nachgeworfene Bemerkung ›erotische Dialektik‹ wurde nicht notiert. Statt dessen hatte Ella unter der Überschrift »Konkrete Utopie« einen letzten, vermutlich von ihr stammenden Satz geschrieben: »Der Gedanke ist nur mächtig, wenn das, was er meint, getan wird ...«

Sie hat's getan. In der vergangenen Nacht gleich dreimal – zwischen Mitternacht und frühem Morgen verließ sie aufgrund eines mächtigen Gedankens dreimal meine Wohnung und kehrte aufgrund eines anderen mächtigen Gedankens dreimal nach einer halben oder vollen Stunde wieder zurück. Jedem dieser Abschiede ging ein kurzes, heftiges Wortgefecht voraus, bei jeder Rückkehr aus der nachtdunklen Nachbarschaft sanken wir uns in die Arme, wobei sich bei beiden zunächst kein Interesse auf Fortsetzung des abgebrochenen Streits zeigte. Mal überwog die Freude über ein nicht unbedingt so schnell erwartetes Wiedersehen, mal legte einer dem anderen den Finger auf den Mund, wenn das kontroverse Thema und der fluchtauslösende Grund nur ansatzweise hochzukommen drohte, und jedesmal wurde innig geküßt und nach der beiderseitigen Mimik des Entschuldigens und Verzeihens erleichtert gelacht ... Doch erst nach der dritten Flucht schien Ellas versöhnend gemeinte Rückkehr die für diese Nacht letzte zu sein – womöglich begünstigt von unser beider Müdigkeit.

Nachdem Ella am Morgen ohne Schlaf zu ihrem Job gegangen war, blieb ich einmal mehr mit einer Rätselbirne am Küchentisch zurück – ein stundenlang anhaltender Wirrwarr an Gedanken, der die Konzentration auf die Arbeit am fälligen Radiokommentar verunmöglichte. Kein Zweifel, unsere Streitereien nahmen zu, das von Ella nach ausweglos erscheinenden Disputen spontan und unaufhaltsam durchgezogene Verlassen des jeweiligen Ortes der Handlung gehörte zu ihrem Verhaltensrepertoire und wiederholte sich entsprechend oft, zu oft. Was mochten die Gründe dafür sein? Welche wann, wodurch und mit wem gemachten Erfahrungen brachten sie zu diesen geradezu haßerfüllten Eruptionen mit anschließendem Fluchtimpuls? Sie erzählte wenig aus ihrem früheren Leben, hielt sie es doch, wie sie einmal sagte, für falsch, sich gegenseitig mit den Höhe- oder Tiefpunkten der Vergangenheit zu behelligen ... Nur hin und wieder mal ein

Halbsatz über einen Ex-Geliebten, langlang her, der junge Gitarrist zu Kölner Zeiten, der junge Bremer Fotograf, langlang her, verflogen der jüngste, sich nach langem Darben gegönnte Engel … Und die letzte, knapp drei Jahre zurückliegende Beziehung schien ihr keine drei zusammenhängenden Sätze wert zu sein, sondern nur kurze Verfluchungen – ein Schwein, der Mann, mit dem sie fast zwei Jahre zusammengewohnt hat, ohne daß sie diesen Lebensabschnitt oder die Gründe für die Beendigung auch nur annähernd erklären wollte. Es ging mir weniger um delikate Einzelheiten, ob etwa einer ihrer Kerle fünfmal am Tag gekonnt haben könnte (was dennoch zu kurzen Stimmungstiefs meinerseits geführt hätte) – auch weniger um die von ihr gemachten Erfahrungen als darum, was von ihr aus diesen Erfahrungen gemacht worden war …

Diese verdammten Träumereien … bei ihr wie bei mir … die Vorstellungen vom Glück, daß endlich ein Mensch erscheinen möge, der gut fände, wer ich bin, was ich tue, denke und will … Doch auch an diesem Vormittag versackte ich in den sich wiederholenden Delirien der Deutung, verwirrt und verwundert – so wie einige Nächte zuvor beim Betreten des Schlafzimmers mit einem Stück Schokolade im Mund, wor auf Ella, die bereits eingeschlummert schien, mit einer Zurechtweisung hochfuhr: Wenn die Geliebte im Bett liegt, darf ein Mann auf keinen Fall Schokolade essen! Ja klar, versteht sich. Mittlerweile begann ich zu ahnen, daß Ellas partnerschaftlicher Verhaltenskatalog der umfangreichste aller bisher gekannten Frauen war; konsequent nach der Maxime, wer mich lieben will, muß auf andere Beschäftigungen verzichten und sollte niemals vergessen, morgens sein Lächeln richtig einzustellen. Um den Erfordernissen einigermaßen standzuhalten, mußte ich – wie stets in Zeiten von Verliebtheit – so einiges lesen, lesen und nochmals nachlesen. Wer beim Gegenüber im Trüben fischte und nicht weiterkam, konnte sich anhand wissenschaftlicher Texte oder Charakterstudien orientieren und zumindest für Momente das ihm zutreffend Erscheinende in die Hand bekommen; etwas über Hysterie aus dem 19., über Double-Bind-Muster aus dem 20. und über Spiegelneuronen aus dem 21. Jahrhundert. Der Grundzug der hysterischen Persönlichkeit zum Beispiel ist laut Ludwig Klages das Bedürfnis, vor sich und anderen als mehr zu erscheinen, als man sei – an die Stelle des ursprünglichen, echten Erlebens träte dann »ein gemachtes, geschauspielertes Erleben«, aber nicht etwas »bewußt gemachtes«, sondern mit der Fähigkeit (der eigentlichen hysterischen Begabung), ganz im eigenen Theater zu leben, im Augenblick voll dabei, und daher mit dem Schein des Echten … Frühe Psychologie, im Moment für mich absolut nachvollziehbar – so eine Lesefrucht jedoch nur ansatzweise am Küchentisch anzubieten, würde die heftigste Gegenwehr auslösen! Das galt auch für die Nacherzählungen von den unbewußten, meist unbemerkten Kämpfen in unseren, speziell den schwächeren männlichen Neuronenverbänden, wie sie Giacomo Rizzolatti beschrieb; entscheidend für die gelingende Empathie sei demnach das frühe Spiegeln der Emotionen von null weg bis zum vierten Lebensjahr, also in der Phase, als ich ohne Mutter war, ohne Frau fürs Spiegeln der Gefühle … Konnte man sich alles im Bildungsfernsehen der hinteren Kanäle ankukken, die Probleme der Bindungsfähigkeit, die Konflikte zwischen den verschiedenen Hirnteilen, einer hat Hunger, der andere sorgt sich ums Dickwerden, ein Haufen Neuronen will Liebe, der andere lieber das Selbst davor schützen, und der Zellverband, der am Ende gewinnt, liebe Ella, der bestimmt, was du tust, und nicht du selbst.

Doch wer oder was speiste diese nicklige Stimmung, in die wir bei fast jedem Zusammensein gerieten? Das konnte ganz schnell passieren. Wenn Ella beim Essen in einem feindseligen Moment mit bittersüßem Lächeln erklärte, spätestens im nächsten Jahr werde sie eine wirklich glückliche Beziehung haben, wahrscheinlich auf Gomera, dann wußte ich, hier waren wieder weit abdriftende Bedenken und Ängste unterwegs. Welche denn, fragte ich in solchen Momenten, laß sie uns mal durchzählen, erstens, zweitens, drittens … die Angst vorm Alter, die Existenzängste … paah, überflüssig, mit deinem Aussehen, deinen Umgangsformen, dem direktricenhaften Auftreten hätte dich jeder vergangsterte Luxusmöbelhändler oder Edelboutiquenbesitzer gern in seinem Laden … und der Rest fände sich. Empörtes Abblocken – klar, ich war ihr Geliebter und nicht ihr Psychotherapeut …

So verhedderten wir uns tagtäglich in nutzlosen Meinungsverschiedenheiten, produzierten ein auf- und abschwellendes, auch keifendes Gejammer – womöglich die Erwachsenenversion der sogenannten Gefühlsansteckung, derzufolge einjährige Babys sofort weinen, wenn andere einjährige Babys weinen; noch so ein Lesefrüchtchen, das nur wenig einbrachte. Aber wer war schon wirklich bewandert in unseren inneren Landschaften, diesem dualen System, in dem jede Wahrnehmung, jede Erinnerung, jeder Gedanke von Emotionen begleitet wurde … eine der Voraussetzungen, um zu vernünftig ausbalancierten Entscheidungen zu kommen … Wer denken will, dachte ich, muß fühlen … Unser Problem war jedoch, daß ich zuviel dachte und Ella zuviel fühlte. Daher fühlte sie sich nach meinem Eindruck ziemlich wohl in unserem Perma-Streit, in dem mit viel Energie geschaffenen, dramatischen Milieu hielt sie sich lieber auf als in einem gewöhnlichen Alltag oder sonstwo … In dieser neurotischen

Ersatzwelt ließ es sich mit großer Leidenschaft leben, dort war immer was los, und dort konnte jemand weder mit dem realen Geschehen belangt noch mit sich selbst konfrontiert werden …

Als unsere Unterhaltung gestern abend das erste Mal eskalierte, saßen wir noch beim Wein in der Küche. So weit ich mich erinnerte, ging es um die Zukunft, ums nächste Jahr, wobei Ella beinahe beiläufig erzählte, sie wäre bei einer Frau gewesen, die mit Menschen arbeitete – wie, mit Menschen arbeiten, unterbrach ich – als eine Art Lebensberaterin bei wichtigen Entscheidungen und Zukunftsfragen.

Du warst bei einer Wahrsagerin, hatte ich ziemlich laut gesagt, das kann doch wohl nicht wahr sein, meine Güte, darüber ham' wir in Erfurt doch lange genug gestritten – und dann gehst auch du zur Wahrsagerin … im 21. Jahrhundert.

Eine sehr renommierte Frau, sagte Ella, die mich natürlich gewarnt hat …
… gewarnt wovor?
… vor dem Mann, mit dem ich zusammen bin, ein Mann, den sie als einen erkannt hat, der gar nicht gut für mich sei …
Ach, wie denn erkannt?
Anhand eines Fotos von dir, das reichte zur Entwicklung einer Wahrsagekarte …
… Entwicklung einer Wahrsagekarte? … nein, nein, nein, schon wieder Kartenspielereien … das kann nicht sein, hör mir auf …
… eine ganz seriöse Sache, um etwas über den Charakter herauszulesen …

… hoffentlich habt ihr euch vorm Wahrsagen die Hände gewaschen …
… alles, was mir über dich einfiel, hab ich ihr erzählt, und rausgekommen ist das Urteil über einen Mann, der gar nicht zu mir passen würde, der einfach nicht der Richtige sei … auf längere Sicht …
Okay, Ella, hatte ich schließlich gesagt, die Frau hat recht – mir würde es genügen, wenn du mein Leben für zwei wunderbare Jahre verschönerst …

Ella war sofort aufgestanden, hatte mit zwei Griffen Tasche und Mantel an sich gerissen und mit der Türklinke in der Hand gesagt: Und die sind jetzt vorbei.

Eine Stunde später war das vergessen. Auf Ellas erste Seufzer mußte ich nicht länger warten, auf dieses freudige Lockstöhnen, das beim Griff in ihre bloße Rückenfurche sehr schnell kam und eindringlicher wurde, wenn sich meine Fingerspitzen in die Vertiefungen ihrer Wirbelsäule drückten, sie einzeln abfuhren, weiter aufwärts und abwärts wanderten, bis sich beide Körper unter Flüstern und Stöhnen gemeinsam bewegten, die kurzen, spitzen Frauenschreie bald in einen anhaltend kräftigen Schrei übergingen … Ein bedeutender, auf ewig geliebter Moment, dem ich vertraute, auf dem sich noch immer alles aufbaute … ein Moment, der von jeher das Zusammensein klar und einfach bestätigte. Doch mit Ella war auch das nicht einfach, weil mit ihr nichts einfach war … meistens blieb mir unklar, ob ein Fick sie wirklich befriedigt hatte. Wenn ich am Ende herausgespürt zu haben glaubte, das sei nicht gelungen, reagierte sie auf diese von ihr natürlich erfühlten Zweifel mit dem zufrieden lächelnden Gesicht einer Strahlefrau – ein eilfertiges, überpünktlich kommendes Lächeln, versteht sich. War die Befriedigung gelungen, entspannte sie das nur für kurze Zeit, unter Umständen nur für Minuten. Das Erreichen des Orgasmus löschte vorangegangene Mißstimmungen bei ihr nicht nachhaltig aus und schien auf ihre übrigen Gefühle nur geringen Einfluß zu haben – das von ihr erhoffte Beziehungsidyll mit Sonntagsspaziergängen, gemeinsamem Zähneputzen und Konto war so höchstwahrscheinlich nicht zu haben.

Ella kehrte aus den Umarmungen jedenfalls schneller in den problematischen Istzustand zurück als ich. Nach meiner Einschätzung hatte das nichts mit jener postkoitalen Traurigkeit zu tun, die vor Jahren groß diskutiert worden war und dann wieder aus der Welt verschwand, zumindest als Begriff. Nein – Ella kehrte zurück zu ihrem Grundkonflikt, dem Widerstreit zwischen zwei sich gegenseitig störenden Trieben, einmal der Angst, ihre Vorstellungen insgesamt würden sich nicht erfüllen, und zum anderen der Aggression gegen alle daran eventuell Schuldigen. Deshalb litt sie unter chronisch erhöhter Triebspannung, die, wie mir mein Caféhaus-Therapeut einmal erklärte, unlustbetont erlebt würde, also unter starken Stimmungsschwankungen. Seiner Tresendiagnose zufolge paßten unsere Traumata ohnehin nicht zusammen. Ihre Bestätigungssucht und deine mörderische Skepsis, ein Mismatch, hatte er gesagt, dabei ist dein ständiges Zweifeln nichts anderes als der ins Heute verschobene, uralte Kinderzweifel, die Mutter könnte dich im nächsten Augenblick schon fallenlassen – dein Verhalten wie das deiner Freundin führen immer wieder in den Zweifel … und gegen den gäbe es nun mal keine logische Waffe.

Auch gestern nacht hatte ich – trotz Ellas Kritik an meinem zwanghaften Redebedürfnis hinterher – abwartend vorsichtig zu reden angefangen und beiläufig Katjas Partyeinladung für den nächsten Sonnabend erwähnt … Woraufhin Ella fragte, was die Frau denn so beruflich täte, wo sie wohnte … und ich mit leicht idiotischem Stolz auf meine Ex ironisch gedehnt antwortete, ja … die Katja …

Danach mußte ich einmal mehr unglücklich aus der Spur geraten sein, um in einem meiner geschwätzigen Anfälle eine unangemessen lange Geschichte zu erzählen, ja, die Katja … die sei eine erfolgreiche Geschäftsfrau in Charlottenburg, das Germanistikstudium habe sich gelohnt, 1987 wäre sie sogar Managerin des Jahres gewesen und beteiligt an Firmen ihres Gatten, eines für Westberliner Kreise tatkräftigen Mannes mit Gewinnergesicht, mit dem ich sie – natürlich unbeabsichtigt – seinerzeit zusammengebracht hätte … an einem Trinkabend unter Sportsfreunden im ›Dschungel‹ … wo mir Tage zuvor ein schwerer Fehler unterlaufen sei. Welcher? An der Bar stehend, hatte ich Katja im Plauderton ein unfreiwilliges Geständnis gemacht, ihr betrunken wie von Sinnen intime Details über einige lächelnd vorbeigehende Frauen erzählt und dabei höchst belustigt beschrieben, daß eine von ihnen eine Art stählerne Slipeinlage trüge, ein untenrum schwer zu entfernendes, silbriges Drahtgeflecht, als Schutzgitter vor der eigenen Haltlosigkeit womöglich, eine selten vorkommende Marotte jedenfalls … Anderntags erzählte mir Katja, was in der Nacht alles sonst noch aus mir rausgesprudelt war, das unsere Harmonie und unser Leben als Sartre/de Beauvoir mehr als gefährdet hatte – nicht zu fassen … die schönsten top secret Stories, die geheimste, gemeinste Wahrheit, ungewollt, ausführlichst und genau erzählt … als Folge eines Filmrisses, nur eine meiner früheren mehrstündigen Absencen … entschieden zuviel Wein getrunken an dem Abend, ein kompletter Blackout war's, keine Ahnung … hey … warte, warte, ein Versehen.

Doch da stand Ella bereits in der Tür. Keine Alkis mehr, sagte sie noch, nein, nein, nein, nie mehr. Und ging.

Eine Stunde später begann sie als Erklärung für ihre Nervosität – noch angezogen auf dem Bett liegend – von ihrer gerade achtzehn gewordenen Tochter zu erzählen, von der Sorge, sie in Kürze zu verlieren, da sie eigene Wege gehen wollte, bestimmt bald auszöge, so daß ich augenblicklich Angst bekam, dann viel häufiger für Ella da sein zu müssen, weil ihr nach der Trennung etwas fehlen würde. Mutter und Tochter waren im ständigen Kontakt, telefonierten mindestens alle zwei Stunden miteinander, stimmten jeden wichtigen Schritt vorzeitig ab – nach meinem Eindruck lebten sie in allerengster Symbiose … zu eng, dachte ich, und manchmal: schön eng. Der Vater des Kindes hatte die beiden bei der Geburt schmählich allein gelassen – zur größten Enttäuschung Ellas, die so zur Alleinerziehenden wurde, mit entsprechend intensivem, innigem Verhältnis zu ihrer Tochter und gelegentlich ausufernden Wutausbrüchen gegen einen gutverdienenden, hartherzigen Yuppie in Hamburg, der nur unregelmäßig … Eine über achtzehn Jahre gestaute Wut gegenüber Männern, die auch einen wie mich einschließen konnte, der ähnliche Problemsituationen vor Jahrzehnten vielleicht auch nicht anständiger gelöst hatte. Und der sie in einem Moment geringerer Geistesgegenwart tatsächlich fragte, warum sie denn damals nicht einfach abgetrieben hätte … das wäre in den Siebzigern, den Achtzigern doch von so vielen gemacht worden …

Das Bett ruckelte heftig, als Ella aufgestanden war und aus dem Flur gerufen hatte: Hier kann ich nicht liegenbleiben, nicht mit so einem Typen, der noch immer an den wilden Zeiten hängt, schäm dich.

Schämen? Wenn ich an die erste, von mir als sechzehnjährigem Schüler mitverschuldete Abtreibung dachte, an diesen Schock, an die wachsende Verzweiflung der Jugendfreundin, fast wahnsinnig vor Angst, zuzuschauen, wie sie noch im sechsten Monat im Bikini durch den Garten ihrer ahnungslosen Eltern herumspazierte … wie der engelmacherische Bauingenieur seine Glasröhrchen bei ihr einsetzte und immer wieder versagte … und wir am Ende doch für sieben Stunden Mutter und Vater eines sterbenden Babys wurden … – dann wäre sich schämen gar kein Ausdruck für die monatelange Quälerei zweier hilflos ausgelieferter, unerfahrener Kids, die bald auseinandergingen und beide zeitlebens keine Kinder mehr zeugen sollten …

Langlang her, diese Geschichte … und bliebe doch besser unerzählt. Späte Bekenntnisse konnten einem noch nach Jahrzehnten in dem Moment auf die Füße fallen, in dem sie ausgesprochen wurden … mit einer Wucht, als wären die Taten gerade eben erst geschehen. Obwohl es die Wechselfälle des Lebens gab, die Veränderungen der Moral. Und damit genug Gelegenheiten für die multiple Persönlichkeit, sich von allen Seiten zu zeigen.

Sie könnte gar nicht mehr weggehen, hatte Ella nach ihrer dritten Rückkehr gesagt, sie würde schon viel zu tief in der Sache drinstecken.

Was für eine Nacht, dachte ich, eine Nacht, die ich vor Jahren noch als Beweis einer besonderen Leidenschaft gesehen hätte – doch jetzt? Langsam wuchs die Ahnung, daß Ellas Gefühle für mich zu anstrengend sein könnten … Ich war ja nicht mehr sechzig.

Später arbeitete ich wieder an meinem Wochenkommentar, und beim Eingeben eines Suchbegriffs fiel mir auf, wie oft die Namen meiner beiden Onkel im Verlaufsbericht der letzten Wochen auftauchten – wie oft ich also seit dem Ende der Erfurt-Reise versucht hatte, dem finsteren Rätsel um die beiden auf die Spur zu kommen … In dem Moment rief Ella an. Sie wandele gerade durch eine wunderschöne Viereinhalbzimmerwohnung, Parkett, Flügeltüren, hell und vor allem gerade frei zu vermieten – der Makler stünde neben ihr. Ob ich nicht schnell vorbeikommen könnte – es sei nur um die Ecke, in der Langenscheidtstraße dreizehn, bergauf die rechte Seite. In der Langenscheidtstraße dreizehn, wiederholte ich – dort gegenüber hab ich schon mal gewohnt. Ob sie dem Makler etwas sagen solle? Nein, ich bin gerade mit etwas anderem beschäftigt.

◆

Die einzigen unserer bisherigen Nächte, in denen Ella und ich nicht miteinander schliefen … diese drei Nächte in Erfurt, als auch ich's mal mit der Familie hatte und mich seit langer Zeit wieder mit deren Beziehungsgeflecht beschäftigte. Keine einfache Reise, zumal wir bereits vorher beschlossen hatten, auf der Rückfahrt zusätzlich Weimar und Buchenwald zu besuchen – noch ganz ohne Kenntnis einer weiteren, mit diesem Schreckensort zu verbindenden Untat meiner Mutter. Sie war uns von der alten Frau Richter erst am letzten Abend erzählt worden.

Es endete alles ganz furchtbar, hatte sie gesagt – zum Schluß wurde Ihr armer Vater von Ihrer Mutter auch noch auf übelste Weise denunziert.
Denunziert, hatte ich gefragt – was soll das denn heißen?
Sie ging zur Gemeindeverwaltung und behauptete, er wäre schuld daran, daß zwei ihrer Brüder ins Lager Buchenwald eingeliefert wurden.
Das darf doch nicht wahr sein, nein, zwei ihrer Brüder nach Buchenwald, in dieses Lager – wie konnte das denn gehen?
Davon weiß ich nichts … da brauchte es manchmal keine Gründe, vielleicht als Kommunisten, vielleicht wegen Widerstandes …
Das glaub ich alles nicht … hatte ich mehrmals konsterniert wiederholt – mein Vater ein Denunziant, der seine nahen Verwandten verrät, das paßte überhaupt nicht zu ihm. Und meine Mutter die Denunziantin eines Denunzianten?

Sollte ich hierhergefahren sein, um so etwas zu hören? All das, was ich nicht an mich herankommen lassen wollte, was mir so fern wie möglich bleiben sollte, war nun nah und geisterte zugespitzt durch mein Denken – die finsteren Manöver einer Familie im Krieg, ihr Versagen, ihre Schuld. Sich sechs Jahrzehnte danach damit auseinandersetzen zu müssen brachte mich durcheinander. Während der Achtundsechzigerphase hatte ich ja keine Familie, die ich wegen irgendwelcher Taten unterm Hakenkreuz hätte angreifen können – bereits seit Jahren, seit dem Tod meines Vaters, war mir die elterliche Geschichte immer gleichgültiger geworden ... ohne größere Bedeutung jedenfalls für einen Halbwüchsigen, der sich selbst adoptierte und als absolut einzelner weiterlebte.

Doch mit dem Besuch in Erfurt kehrte die Familiengeschichte zurück und erschütterte meine wenigen Gewißheiten. Nein, keine Schweinereien, keine schlimmen Sachen, hatte ich früher auf die oft gestellte Frage geantwortet, ›Was haben denn deine Alten während der Nazizeit gemacht?‹ – meine Mutter besaß einen Hutsalon, der Vater führte die geerbte Moselfähre ... Das beruhigte mich und andere. Um achtundsechzig herum war's ohnehin nicht so, daß jeder jedem die reine Wahrheit über die Vergangenheit von Vati und Mutti erzählt hätte. Sogar engere Freunde hielten sich zurück oder verwischten manche Tatsachen, aus Unwissenheit oder schamvoller Distanzierung vom verdorbenen deutschen Ganzen ... Die neu aufkommende angloamerikanische Popkultur befreite uns Nachgeborene davon – die richtigen Rockscheiben, Filme und Comics zu finden war für eine Mehrheit wichtiger, als unterm Familienstammbaum nach abgefallenen, faulen Früchten zu suchen. Auch Gauleitersöhne spielten lieber Baßgitarre, wie einer meiner ungeliebten Cliquenmitläufer, der Stalinski, dessen Vater, stimmigem Geraune zufolge gerade noch rechtzeitig nach Argentinien rübergemacht hatte. Und der meinige? Welche Schuld träfe ihn? Auch nach diesem spät enthüllten, unglaubwürdigen Vorwurf der Denunziation hielt ich meinen Vater eher für unbelastet.

Ihre Mutter wollte ihn fertigmachen, hatte Frau Richter gesagt, und zwar mit allen Mitteln.

Kein schöner Zug von dir, mein liebes Vierwochenmütterchen – durch nichts zu entschuldigen, weder durch die Zeiten noch durch eventuelle Verfehlungen deines Mannes.

Es war nur eine weitere der von ihr begangenen Schlechtigkeiten, die mich ungeachtet ihres langen Zurückliegens aufbrachte. Auch dann noch, als Frau Richter versuchte, die böse Tat etwas abzuschwächen, und meinte, daß es sich um den letzten sinnlosen Racheakt einer verzweifelten Ehefrau gehandelt hätte, die wenige Wochen nach Kriegsende die schlimmstmögliche Anschuldigung für eine Anzeige gesucht hätte – ganz unabhängig von ihrem Wahrheitsgehalt. Erst jetzt, erst durch ihre Erzählungen verstand ich die Haßausbrüche meines Vaters, wenn in früheren Zeiten die Rede auf seine in weiter Ferne lebende Ex-Ehefrau gekommen war. Bei den naturgemäß immer seltener werdenden Anlässen verlor er fast jedesmal die Fassung. Dann verfluchte und verwünschte er diese verdammte Madame, deine, wie er mir entgegen brüllte, hinterhältige und verlogene Mutter, was mich anfangs in kleinkindliche Verwirrung stürzte und dann als Sieben- oder Achtjährigen rätseln ließ – zum einen über die abwesende, mir unbekannte leibliche Mutter, zum anderen über die anwesende und von mir als Mutter angenommene Frau, die während Vaters Haßtiraden regelmäßig in sichtbarer Betrübnis verstummte. Sein Lamento, die späteren Erklärungen, der Pfarrer, der ausdrücklich für das Kind und nicht für den geschiedenen, exkommunizierten Hausherrn die Dreikönigssegnung über die Tür kreidete, und mein wachsender Verstand machten mir damals klar, Teil sowohl einer auseinandergelaufenen, doch blutsverwandten wie auch einer nachträglich entstandenen, doch falsch zusammengesetzten Familie zu sein. Aus den früh erfahrenen, nach und nach deutlicher werdenden Widersprüchlichkeiten heraus entwickelte sich meine Abneigung gegenüber allem Familiären – ein Gefühl, das von der Pubertät und dem Freiheitswillen eines Früherwachsenen bis zur Bereitschaft verstärkt wurde, völlig darauf zu verzichten. Fürs Leben planen ließ sich so etwas nicht. Es geschah eben.

So gesehen ließen sich Frau Richters Erzählungen auch als nachgelieferte Begründungen meiner Haltung verstehen. Jahrzehntelang hatte ich ihr entsprechend gelebt – ohne Familie, ohne ihre Vor- und Nachteile, auch ohne den dazugehörigen Ort. Fragte mich jemand nach den Gründen, erklärte ich das langgestreckte Single-Dasein der Einfachheit halber mit den biographischen und den parallelen historischen Abläufen. Punkt eins war, ein in den Nachkriegswirren kompliziert aufgewachsenes Scheidungskind gewesen zu sein, Punkt zwei, danach ein vom Zeitgeist geleiteter Twen(tysomething), der sich, Punkt drei, unter Einfluß des rebellischen Achtundsechzigergezerres an der Institution Familie zur biologisch pünktlichen Gründung einer eigenen Familie nicht hatte durchringen können. Der nicht daran glaubte, daß das Familienleben von der Evolution diktiert wäre, und der daher, Punkt vier, einige Jahre später sein solipsistisches, von Verantwortung weitgehend befreites Lust-und-Laune-Leben den verpflichtenden Formen der Mehrheit vorzog. In den antiautoritären Zeiten schien die Ehe ohnehin für immer abgeschafft. Überzeugend in dem Punkt auch die maoistische Kulturrevolution ... deren Funktionäre forcierten ja das Verschwinden der als Basis des Kapitalismus betrachteten Ehe – für ihre unbürokratische Auflösung sollten zwei Wochen und vier Dollar Gebühr genügen ... Das waren doch bleibende Prägungen, liebe Ella. Selbst nach dem Ende der erotisch hochgerockten, rebellischen Jahre heiratete kaum jemand aus meiner Bekanntschaft – außer dem einen oder anderen homosexuellen Paar in jüngerer Zeit.

Alles Blödsinn, hatte Ella wiederholt gesagt, du bist nichts anderes als das Ergebnis jahrelanger Fehlentwicklungen – das Zusammenleben ist nun mal Normalzustand ...

Um diesen Zustand für unseren Fall zu erreichen, hätte Ella eine Woche der Vorbereitung genügt, während ich als Anhänger des Getrenntlebens respektive der verantwortungsfreien mandschurisch-schöneberger Besuchsehe mindestens fünf bis zehn Jahre Bedenkzeit für einen Kurswechsel brauchen würde ... Die Unterschiedlichkeit eines Paares konnte nicht nur in dieser Frage kaum größer sein. Obwohl auch sie bisher keine eigene Familie zustande gebracht hatte, hielt ich Ella für ein Familientier, wenn auch ein angeschossenes, verwundetes, da sie die Realisierungschancen der von ihr erwünschten Existenzform schon zu lange schwinden sah. Im Grunde vertraute sie nur ihrer alten Verwandtschaft. Beinahe täglich telefonierte sie mit einer der Schwestern, Cousinen oder Schwägerinnen und sonntags mit den Eltern. Deren Zusammenleben hatte sie einmal kurz beschrieben – in der Firma, die sie gemeinsam führten, hätte die Mutter ihren Mann den ganzen Tag über feldwebelartig zusammengestaucht, doch spätabends nach getaner Arbeit sei aus dem Schlafzimmer von den beiden nur wohliges Stöhnen gekommen. An dieser Stelle wurde ich hellhörig und glaubte, darin ein von der offenbar daueraggressiven Mutter dominiertes, sexuelles Muster zu erkennen, dessen lange erste Phase mir wenig gefiel. Fraglos hätte Ella am liebsten in einer von ihr beherrschten, konventionellen Konstellation gelebt.

Nach so langem Einzelmensch-Dasein ging mir das Gefühl für familiäre Zustände mehr denn je ab. Dennoch rührte es mich an, wenn andere wie Ella von ihren Eltern und Geschwistern redeten – egal, ob sie mit dem besten Einverständnis oder äußerstem Unverständnis erzählten. Dann stellte ich mir vor, daß sie wie selbstverständlich eine innere, unzerstörbare Bindung zu den mit ihnen verwandten Menschen spürten. Und damit womöglich zur Menschheit insgesamt, eine emotionale Verbundenheit also, die mir zum eigenen Unbehagen in dieser Eindeutigkeit fehlte.

Diese Mutter, was für eine Frau, dachte ich und sagte es auch mehrmals auf der Fahrt nach Buchenwald – welche Infamie, nach über zwanzig Jahren Ehe dem eigenen Mann so ein Ding anzuhängen.

Von der Denunziation hatte ich in früheren Jahren nicht mal andeutungsweise etwas gehört. Wer hätte darüber Bescheid wissen können? Welche Behörde wäre für so etwas vier Wochen nach dem Kriegsende überhaupt zuständig gewesen? Wer hätte in dem Chaos eine tatsächlich begründete Anzeige von einem bloßen Racheakt zu unterscheiden gewußt? Frau Richter war überzeugt, daß die Anschuldigung zu unrecht erhoben und von den Behörden auch als unwahr verworfen worden wäre. Ihr zufolge reiste meine Mutter wenige Tage nach der Anzeige zurück in ihre Heimat, der Vater erschien nicht mehr zum Familienbesuch in Erfurt und von den beiden angeblich ins Lager gekommenen Brüdern wußte sie nichts.

So ganz unverdient war die Beschuldigung gegen ihn auch wieder nicht, sagte Ella irgendwann – die hatten doch alle Dreck am Stecken.
Halt dich da raus, hatte ich sie angeherrscht, um dann naiv und hilflos meinen Vater kurz zu charakterisieren: Er war anders, er war nicht in der Nazi-Partei, nicht mal Soldat, untauglich wegen der berühmten Scheuermannschen Krankheit im Rücken, eine, wenn's auch nach so langer Zeit komisch klingt, ehrliche Haut, ein Ehrenamtsmulti, Mitglied in vielen Vereinen – und doch melancholisiert wegen des Verlustes seiner ursprünglichen Heimat, die er mitten im schönsten Leben wegen des Zweiten Weltkrieges verlassen mußte …

Ella sah ein, daß sie – anders als bei den vorhergegangenen, von ihr verständnisvoll erklärten Taten – über den letzten Fehltritt meiner Mutter besser schweigen sollte. Ihre Argumente halfen hier sowieso nicht weiter. Sie würde die Liebe kennen, behauptete sie in Gesprächen oft genug, um auf meine Nachfrage ›Ja, welche denn‹ zu antworten, in jedem Fall die mütterliche Liebe – als seit siebzehn Jahren alleinerziehende Frau. Das war diejenige Form, die ich am allerwenigsten kannte. Und nach allem, was mir in den vergangenen drei Erfurter Tagen erzählt worden war, mußte ich sogar froh darüber sein, die mütterliche Liebe nicht länger als einen Monat genossen zu haben. Diese Mutter zeigte sich post mortem von ihrer häßlichsten Seite und ließ mich von einem Verrat meines Vaters und gleich zwei inhaftierten Onkeln phantasieren – aufgrund einer von ihr geschaffenen, wenig wahrscheinlichen Absurdität. Sie brachte mich dazu, mit ganz anderen Gefühlen als gedacht nach Buchenwald zu fahren – weniger in der erwartbaren, obligaten Beklommenheit der Nachgeborenen als vielmehr aufgebracht und verärgert.

Eine anfangs landschaftlich schöne Strecke, gut geeignet für Wochenendausflüge von Großstädtern – sie führte durch hügelige Waldgebiete in Richtung Ettersberg. Am Abzweig nach Buchenwald wechselte der Straßenbelag fühl- und hörbar vom glatten Asphalt zum Kopfsteinpflaster einer deutlich schmaleren Straße, der sogenannten Lagerstraße, wie auf den städtisch wirkenden, unpassend zwischen Bäumen und Büschen aufgestellten Namensschildern zu lesen war. Da es keine Bahngeleise gab, führte allein sie ins Lager hinein. Sie sollte mit den ungewöhnlich weit auseinanderliegenden und damit sparsam gepflasterten Kopfsteinen offenbar wie das rekonstruierte Original aussehen – ungeachtet der Tatsache, daß jede bauliche Rekonstruktion eines KZs und seiner Verkehrswege die Realität verfälschte. Dennoch setzte spätestens hier auf der langen Geraden unterm Blätterdach die unangenehme Aura eines Ortes ein, dessen Vergangenheit mir mit etlichen vorgewußten Bildern, Film- und Literaturzeugnissen auf zwar virtuelle, doch merkwürdig faßbare Weise präsent war.

Der Buchenwald lichtete sich, Baracken wurden sichtbar, klar, wieder Holzbaracken, daran Schilder amtlicher Institutionen, ein Lager-Modell beim Kartenkauf in der Empfangsbude, nach dem Eingangstor ein letzter zweihundert Meter langer Fußweg, und dann nahm das Auge des Besuchers das umzäunte, bis auf wenige verstreut liegende Gebäude leere, feld- und wiesenartig zubereitete Areal in den Blick … Ein seltsamer Anblick, da man die Wegführung, das instand gesetzte Wegenetz, original belassen, die dazugehörigen, nur im Grundriß erkennbaren Lagerbaracken aber entfernt hatte – befremdlich, diese nackten Straßen ohne Häuser. Am hinteren Ende war ein mehrstöckiges Wirtschaftsgebäude zu sehen und auf halber Strecke ein mir klein vorkommender, erst nach kurzem Nachdenken als Krematorium erkannter Bau, beide aus Stein.

Aber war der Besuch eines ehemaligen Konzentrationslagers, eine Besichtigung dieser Rest-Bauten, angesichts der generellen Aburteilung der Nazizeit überhaupt noch nötig? Hier angekommen, widerstrebte es mir paradoxerweise, all die zur Verfügung stehenden Dokumente genauer zu betrachten, jede grauenerregende Einzelheit, jedes ausgestellte Instrument anzukucken … Wozu? Für den gesamten Komplex gab es keine neuen Gedanken.

Die Bauten, der äußere Rahmen überhaupt, dienten nur als Gedächtnisstützen. Das Vorwissen blieb wesentlicher – vor allem das Angelesene, die hunderte Seiten Buchenwaldprosa, die Bücher von Kertesz, Hessel, Apitz und Eugen Kogon, deren Lektüre das Lagerleben zu Teilen vorstellbar und unvergeßlich werden ließ. Was hatte ich nicht alles gelesen über den sogenannten Typhus-Block, alle schrieben darüber, erzählten von einer Baracke, in der sich wegen der dort drohenden Todesgefahr die Chance zur Lebensrettung eröffnete, weil die SS-Bewacher um diese Krankenstation einen großen Bogen machten. Bereits als Kind mußte ich darüber Genaueres gelesen haben, mit neun oder zehn Jahren, in einem Buch, das mir mein Vater schenkte. »Arztschreiber in Buchenwald« hieß es, das vielleicht erste und heute verschwundene Buch über diesen Ort, ein Geschenk der frühen Fünfziger … Ein halbes Jahrhundert später erinnerte ich nur noch das undeutliche Gefühl, es als abenteuerlichen, wegen des unvorstellbaren Geschehens faszinierenden Roman gelesen zu haben.

Ein eindeutig zu früh gekommenes Geschenk, meinte Ella dazu – mit neun Jahren kann ein Kind das wohl kaum verstehen …
Ich versteh's bis heute nicht, antwortete ich – aber allein die Tatsache, daß der Vater mir dieses Buch zu lesen gab, dürfte die Lächerlichkeit der Anschuldigung gegen ihn beweisen …
Der Rosenkrieg eines Flüchtlingsehepaars – da ging's um die Gesinnung, nicht um die Kronleuchter …

Ob meine Mutter überhaupt wußte, was in Buchenwald passierte – nur wenige Kilometer von ihrem Wohnort entfernt? Wie es dort aussah und zuging – im Frühjahr 1945? Ohne Filme und Bilder zu kennen, nur aufgrund von Gerüchten – wobei sie vielleicht eher den im Dorf sicher kursierenden Verharmlosungen glaubte, was mögliche Konsequenzen ihrer Denunziation auch harmloser erscheinen ließe? In dem Zusammenhang erzählte ich Ella von einem oft gesehenen Ausschnitt aus den vielen oft gesehenen Dokumentarfilmen, der mir besonders präsent war – derjenige, in dem amerikanische Soldaten unmittelbar nach der Befreiung des Lagers hunderte Einwohner von Weimar zwangen, dort hindurchzugehen, die große Zahl der Verstorbenen, Todkranken, fast verhungerten Häftlinge anzuschauen, deren Zustand sie sich offenbar so nicht hatten vorstellen können oder wollen … Weimarer Bürger, Kaufleute, Beamte, wie es hieß, in Gehröcken, ihre Gattinnen in schwarzen Kostümen mit Fuchspelzen über den Schultern, junge Frauen mit schwungvollen Frisuren wie Ufa-Stars der vierziger Jahre, alle pumperlg'sund und gepflegt aussehend, als hätte es bei ihnen weder Krieg noch KZ gegeben – das KZ, das sie nun entdecken mußten und beweinten, die Gesichter gegen das ungeahnte Grauen unter Taschentüchern versteckend, jeder einzelne erschüttert in der langen Besucher-Schlange, die sich immer eiliger durch das Zentrum ihres Entsetzens bewegte, um zu entkommen – keine nach Arbeitern aussehenden Leute, keine schlechtgekleideten Flüchtlinge dabei.

Sie war'n über diese unmöglichen Amerikaner entsetzt, hatte Ella dazu gesagt, wegen deren Zumutung, sich das unter Zwang ankucken zu müssen – die Weimaraner wußten doch, was da passierte.
Aber das, was diese völlig verstörten, weinenden Frauen dort sahen, sahen sie zum ersten Mal …
Ja, verstört war'n sie, diese Frauen, entsetzt und allein gelassen von ihren Ehemännern, Verlobten oder Vätern, die sich vor dieser Besichtigungsfahrt irgendwo vor den GIs versteckt hielten – aus Angst, daß daraus noch mehr werden könnte … tolle Männer …
Ach, Ella.

Wir waren dann etwas planlos durch die Mitte und von einer Seite zur anderen spaziert. Auf dem Weg erzählte ich Ella einiges von dem, was mir durch den Kopf ging – daß Buchenwald kein Vernichtungslager war und trotzdem fünfzigtausend Menschen hier starben, daß es Sonder-Gefangene wie Fürstinnen und Ex-Minister in Sonder-Baracken gab, und daß in den letzten beiden Jahren die Häftlinge das Lager eigenständig leiteten – eine Crux, ein Streit, bis heute ungelöst, da die Kommunisten die Macht ergriffen und ihre Leute vor dem Abtransport in die Todeslager bewahrt hätten … angelesenes Geschichtswissen, was sonst; die Existenz des Häftlingsbordells mit zwangsverpflichteten, meist jüdischen

Frauen ließ ich wegen der erwartbaren Reaktion Ellas lieber weg. Höchstwahrscheinlich wäre einer ihrer Haßausbrüche gegen bordellbesuchende Männer, gegen Männer im allgemeinen und letztlich gegen mich als insgeheim puffaffinen Mann fällig gewesen – das Argument, daß jene, die Rotlicht-Baracke nutzenden Häftlinge deshalb von anderen Lagerinsassen verachtet und bekämpft wurden, hätte gegen Ellas Furor wohl nichts ausgerichtet.

Die jüngste, erst vor kurzem gefundene Lesefrucht aus der Geschichte Buchenwalds ließ ich dagegen nicht weg. Sie hatten einen Zoo hier, einen kleinen Zoo mit verschiedenen wilden Tieren, sagte ich, als wir bereits auf seinen ursprünglichen Platz zuhielten – in der vom Eingang aus rechten äußeren Ecke waren die Reste am Zaunrand tatsächlich zu sehen, eine ausgehobene, von einem Wall umgebene Grube, das vormalige Bärengehege.

Das wollte Ella nicht glauben.

Doch, doch – der Gründer, ein Kommunist namens Franz Ehrlich, Bauhäusler sogar, war hier zunächst zwei Jahre Gefangener und arbeitete nach der Entlassung von draußen als bezahlter Architekt, angeblich auch der Schöpfer des Mottos am Eingangstor, »Jedem das Seine«.

Das ist 'ne Übersetzung aus dem Lateinischen, ein Philosoph, komm jetzt nicht auf den Namen von dem, meinte Ella – war aber bestimmt nicht für so was hier gedacht.

Dieser Ehrlich hatte ein Faible für gut gemachte Schilder – am Zaun des Geheges hing auch eins: »Jedes Leid ist von den Tieren fernzuhalten«.

Die Rückreise nach Berlin verlief zunächst ziemlich schweigsam. Ella fuhr. Für sie war Autofahren eine ganzheitliche Tätigkeit, die ihre Stimmung zu stabilisieren vermochte – beneidenswert, wie ich fand, sich auf so einfache Weise abregen zu können. In Buchenwald hatten wir zuletzt noch das Krematorium besichtigt. In dessen hinterem Raum waren in einer Reihe fünf oder sechs gemauerte Verbrennungsöfen zu sehen, alles sauber und intakt belassen, als sollte die sofortige Betriebsbereitschaft angedeutet werden – die eisernen Ofentüren standen halb offen. Auf dem Weg dorthin, wie auch im kleinen Gewölbe im Eingangsbereich, hingen unterschiedlich gestaltete Namensschilder von hier Verstorbenen an der Wand, hunderte Namen von Häftlingen aus allen möglichen europäischen Ländern. Ich begann unwillkürlich, sie zu lesen, einen nach dem anderen, mit den Widmungen kondolierender staatlicher Stellen und Institutionen.

Ob ich denn die Namen der beiden Onkel kennen würde, hatte mir Ella während der Lektüre zugeflüstert.
Ja und nein, erklärte ich ihr, zwei Namen hat mein Vater irgendwann mal erwähnt, Onkel Amadeus und Onkel Nikolaus, sehr wandelbare Namen, Onkel Medé, Onkel Nico, Onkel Klaus oder einfach Nickel – aber meine Mutter hatte noch mehr Brüder, zwei weitere mindestens, von denen ich nichts Genaueres weiß … woher auch, in einer mit meiner späten Geburt weiträumig auseinandergerissenen, ohne jeden Kontakt getrenntlebenden Familie … keine Ahnung.
Ja und – hast du die Namen der beiden etwa entdeckt?
Wieso sollte ich …

Als ich beim Abschied vor meiner Haustür versucht hatte, unsere nächste Verabredung um einige Tage hinauszuschieben, war der leicht aggressive Unterton in Ellas Stimme nicht zu überhören – die Aussicht, sich für kurze Zeit trennen zu müssen, schien sie einmal mehr mit mir übertrieben vorkommender Schwere zu treffen.

Ach Aljoscha, sagte sie, was du nicht alles weißt …
Diesen Kosenamen gebrauchte sie, wenn sie sich ironisch geben wollte, aber bereits schwer verärgert war.
… und doch wieder tagelang nichts von dir hören lassen wirst, dein dauerndes Sichentziehen, dieses Abtauchen ist auch eine Form von Sadismus, von Verrat …

Ist es nicht, sagte ich, es ist nur das Besorgen von etwas Zeit, die ich für mich brauche.

Drei Tage in Erfurt, dachte ich, drei Tage im Schoß der Familie, im Ruch meiner Mutter – ziemlich finstere Tage, Tage der größten Konfusion … Genug der Verdächtigungen, der falschen Anschuldigungen der Frau Mama, genug vom okkulten Mist der Kartenlegerei, die offenbar Anfang und Ende meines Lebenswegs mitbestimmte, genug auch vom spekulativen Gerede über die mickrig entwickelten Spiegelneuronen eines früh weggelegten, dem Nichts überlassenen Säuglings, über die mangelhaft gereifte Fähigkeit zum Mitgefühl, zur Bindung überhaupt – und niemand mehr da, der die Dinge zurechtrücken könnte …

Dann bade schön weiter in deinem Selbstmitleid, hatte Ella mir noch hinterhergerufen, ehe sie davonfuhr.

Wie gewohnt, schaute ich später am Abend nach neuen E-Mails und versuchte auch, die Webseite der Gedenkstätte Buchenwald zu lesen. Sie war offensichtlich von außen gestört … ein gelistetes holländisches Portal mit Namen von Verstorbenen und eine Seite namens »Buchenwald.Das Totenbuch.de« dagegen nicht. Trotz der Überzeugung, daß meine Mutter ihre Denunziation erfunden hatte, begann ich, in diesem Totenbuch zu lesen, es schließlich gezielt zu durchforsten … schwer zu sagen, warum – ein längst Gewohnheit gewordener Reflex vielleicht, die nun mal vorhandenen, informellen Präzisierungsinstrumente zu nutzen … und in diesem Fall eine alphabetisch geordnete Aufzählung relativ zügig zu überfliegen. Beim Erreichen des gesuchten Buchstabens packte mich augenblickliches Entsetzen, als sich in der elendig langen Namensliste der Opfer zwei Männer mit dem seltenen Mädchennamen meiner Mutter fanden … ein gewisser René und ein Roger. Ihre Geburtsorte und ihr Alter ließen alles offen, auch die Vermutung, daß es sich um die Brüder meiner Mutter handeln könnte – eine Vorstellung, die mich vollends verwirrte und noch tiefer ins Netz scheuchte. Mit den neugefundenen Namen der beiden ging ich auf die Suche nach schlüssigen Hinweisen auf ihre familiäre Zugehörigkeit, auf eventuelle verwandtschaftliche Querverbindungen, auf ihr gelebtes Leben vor dem Tod … immerhin das Leben von zweien meiner möglichen, wenn auch ungekannten, leiblichen Onkel, deren Fotos, deren Häuser oder was immer ich gerne einmal gesehen hätte … Bis mir bewußt wurde, daß dieser Suche nach sechs Jahrzehnten nicht nur im Netz natürliche Grenzen gesetzt waren … Über die damaligen Vorgänge gab es keine letzte Klarheit. Wessen Taten oder Untaten tatsächlich zum Zerbrechen der Familie geführt hatten, würde im Ungewissen bleiben.

◆

Komm ins Bett, hatte ich durch die offene Schlafzimmertür in Richtung Küche gerufen und auf eine Antwort oder Reaktion gewartet – vergeblich. Ein paar Minuten später rief ich etwas variiert und weicher betont, Ella … komm doch ins Bett, ohne im geringsten zu ahnen, daß dies einer der letzten an sie gerichteten Sätze gewesen sein könnte. Offenbar verharrte sie stumm und bewegungslos auf ihrem Küchenstuhl – nichts Ungewöhnliches bei ihr, diese demonstrative Form der Nachdenklichkeit nach einer für sie ungelösten Konfliktsituation. Im Grunde bestrafte sie mich dafür, unsere Diskussion nach einer erneut zügellosen Männer-Philippika abgebrochen und den Raum verlassen zu haben. Mir fiel dazu nichts mehr ein, außer mich ratlos und mit der zugegebenermaßen schlichten Erwartung aufs Bett zu legen, Ella würde in überschaubarem Abstand folgen.

Doch erst mal passierte nichts. Ich lag angezogen auf meinem superbreiten Bett, sah das schummrige Licht hinter der halbverglasten Küchentür, wo Ella weiterhin saß – in der Schmollecke, wie ich das in früheren Zeiten zu nennen bereit gewesen wäre … So ein Heimabend mit der Freundin barg eben große Risiken, das von ihr permanent gewünschte Auswärtsessen allerdings auch. Das manchen Leuten den Tag krönende Gehocke in irgendwelchen Restaurants gefiel mir wenig – vor allem das dort rundum zu beobachtende, oft verlegen gestreckte Nullsprech-Gemurmel allein sitzender Pärchen … Schon immer eine von mir gefürchtete Situation, diese Isolation zu zweit inmitten von Orten scheinbarer Geselligkeit, in der mir überdies die deprimierende Überlegung aufgezwungen wurde, was alles anderes ich während dieser Zeit lieber getan hätte … Bei uns beiden konnte sich häufig genug bereits vorm Dessert eine nur schwer unterdrückbare, Stunden anhaltende Mißstimmung entwickeln. Ohnehin fand ein Paar nach meinem Geschmack viel umstandsloser zueinander, wenn es nicht eingelullt vom Essen in domestizierter, ausgelutschter Atmosphäre, sondern geistig abgekämpft aus einer ruppigen Bar oder mental animiert aus dem Kino heimkehrte – am besten nach Filmen, die einen ins Unterbewußte schickten, so wie einst Buñuel, Bergman oder Lynch, oder dieser Mexikaner mit seinem, von uns vor ein paar Tagen gesehenen »23 Gramm«, dem angenommenen Gewicht der Seele … . Bloß nicht schwer werden jetzt, sagte ich mir nach einer Viertelstunde des Wartens … Der Weg von der Küche ins Bett war für Ella offenbar lang geworden.

Nun komm doch.
Sie rührte sich nicht.

Der Abend hatte eigentlich harmonisch begonnen. Meine Spaghetti mit großem Salat entstanden in Alleinregie, nur hin und wieder kam es zu kurzen Kompetenz-Rangeleien an den Arbeitsplatten – bei noch nicht deutlich gewordenem Gesprächsthema. Ella erzählte etwas von ihrer Familie … von einem Jahrzehnte zurückliegenden, angeblichen Selbstmord einer Tante, den sie zum Mord von verwandter Männerhand und damit zu einem von ihr bestsellermäßig zu verarbeitenden Fall erhob. Sie müsse das recherchieren, ihr fehlten da nur noch ein paar Details … mir dagegen fehlte die Schlußpointe für den nächsten Wochenkommentar, ›Hartz vier und die Künstler‹ … Die seit langem beste Idee für meinen Radiokommentar, wie ich fand, diese Entdeckung, daß Klaviere, einst erstandene Erstausgaben oder soeben selbstgeschaffene Gemälde von den Behörden als nach Marktwert gutgeschriebenes Vermögen und geldwerter Besitz angerechnet würden – die armen Möchtegern-Hartz-Vier-Maler malten sich demnach mit jedem neuen, unverkäuflich in der Atelierecke stehenden Bild auf dem Papier reicher. Bei der benötigten Stütze gingen sie folglich leer aus; ein Gesetz also, das auch vor der Kunst nicht standhielt und zum Schwarzmalen einlud.

Ella – neuerdings selbst vom Jobverlust bedroht – hatte an der Stelle laut aufgelacht und zum erwartbaren Rundumschlag ausgeholt: Diese Gesellschaft ist pervers, egal, wo du hinkuckst. Mein Einwand, sie müsse schon ein wenig unterscheiden und auch mal in die diversen Bundestagsausschußsitzungsprotokolle kucken wurde noch schriller auflachend mit ihrem Standardsatz zurückgewiesen: Alle Politiker sind Schweine, alle Protokolle Schweinkram, basta. Ein enormer Mangel an Differenzierungswillen, dachte ich, mein Kardinalproblem mit ihr – zehn, zwanzig Jahre Frühstück und Abendbrot mit einem Menschen dieser reduzierten Sichtweisen, wie sollte das gehen? Schon an diesem Punkt war Ella bedenklich nah an der Verstimmung. Vielleicht empfand sie meinen Hinweis auf die Bundestagsausschußprotokolle wieder mal als zu belehrend, zu besserwisserisch, achtundsechzigerisch. Und außerdem, sagte sie mit einer durch den verrauchten Luftraum wischenden Armbewegung, dürfte keiner denken, halbe Nächte hier in dieser Küche herumzusitzen wäre das Tollste überhaupt – so wenig toll wie das stockdunkle Schlafzimmer morgens, denn ich brauch's hell und will um halb sieben aufstehen und arbeiten … Danach fing sie sich noch einmal, kehrte trällernd von der Toilette zurück und hatte – bei einer kurzen Umarmung im Türrahmen –

mit aufmunterndem Lächeln ihren Venushügel mehrmals tänzerisch gegen meine Hüfte gestupst.

Nu komm ins Bett, Ella, sagte ich in Richtung Küche.

Aus welchem Anlaß ihre Stimmung dann umgeschlagen war, an welchem kritischen Punkt der Übergang in die Feindseligkeiten begann, hatte ich nicht genau mitbekommen … Vermutlich wurde Ellas Unmut durch die gerade im Familienklatsch erfahrenen Neuigkeiten über ihre Lieblingscousine ausgelöst beziehungsweise durch die Neuigkeiten über deren Mann – eine Ehebruchsgeschichte aus dem Oldenburger Land, einem, wie ich unnötigerweise einschob, bekanntlich heißem Pflaster. In der Familie herrschte großes Entsetzen, erzählte Ella, nach über zwanzig Jahren Ehe wäre herausgekommen, daß der Gatte die Cousine seit etwa zwanzig Jahren mit einer anderen Frau betrogen hätte … und daß sich nun die gesamte Verwandtschaft von ihm betrogen fühlte, weil er die ganze Zeit über in aller Augen ein guter Ehemann und liebevoller Vater der beiden Kinder gewesen wäre …

Aber dann ist doch alles bestens, hatte ich an dieser Stelle gesagt – was wollen die Leute denn mehr, guter Ehemann, wunderbarer Vater …

Von dem Moment an wurde Ella dramatisch – die nächste Stufe ihrer Empörung war erreicht, mit einer von gleich auf jetzt einsetzenden emotionalen Schubumkehr, durch die alles wie gehabt nach hinten losging.

Nicht unbedingt neu, was dann sehr laut aus ihr herauskam: Die Männer machen, was sie wollen, selbst dieser Kleinstadtcasanova glaubt, sich das leisten zu können, ein moralisches

Wrack, ein Lügner und Betrüger, verantwortungslos egoistisch …

Ich hatte noch versucht, den Furor zu stoppen: Auch dieser Mann lebt sein Mysterium, wer weiß, außerdem zieht es jeden mal hinaus aufs Meer, und jeden zieht es wieder zurück in den Schoß der Familie …

Du kennst dich aus im Abenteurerleben …

Als fest Liierter bin ich monogam, ansonsten gilt das Recht der freien Prärie …

Die Männer sind alle Verbrecher, sagte Ella, ihr Herz ist ein finsteres Loch … wie bei deinen Spezies aus dem Fler … der ständig notgeil nach karitativen little helpern gierende Caféhaus-Therapeut, und der fiese Neokon, der sich junge Polinnen kauft … die Monatsfickkarte für zweihundert Euro, die locker hingelegte Miete für die Bruchbude, in der das Mädchen wohnt … und dann noch dein guter Freund, dein berühmter Humanist Leiser mit seinen beiden Weibern … die angeblich Bescheid wissen über ihren flotten Dreier, die diese Situation angeblich akzeptieren, die sie früher oder später zerstören dürfte – wie kann der sich für einen großen Schriftsteller halten, wo er doch ein so kleiner Mann ist, der sich gleich an zwei Frauen festklammern muß …

Das geht dich nichts an, sagte ich noch … Doch die Einschläge kamen bereits näher, als ich aufgestanden war, um die Küche zu verlassen.

Und du bist nicht weit weg von denen, im Gegenteil …

Ella, halt mal die Luft an – es gibt Mängel, mit denen mußt du leben …

Das will ich nicht, da geh ich ein wie ’ne Primel, du denkst nur an dich, immer nur an dich …

Ich vertrete meine Interessen …

Was sind denn deine Interessen, hatte Ella hinter mir her gerufen, du willst doch immer nur so weitermachen, du weichst keinen Millimeter von deinem eigenen Leben ab … und siehst nicht, daß ich unglücklich bin … du tust nix, du kümmerst dich nicht, du nimmst dir nur die Rosinen, das Sahnehäubchen … wie alle Männer.

Ich lauschte in Richtung Küche – nichts, gar nichts. Ella konnte Stille auch ganz gut, sie korrelierte mit der Heftigkeit der vorangegangenen Ausbrüche, manchmal auch einen Tick zu lang, beides. Sie hatte sich wieder verausgabt, um mich einmal mehr in Haftung zu nehmen für diesen Uraltscheiß von Untreue und für alles andere, was von irgendeinem Mann irgendwann und irgendwo getan oder auch nur geplant worden war. Der Dreh- und Angelpunkt ihrer Argumentation blieb dabei stets derselbe: Einzig die Frauen können die Welt noch retten, nur die Frauen können sie bewahren vor der Zerstörung durch Technik, Krieg, Geldgier und zunehmende Kälte und Gewalt der Männer – paradoxerweise soll es jedoch keine Unterschiede der Geschlechter mehr geben, sondern nur noch Gleichheit, Verhandlung auf Augenhöhe, solidarisch abgestimmtes Wohlbehagen zwischen Mann und Frau … Und da ich persönlich noch nicht soweit war und Ella die emotionale Intensität nicht bieten konnte, wurde in unserem Zusammensein halt alles über den unsäglichen Trouble abgewickelt …

Gut möglich, daß dieser stille, kaum erträgliche Psychoclinch bereits eine Stunde andauerte, als auf dem Flur Schritte und Rascheln an der Garderobe hörbar wurden – offenbar raffte Ella eilig ihre Sachen zusammen und machte sich auf den

Weg. Kein demonstrativ energischer, gar lauter Abgang, keine hart ins Holz der Diele gestochenen Absätze ... Sie ging einfach, zügig, glaubwürdig und ohne aggressiven Bonus für mich, den Zuhörer, der Momente später noch immer auf seinem Bett lag, so mißverstanden wie nie zuvor.

Sexuelle Ausbeutung ist das, hatte Ella beim Verlassen der Wohnung gesagt, bevor Sekunden später die Tür leise ins Schloß fiel.

◆

Vielleicht sollte auch ich endlich hier wegziehen, dachte ich auf dem Weg ins Café Fler – ein Gedanke, der mir fast täglich beim ersten Gang durchs Viertel kam, stets aufs neue enttäuscht von seiner über Nacht vergessenen Tristesse; einer laut Mietspiegel durchschnittlichen Wohnlage in Nordostschöneberg. An solchen Tagen kuckte ich auf die Gegend, als hätte sie sich erst kürzlich verändert und nicht, wie in Wahrheit, bereits seit etlichen Jahren … Die unmittelbare Nachbarschaft war mittlerweile etwa zur Hälfte von arabisch-türkischen Familien belebt und in jüngerer Zeit auch zum bevorzugten Wohngebiet gleichgeschlechtlich Liebender geworden … kosmetische Geruchswolken schwebten mich auf dem Bürgersteig an … für Sekundenbruchteile nur, idiosynkratische Momente, versteht sich. Dieser alltägliche Anblick großer Gruppen nach islamischer Sitte gekleideter, oft übergewichtig wirkender Frauen wie auch der allabendliche Anblick händchenhaltender Männerpärchen schränkten meine ohnehin abnehmenden erotischen Imaginationen noch weiter ein. Doch genausooft wie ans Wegziehen dachte ich ans Hierbleiben, so daß sich außer dem Umzug aus der alten, seinerzeit von Katja gemieteten, in eine 150 Meter Luftlinie entfernte, neue Wohnung über Jahrzehnte keine weitere Veränderung ergeben hatte; persönliche Schwerkraft hielt mich an dieser Stelle fest. Leiser dachte da anders … Für alle Ewigkeit am selben Fleck zu hocken und nicht wenigstens in der eigenen Stadt raumgreifende Umzüge in unterschiedlichste Quartiere vorzunehmen wäre für seinen Erfahrungsbedarf als Schriftsteller inakzeptabel.

Na dann gegen drei in deinem Café da, hatte er am Telefon gesagt … mit einem nach meinem eventuell täuschenden Eindruck gönnerhaften Unterton. Ärgerlich nur, daß ich schon auf dem Weg dahin scheinbar grundlos nervös wurde. Ausgerechnet ihm, dem erheblich Jüngeren, räumte ich diesen wichtigen Rang ein – eine Autorität gar von der Art, die vermutlich jeder Mensch einem ganz bestimmten anderen verlieh und gelegentlich brauchte, um sich auch schwer hinnehmbaren Klartext sagen zu lassen … Das hatte weniger mit meiner Bewunderung seiner literarischen Fähigkeiten zu tun, auch weniger mit dem Vertrauen gleich-zu gleich sprechender Freunde – nein, der Jüngere war zum großen, vernunftgeleiteten Bruder geworden, zu einer quasi familiären Instanz, also der, die mir als Umgangsform zeitlebens fehlte. Die Gespräche mit Leiser zeigten zumindest zwei-, dreimal jährlich, wie wenig ich einverstanden sein durfte mit meiner, nahezu alle Fragen und Probleme betreffenden Indifferenz.

Nicht viel Betrieb um diese Zeit – mehrere Tische entfernt voneinander meditierten zwei Männer in ihre Laptops, zwei Frauen lasen mitgebrachte Ausdrucke. Wie gewohnt am Tresen sitzend, puzzelte auch der junge Paul an seinem Computer. Überschwenglich und schon von ein, zwei Glas Wein befeuert, wollte er mir eine neue Kompositionssoftware vorführen, simple, klischeehafte Technoklänge, lustig und leise quäkend aus dem Lautsprecher. Bin gleich verabredet, sagte ich ihm, worauf er, mit der Mouse-Hand weiterspielend und wie stets total optimistisch gestimmt, sofort vermutete: Ah, mit der tollen Ella, was macht die denn so. Wie oft willst du mich das noch fragen, sagte ich … keine Ahnung, aus und vorbei … wir haben es probiert, es hat nicht funktioniert … Der Satz schien direkt ins immer offene Zentrum von Pauls Begeisterungsfähigkeit zu treffen – hey, das paßt, sagte er, klickte einen Rhythmus herbei und skandierte den, wie er meinte, gerade entstandenen Song-Text in verschiedenen Intonationen: Wir-haben-es-probiert---es hat nicht funktioniert, wir / ha … ben / es / pro … biert, es … hat … nicht … funktio … niert, wir haben … In dem Moment erschien Leiser, und wir setzten uns an einen Tisch am Fenster.

Es könnte das letzte Mal sein, sagte ich – das Fler geht demnächst pleite oder wird an irgendeinen Döner-Papa verkauft …
Macht nichts, sagte Leiser.
Tja, unsere früheren Spielplätze … die wandeln sich zum x-tenmal … jede Menge neue Restaurants am alten Roten Platz, die Pizzeria, der Sushi-Laden, die Thai-Küche – und alles fest in türkischer Hand.
Wer's am Winterfeldtplatz schafft, gehört dazu …
… und wer da draußen am grünen, villenreichen Ostrand lebt, kann leicht reden …
… Verschon mich mit deinem Multikulti-Gejammer, sagte Leiser, du glaubst doch nicht, daß es angenehmer ist, da draußen Garten an Garten mit alten DDR-Kadern oder Stasileuten als Nachbarn zu wohnen …

Zu meinem Erstaunen – und im Unterschied zu sonstigen Treffen – war zunächst er es, der Redebedarf hatte. Es ging um seinen jüngsten Roman, das heißt, um die für einen Leiser-Roman erstmals recht durchwachsenen Reaktionen der Medien, der Kritiker. Bei den vorhergegangenen, mit Elogen bedachten fünf, sechs Büchern hatte er nach meiner Erinnerung nicht ein einziges Wort über die traumhaft positiven Rezensionen in der Presse verloren. Im Fall der Neuerscheinung wurden ihm jetzt Mangel an Empfindsamkeit und echtem Interesse an seinen Figuren vorgeworfen … von sexueller Spekulation gar war hier und da zu lesen … Maximal neun Seiten von insgesamt zweihundertachtundsechzig können damit gemeint sein, rechnete er vor – während ich vorsichtig einwendete, es gebe durchaus Bücher, bei deren Lektüre man dauernd in Richtung des einen dächte, obwohl etwas anderes dort schwarz auf weiß stünde … aber bitte, bitte. All die Jahre schien er absolut gleichgültig gegenüber dem eigenen Erfolg – quasi stellvertretend hatte ich die ihn betreffenden Presseartikel gesammelt. Und jetzt wurde mir zum ersten Mal klar, daß er sämtliche Rezensionen kannte und offenbar auch archivierte – bis hin zur entlegensten Radiokritik. Im Gespräch darüber dauerte es eine Weile, bis wir auf die bei mir anstehenden Probleme einschwenkten.

Und hat sie sich inzwischen mal gemeldet? fragte Leiser.

Nein, warum auch, sagte ich, sie ist gegangen, wie schon andere vor ihr … Sie ist ja so ein kleistisches Wesen, ein Unglück zieht das nächste nach, zuerst den Job verloren, dann das Auto weggeknallt, die Tochter ging nach München und sie selbst ist wohl zurück aufs Land, einigermaßen down, zur Verwandtschaft, zu ihren Petersilie häckselnden Ehezwillingen …
An deiner Stelle würd ich mir das alles noch mal überlegen.
Okay, mach ich …
Dir bleibt doch gar nichts anderes übrig … sei doch froh … in deinem Alter, zweiundsechzig … dreiundsechzig …

Wie schön, daß du mich darauf hinweist – du bist ja Spezialist für Liebesfragen, wie in deinem Buch zu lesen ist, auch mit diesem Aphorismus auf Seite 176, 178 … wehe dem, der im Alter auf den Schutz der Liebe verzichten muß … ja, wehe dem Zweiundfünfzigjährigen, der vielleicht demnächst auf eine oder gar beide seiner Geliebten verzichten muß … wehe dem Neugeborenen, das im Alter von vier Wochen schon auf den Schutz der Liebe verzichten muß … Neinnein, ich bin nicht frauenfeindlich, meine Mutter wird schon gewußt haben, was sie tat, klar, und meine Freundin Ella, kein so weiter Sprung, wußte das sechzig Jahre später auch, als sie mir sagte, wenn du mich wegschickst, alter Mann, dann bleibt dir nur noch der Weg ins Bordell …

Na ja, sie übertreibt's mit der Härte, wahrscheinlich wie du auch.
Der Satz allein reicht, um sie nie wieder anzurufen.
Und was sollte das mit deiner Mutter?
Ach shit, sagte ich … die drei Tage bei meiner Mutter …
Schöner Titel, sagte Leiser.

Schöner Mist … diese Reise, von der ich ihm ausführlicher erzählte, die verwirrenden Geschichten von dem hin und her geschobenen Baby, von der Bauersfrau, von Buchenwald und den dort angeblich umgekommenen Brüdern meiner Mutter, nach denen ich noch immer im Netz fahndete. Da wäre einiges über mein Leben herausgekommen, neue, überraschende Erkenntnisse über die Folgen meines Geburtsdramas, späte, womöglich zu späte Erklärungen für meine unstete Existenz, für das unheilbare Rumtreibersyndrom, den Verzicht auf alles Familiäre, für eine gewisse Unfähigkeit im Umgang und das sehr, sehr karge Urvertrauen überhaupt, dieses ewige innere Opponieren gegen alles Gesellschaftliche … und darüber hinaus.

Guten Glaubens zählte ich die unverschuldet schicksalsübereigneten Handicaps auf, bis Leiser mich unterbrach.

Übertrieben, alles übertrieben, sagte er – du versuchst doch nur, deinen verkorksten Lebensstil zu entschuldigen, deine über Jahrzehnte durchgezogene serielle Monogamie schönzureden, dein Denken … ist gar nicht dein Denken, es folgt nach wie vor den alten Mustern … alles Blödsinn … deine Familienphobie hier historisch mit Nachkrieg und den wilden Zeiten zu erklären, sich auf irgendein Rebellentum zu berufen, nee … du bist ein verbohrter Romantiker, ein Selbstverschleierer, der hundert Kommentare in korrektem Radiosprech verfaßt, und trotzdem noch immer dieser Theatralik von Achtundsechzig ff. nachhängt …

… und den Virus nicht zu vergessen, den ich mir damals eingefangen hab und bei dem nach wie vor unklar bleibt, ob er wirklich verschwunden ist – diese DDR-Ärztin meinte ›ein großes Ja mit einem kleinen Aber‹, vielleicht kehrt er ja bald zurück, mein alter 68er Virus, wer weiß …
… auch die Spuren der Drogen verlieren sich früher oder später im Unendlichen … und was darüber hinaus gewesen sein sollte … das sogenannte Radikale …
… Jaja, ist ja gut, sagte ich, wir 68er verlieren immer, ich weiß, aber wir geben niemals auf …
… und wiederholen das ganze, weil's beim ersten Mal nicht geklappt hat? fragte Leiser ironisch dazwischen – du hast es immer noch nicht kapiert, mein Lieber, deine schöne Subkultur, der Underground, die Alternativkunst und ähnliche Etikette sind Selbstbeschwichtigungsformeln gewesen, nicht mehr … das Kleinbürgertum mußte den Schock der Rebellion doch verwinden und sich die überall herumtobenden, irre langhaarigen Kinder, diese wild aussehenden Zeiten irgendwie erklären …
… da kann ich die Daheimgebliebenen beruhigen – es war'n wilde Zeiten …

… aber nur für die Übereifrigen, sagte Leiser …
… auch für die Mitläufer, sagte ich …
… und wer diese wilden Zeiten damals überlebt hat, der kann heute nichts anderes als ein Spießer sein …
… Soll ich mich jetzt schämen, weil ich noch da bin?

Wir umkreisten diese Thematik noch eine Weile, ohne dabei auf einen Nenner zu kommen. Statt dessen klapperten wir eine kleine Auswahl gemeinsamer früherer Bekannter ab, bei denen sich in jüngerer Vergangenheit eine erwähnenswerte Minimal-Veränderung ergeben hatte – ein routiniertes, im Grunde interesseloses Frage- und Antwortspiel, das uns – wie mir erneut auffiel – als Intermezzo oder Versatzstück bei drohendem Versiegen streitträchtiger Gesprächsthemen diente. Überraschenderweise kam Leiser noch einmal auf Ella zu sprechen. Natürlich paßten unser beider Traumata auch seiner Meinung nach nicht gut zusammen: Sie kann dem Mann an sich nicht nachsehen, daß einer dieser untreuen Beschützer sie als Schwangere verlassen und zur Alleinerziehenden gemacht hat; während du es geradezu darauf anlegst, von der Frau an sich verlassen zu werden, um den damit verbundenen Ur-Schmerz wieder zu erleben und einem neuerlichen Gefundenwerden entgegenzugehen …

Laß mal gut sein, unterbrach ich ihn, ich bin kein Maso und auch keine deiner gestörten Romanfiguren, die ein Leben lang nach Erleuchtung suchen, ehe du sie am Ende einfachheitshalber auf irgendeine ausgedachte Weise sterben läßt …

Doch dann hatte sich Leiser an eine meiner gefährlicheren Schwachstellen herangearbeitet: Du nimmst nach wie vor nichts wirklich ernst, du kannst offensichtlich so einer Frau

nicht beistehen, und vor allem kannst du Schwächeren nicht helfen – dir fehlt etwas ganz Entscheidendes.
Empathie?
Nenn es, wie du willst …
Ich bin ein Elefant, Madame … einer, der die Einsamkeit genauso fürchtet wie die Nähe …
Wenn du so weitermachst, sagte Leiser, dann bleibt dir demnächst nur noch das Trash-Programm der alten Männer …

Wir hatten nicht mal zwei Stunden geredet, als wir das Fler wieder verließen. Dieses Halbjahrestreffen gehörte nicht zu den Verabredungen, die mit einem entspannten Abendessen im La Famiglia abgeschlossen wurden … Ich brachte ihn zur U-Bahn Eisenacher Straße. An der Ecke Akazien kaufte er sich eine FAZ für die fast einstündige S-Bahn-Fahrt.

Irre, sagte er, dieser kleine Zeitungshändler mit dem Brasilientick war damals schon in diesem Laden, als ich hier noch wohnte …

Vor fünfundzwanzig Jahren.

Ja … damals, die große Zeit … die langen Abende im Café Mitropa … Wenn alles gelaufen war, hatte Leiser manchmal seinen Kopf an meine Schulter gelehnt und mit ironischem Seufzer gesagt – ach du … mein Bester, ich liebe dich, Vatter, nur dich … Damals war er noch Lyriker. Und was er sagte, fand ich schön … es brauchte keine Antwort …

An diesem Abend aber verabschiedeten wir uns ohne einen Schulterklaps oder andere Berührung – das kleinste zwischen uns beiden mögliche Lächeln mußte genügen.

Auf dem Heimweg gingen mir weiterhin Teile unseres Gesprächs durch den Kopf. Leiser hatte es einmal mehr geschafft, meine gegen mich selbst gerichteten Bedenken zu verstärken: Du suchst immer noch nach Zuneigung, von der du annimmst, sie nie gekriegt zu haben, sagte er … du denkst irrigerweise immer noch, das Ich sei ein Anderer, sagte er, während gerade deins ein im Namen der Freiheit bis zur Asozialität hochgezüchtetes Individuum ist … eine Solonummer, ein Spieler nur, der Unernst in Person, dessen moralische Verbesserung ausblieb, sagte er auch … einer, der bloß die Uhr runterlebt … wehe dem …

Auf halber Strecke hörte ich leise gespielte Gitarrenklänge, etwas Klassisches, vielleicht Bach, ohne sogleich den Urheber ausmachen zu können. Auf Höhe der Terrasse eines Cafés entdeckte ich dann den Musiker. Ein Mann in meinem Alter saß auf einem Hocker im Gebüsch am Straßenrand, noch halb verdeckt von einem mit Fahrrädern umschlossenen Fernmeldekasten. Von der Umgebung unbeeindruckt, hatte er die Gitarre senkrecht im Schoß aufgerichtet und neigte seinen Kopf dem Schallloch entgegen, um den eigenen Klängen nachzuhorchen. Im Vorbeigehen schaute ich für einen Augenblick in das Gesicht des Gitarristen – es war das freundliche Nachmittagsgesicht eines Mannes, der am Rande einer schwach besetzten Terrasse offenbar voller Hingabe und innerer Zufriedenheit seine Musik machte. Der Sekundenneid, der mich bei seinem Anblick überkam, hielt ein paar Schritte lang an, ehe wieder andere Gedanken die Oberhand gewannen.

◆ ◆ ◆